切れ者エリートは初恋の恋人を
独占愛で甘く搦め捕る

プロローグ

時刻は十六時ちょうど。アルバイトの時間まで、あと一時間だ。

小島志穂《こじましほ》は、棚に置いた時計で時間を確認しながら、図書館から借りた本を小さなテーブルの横に積み上げ、夏休み明けに提出するレポートを仕上げていた。

けれど集中力はもたず、ついスマートフォンに触れてしまう。

アプリを開き、彼からのメッセージを何度も見つめる。

『今日は楽しかった。また出かけよう』

『身体、辛くなかったか？　今度泊まるときはちゃんと前もって言うから』

『今日はバイトだよな？　俺はサークルに顔を出してくる。明日は俺がバイトだから、会えないな』

数日前から今朝早くまでの間に届いたメッセージを読み返して、志穂は幸せなため息をついた。

先日、恋人である惣《そう》と初めてホテルに泊まったときのことを思い出すと、一足早く誕生日プレゼントをもらったような気分になる。

付き合ったばかりの恋人は、明日が志穂の誕生日とは知らないが。

（明日ちょっとでも会えたら嬉しかったけど、バイトなら無理かな。それに、付き合ってまだ一ヶ月しか経ってないのに、誕生日に会いたいなんてプレゼントをねだってるみたいだしね）

宮川《みやがわ》惣――彼は同じ学部の三つ上の先輩だ。彼との出会いは、惣の友人が作ったというインカレサークル。

彼は、友人や後輩、男女にかかわらずみんなから頼りにされ、常に輪の中心にいるような人で、外見も立ち居振る舞いも目を引く男だった。

一人でいる方が好きで、友人も少ない自分とは正反対である。

（惣が、私を好きとか……いまだに信じられないんだけどね）

圧倒的な存在感と爽《さわ》やかな外見も相まって、彼は非常にモテる。そんな惣から「好きだ」と告白されて付き合い始めた。

最初は、もしかして騙《だま》されて、遊ばれているのでは、という懸念を持っていたけれど、そんな予想に反して交際はとても順調だった。惣と交際して初めて、志穂は誰かと楽しみを分かち合うのも悪くないと思えるようになったのだ。

そのとき、スマートフォンがアラーム音を鳴らす。

あと十分でアルバイトに出なければならない時間だった。

志穂は出かける前に、姿見で全身をチェックする。見慣れた地味顔にため息が漏れる。

（二卵性の双子でも、姉妹なら果穂《かほ》ともう少し似ていてもいいじゃない）

双子ではあるが、自分たちは中身も外見もまったく似ていない。華やかで目鼻立ちの整った果穂と違い、童顔でのっぺりとした顔の自分。

真っ直ぐで艶《つや》のある果穂の髪と違い、父に似て癖が強くセットしなければ広がる志穂の髪。溌剌《はつらつ》としていて甘え上手な果穂と、口下手で人に頼ることが苦手な自分。

比べるのもいやになるくらい、なにもかもが真逆である。

果穂が年の離れた妹だったら比べられなくて済んだかもしれないのに、と肩を落とす。

「やば。もう行かなきゃ」

鏡に映る時計を見て、志穂は肩の下まで伸びた髪を手櫛《てぐし》で整えてヘアゴムで結んだ。手に持ったバッグにスマートフォンをしまい、玄関に向かおうとしたところでインターフォンが鳴り響く。

(あれ、お母さんからの宅配便かな？　なにか届くとか言ってたっけ)

志穂の住む部屋は、インターフォンにカメラがついていない。とりあえず応答するしかなく、ボタンを押すと、聞き慣れた身内の声がスピーカー越しに響いた。

『私、ちょっといいかな？』

いいかな、と問いながらも、志穂が断るとは思っていない傲慢《ごうまん》な態度に、いつものことながらため息が漏れる。志穂はもう一度時計を見て、バッグを手にしたまま玄関に向かった。

「ちょっと待って」

果穂が志穂の部屋に来るなど珍しいこともあるものだ。

彼女の住む大学の寮と志穂のアパートは同じ市内にあるものの、電車とバスの乗り継ぎが面倒で、行き来するには時間がかかる。

（用があるならサークルで会えるのに）

「出かけるところなの？　その格好で？」

玄関のドアを開けた志穂の全身を、果穂は上から下までチェックして、あり得ないという顔をする。そしてサンダルをぽいぽいと脱ぎ捨てて、勝手に部屋に入ってきた。

「うん。これからバイトだから、今から行かなきゃいけないの」

「大事な話があるから来たんだよ？　休めないの？」

果穂は、志穂が自分に従って当然とばかりに口にする。艶《つや》やかな唇に爪の先まで綺麗に整えた指を押し当てながら、首を傾げた。

休めないの、と質問している風ではあるが、実質命令に近く、話が終わるまで果穂は帰らない。こうなったら遅刻を覚悟して果穂の話を聞かなければならないのだ。

「急に休んだら迷惑がかかるから」

「もう、せっかく志穂のために話をしに来たのに。なるべく早く話さなきゃって思って、宮川先輩と会って、そのまま来てあげたんだから」

果穂は頬を膨らませ、わざとらしくため息をついた。

（惣と……会って？　サークルのことで用事でもあったのかな？）

果穂は惣と志穂とは別の大学だが、あとから同じサークルに入ってきた。

「話って？」

「志穂が恋人だと思ってる、宮川先輩のこと」

恋人だと思ってる、とはどういう意味だろう。本当は違うとでも言いたいのか。思わず眉を寄せた志穂を見て、果穂は楽しそうに口元を緩めた。

「惣が、なに？」

含みのある果穂の言葉に苛立ち、志穂は先を促《うなが》す。

「あのね……宮川先輩とは、別れた方がいいと思う」

果穂がなにを言っているのかがわからず、志穂は言葉を失う。果穂はそんな志穂を窺うように見つめて、申し訳なさそうに視線を落とした。

「言いにくいんだけど……宮川先輩が志穂に告白したのはね、志穂が交際をＯＫするか友達と賭けてたんだって聞いちゃったの。ほら、志穂って冷めてるじゃない？　それで、先輩の友達が志穂を落とせたらおもしろいって悪ふざけしちゃって、その人を止めるために仕方なくだったんだって。先輩も、まさか志穂がＯＫするとは思ってなくて、すぐに冗談だって言おうとしたけど、タイミングをなくしちゃったみたい。別れたいけど、騙《だま》した手前、志穂が可哀想で別れられないって、宮川先輩が困ってるの」

惣が賭けで自分に告白したなんて、別れたいと思っているなんて、信じられなかった。だって惣からは今朝、会えなくて残念だというメッセージが届いたばかりだ。

「……それで？」

「それで、じゃないよ！　だから志穂は冷めてるって言われるんだよ。そういうところ直した方がいいと思う！」

「話の論点がずれてる。結局、なにが言いたいの？」

「普通わかるでしょ、もう！　志穂は私の気持ち知ってるでしょ？　私もずっと、先輩が好きだったって」

果穂がサークルに入ってきたのは、志穂と惣の距離が友人以上になり始めた頃だった。

惣が果穂と付き合ってしまうのではないかと、サークルの集まりのたびにハラハラしたものだ。

だが惣は、果穂にどれだけ言い寄られても、デートに誘われても、決して頷かなかった。それどころか、ずっと好きだったと志穂に告白してくれた。彼のその行動が、果穂の存在を不安に思う自分を安心させるためだとわかって、嬉しかったのを覚えている。

だが果穂は、二人が交際し始めたのを知りながら、さも惣の隣は自分の場所とばかりに彼に纏《まと》わり付いていた。

「うん、知ってる……でも」

「あのね！」

果穂は志穂の言葉を遮《さえぎ》るように言葉を続けた。

「今日……先輩に二人で会いたいって言ったら、会ってくれて……それで、告白されたの。宮川先輩、本当はずっと、私のことが好きだったって。志穂に申し訳ない気持ちはもちろんあるけど、ほら、お互いに気持ちがないのに付き合ってたって、どっちも不幸になるだけだし。それなら、早く別れてもらった方がいいかなって、私が志穂に伝えに来たんだ」

「そんなの、信じられないよ」

「でも本当だもん。志穂と顔を合わせたら可哀想になっちゃって言えないから、宮川先輩は私に相談したんだよ。ほら、見て」

果穂がテーブルの上にスマートフォンを置き、メッセージを見せてくる。

『会いたいです。私の気持ち、気づいてますよね？』

そんなメッセージから始まった惣と果穂のやりとり。驚くべきことに、その内容は果穂の言葉を裏付けるものだった。志穂は信じがたい気持ちで、何度も二人の会話を読み返す。

『二人で会ってくれませんか？』

『わかった。ちょうどよかった、俺も話があるんだ』

『デートですね、楽しみ』

『あとでな』

メッセージの時刻は数時間前。惣は、二人で待ち合わせ場所を決めて、デートだと喜ぶ果穂のメッセージに対して『あとで』と応《こた》えていた。

(本当に……二人きりで会ったんだ……)

二人で会ったのも、彼が賭けで志穂と交際した話も、果穂の作り話だと思っていた。けれど、果穂が言うように、彼は本当に仕方なく志穂と付き合っていたのだろうか。優しくしてくれたのも、騙《だま》している罪悪感からだった？

「明日、私たちの誕生日でしょ。宮川先輩、お祝いをしたいって言ってくれたの。私も、明日は先輩と二人で過ごしたい。だから志穂、先輩と別れてほしいの」

果穂は両手の指を合わせて、上目遣いに此方《こちら》を見つめた。

(惣……私が誕生日だって知ってたんだ。明日はバイトがあるって、会えないって言ったのは……果穂と約束してるから。そっか……果穂と二人で、過ごすんだ)

そして、私と別れたら、果穂に好きだと言うのだ。自分にしたように果穂にも触れるのだろうか。

想像すると、胸がぎりぎりと締めつけられるように痛む。嫉妬と羨望《せんぼう》と遣る瀬なさで、頭の中が真っ黒に染まりそうだった。

もしも志穂が誕生日に一緒に過ごしたいと言っていたら、どうなっていただろう。志穂を騙《だま》した罪悪感から一緒にいてくれただろうか。

「ねぇ、聞いてるの？」

「……聞いてる。話がそれだけなら、そろそろバイトだからいい？」

志穂はどうにか平静を取り繕《つくろ》い、言葉を返した。

果穂に退出を促《うなが》すと、思っていた反応とは違ったのか、拗《す》ねたような顔で詰《なじ》られる。

「別れてくれないの？　私のことはいいよ。でも、宮川先輩、辛そうだったよ。志穂を騙《だま》して、申し訳ないって。ねぇ、宮川先輩が可哀想だよ……もう解放してあげなよ」

騙《だま》されていた志穂は可哀想ではないのだろうか。

今、口を開けば、果穂になにを言うかわからない。嫉妬を剥《む》き出しにして怒鳴ってしまうかもしれないし、惣を奪わないでと泣き叫んでしまうかもしれない。

だから志穂は黙ったまま玄関で靴を履いた。その後ろから果穂がついてくる。

「志穂ってば」

「……別れるよ」

嘆息しながら答えると、背後で果穂が安心したように笑った気配がした。

「そっか。宮川先輩からは言い出せないと思うから、志穂から別れるってメッセージを送ってあげて。私ね……先輩が好きだけど、志穂を騙《だま》したのはちょっと怒ってるんだ。ああいう誰にでも優しい人には気をつけた方がいいよ。志穂、すぐ勘違いして騙《だま》されそうだから。あ、そうだ。志穂がサークルを辞めることもちゃんと伝えておいてあげるから、心配しないで」

「うん」

志穂は疲れ切った心地でため息を押し殺し、頷いた。なにもかもがどうでもよくて、果穂の顔を見ていたくなかった。早く一人になりたかったのだ。

「じゃあ、よろしくね」

果穂はその言葉に満足した様子で、志穂より先にアパートを出て、笑顔でバイバイと手を振った。

志穂もアパートを出て、自転車でアルバイト先に向かう。ひどいことをたくさん言われたはずなのに、麻痺《まひ》してしまったように心は凪《な》いでいた。

(もう、終わっちゃうんだ)

この先、二人で手を繋ぐことも、キスをすることも、抱き締められることもない。

たった一ヶ月で終わってしまうのなら、せめて誕生日だけは一緒に過ごしたかった。

(やっぱり……あんな人が、私を好きだなんて、あるわけなかったのかな)

ぎゅっと唇を噛みしめると、痛みで目の前がぼやけていく。

裏切られていたと聞いても、彼を好きな気持ちはちっともなくならない。いっそ嫌いになれたら、こんなに苦しまずに済んだだろうか。

(果穂……惣と、付き合うんだよね)

サークルを辞めたとしても、果穂ならば自慢げに写真を送ってくるくらいはするだろう。もしかしたら実家に連れてくることもあるかもしれない。

(そんなの見たくない……付き合った二人となんて、絶対に会いたくない)

こんなことになると知っていれば、彼を好きになどならなかった。彼と身体を重ねなかった。たった一ヶ月の交際期間でも、志穂にとってはなにもかもが初めてだったのだ。

別れを考えると胸が苦しくて、涙がぼろぼろとこぼれ落ちる。

道行く人が、しゃくり上げる志穂を胡乱《うろん》な目で見てきた。

「う……ぅ……っ」

息を吐くごとに涙が込み上げてくる。

どろどろとした感情が溢《あふ》れ出しそうだ。果穂に対する嫌悪感が抑えきれない。顔も見たくないし、話もしたくない。彼らが並んでいる姿を想像するだけで、苦しくて耐えきれない。果穂さえいなければ——そんな風に思ってしまう。

果穂を恨んでしまいそうな自分が怖かった。

志穂はその日の夜、惣に最後のメッセージを送り、連絡を絶った。少しの期待もしないように、連絡先をブロックする。

そしてすぐに、果穂へ「惣と別れた」とメッセージを入れた。

果穂からの返信を見たくなくて、果穂の連絡先もブロックした。

そうして志穂の初恋は、たった一ヶ月で終わったのだ。

第一章

クリスマス間近の十二月某日。

志穂が働くアイディールシステム株式会社の開発事業本部内でも、クリスマスの過ごし方が話題に上がっていた。

今年はクリスマスイブが土曜日のため、家族や恋人がいる人たちは特に浮き立っている。志穂は会議室のテーブルに広げた弁当をちまちまと食べながら同僚たちの話を聞いていた。

「実はね、彼がクリスマスイブに高級フレンチを予約してくれたんです」

隣に座った開発事業本部の後輩、上園奈々《かみぞのなな》は、スマートフォンにフレンチレストランのホームページを表示させて、大きな目を輝かせながらコロコロと笑った。奈々の目の前に置かれた手作り弁当は彩《いろど》り豊かで、茶色いおかずを詰め合わせた志穂の弁当と違って見栄えがいい。

「小島さんは、彼氏いなかったんでしたっけ？」

「うん」

「ですよね～」

アイディールシステムは、ソフトウェアやアプリの開発を手がけており、品川区に本社を持つ大企業だ。委託を含めた在籍エンジニアは千人以上、リモートでの勤務も多い。志穂は開発事業本部のUIデザイナーとして勤務している。奈々は志穂の二歳下で今年二十五歳だ。

奈々は仕事の面ではやや頼りないところがあるものの、華やかな見た目に庇護欲《ひごよく》を刺激されるおっとりとした話し方をする女性で、年嵩《としかさ》の上司や男性社員に人気が高かった。

「へぇ～ここって超人気フレンチじゃないっすか！　彼氏、めっちゃ甲斐性のある男っすね。ね、志穂さんもそう思いません？」

向かい側に座る松浦晃《まつうらこう》は、奈々のスマートフォンを覗き込みながら志穂にも話題を向けてくる。

奈々の恋人の話を聞くようになって半年ほど経つだろうか。

たしか、誕生日やハロウィンにも高級レストランに行ったと言っていた。顔が可愛いだけではなく甘え上手な彼女のために、恋人が超人気レストランを予約するのもわかる。

果穂と性格のよく似た奈々と話していると、古傷をちくちくと抉《えぐ》られて卑屈《ひくつ》な自分が顔を出しそうになるが、学生の頃とは違い、それを上手く隠す術《すべ》も身につけた。

もともと感情を表に出すのは苦手だし、培《つちか》ってきた仕事の経験による自信が卑屈《ひくつ》さを上手く隠してくれている。相変わらず他人と必要以上に仲を深めるのも得意ではないものの、大人になるとその方が楽に生きられるのだと知った。

実家から足が遠のいている志穂は、あれ以来、果穂とほとんど顔を合わせていない。メッセージアプリをブロックしたことで果穂も察したのか、向こうからの連絡も途絶えている。

過去の件をいまだに引きずっているわけではないが、一度空《あ》いてしまった距離を縮めるのは簡単ではないし、志穂としても今さらだった。

「うん、羨《うらや》ましい。上園さん可愛いから、恋人の気持ちもわかるよ」

「そうなんですよ～。彼、私にベタ惚れで」

羨望《せんぼう》の目を向けて言うと、奈々は満足そうに唇の端を上げた。

奈々の持ち上げられて満足する性格も果穂を彷彿《ほうふつ》とさせるのだが、素直に感情が顔に出るところは羨《うらや》ましいし、可愛いと思う。

「羨《うらや》ましいなら、俺が志穂さんを連れていってあげますって」

「私より自分の恋人を連れていってあげたら？」

松浦から初めて「志穂さん」と呼ばれたときは驚いたが、彼は誰に対しても人懐《なつ》っこく距離感が近い性格なのだろう。奈々と同じで二歳しか違わないのに、この二人と話していると自分が老成しているように感じる。最近の若い子は……なんて年ではないのに。

松浦の言葉を適当に受け流しながら、志穂も恋人との予定に思いを馳《は》せた。

（今年のクリスマスは土日だから、隆史《たかし》さんから連絡があるかな。まぁ、なかったらないでいいか……）

恋人の隆史はあまりマメな性格をしておらず、気分屋でもある。プライベートの予定を前もって立てるのが苦手なのか、前日や当日に誘われることが多い。予定を立てると、当日になって出かけるのが面倒になってしまうらしく、デートは志穂の家ばかりだ。

去年は、十二月二十四日が金曜日の平日で、二十五日は隆史の予定が空《あ》いておらず、家には来なかった。今年はどうだろう。

誰かと過ごすイベント事がいやなわけではないが、一人の方が慣れているし気が楽だ。クリスマスはいつもよりもちょっと贅沢《ぜいたく》に過ごしている。去年はコスメティックブランドから出ているアドベントカレンダーを毎日開けつつ、当日はチキンを焼いてケーキを一人で食べた。

去年は自分用にバスソルトと高級枕を買ったから、今年はジグソーパズルを買って年末年始に完成させようと思っている。

（もし隆史さんから連絡が来ても、たぶん家でだらだらするだけだし。家だと楽でいいよね。人混みとか無理だし）

志穂が同じ部署のプロジェクトリーダーである井出《いで》隆史と付き合ったのは、彼が開発事業本部に異動してきた二年前だ。会ってすぐに、自分に交際を申し込む変わった男性だと思ったのが最初の印象。

しかし、仕事が忙しいときは一週間、二週間プライベートで会わないことも多く、電話やメッセージもごくわずか。外に出るのも煩《わずら》わしいという性格の隆史とは、そういうところが妙に合った。

惣のときの気持ちとは違うけれど、もしかしたらこの人となら上手くやっていけるかもしれない、という希望が持てた。だから告白を受け入れた。

実際、隆史との交際は楽だった。家に泊まることもほとんどなく、食事をしてセックスをしたら帰る。頻繁《ひんぱん》な連絡もない。一人の時間を大切にする志穂にとって、これ以上ない相手だ。

(美味《おい》しいご飯は食べたいから、ちょっと豪華なケータリングでも頼もうかな。二人分頼んで、隆史さんが来なかったら、土日で食べればいいし)

結婚の話も出ていたが、仕事での関わりも密にあるため、まだ社内で交際は公《おおやけ》にしていない。

「あ、そうそう……小島さん。実はあとで重大発表があるので、楽しみにしていてくださいね」

奈々は、空《から》の弁当箱を可愛らしいキャラが描かれた保冷袋に入れると、松浦に聞こえないように声を潜《ひそ》めて顔を近づけてきた。

「重大発表？」

志穂が聞き返すと、奈々は可愛らしく人差し指を口の前に立てて「今は言えません」と言った。

そのとき、彼女の香水の匂いがふわりと鼻をくすぐる。

爽《さわ》やかなユニセックスな香りは、どことなく奈々のイメージとは違う。

(この匂い……どこかで嗅いだことあるような？)

志穂の周りで好んで香水を付けるのは隆史くらいだ。そういえば彼は最近、香水を変えたと言っていた。同じ香りに思えるが、そこまで自信はない。

(隆史さんもブランド物が好きだし、もしかしたら有名な香水なのかも)

志穂は、ブランド物にあまり興味がない。ブランド物じゃなくても、シンプルで質のいい物が好きだ。アクセサリーもほとんどつけない。

嫌いではないのだが、装飾品で着飾っていた果穂を思い出すと、どうせ自分には似合わないと手に取るのをためらってしまう。

化粧もおとなしめで、やや太めに書いた眉に、ほんのりとピンクになる程度のアイシャドウを目元に載せている。目が大きいため、マスカラもアイライナーも引いていない。

仕事中は、緩くパーマをかけた髪を高いところで一つにまとめている。どう頑張ってもさらさらストレートにならないならと、憧れを捨て楽な髪型にした。手は抜いていないのに地味に見えてしまうのは、もともとの顔立ちのせいだけでなく性格もあるのだろう。

そういえば果穂には、地味だの、幸薄そうに見えるだのと散々言われたなと思い出すが、果穂と自分は違うと開き直れるくらいには、妹とのことは自分の中で過去になっていた。

(それに、うちの部署って目立つ人が多いから、気にしてたらキリがないし)

隆史然《しか》り、奈々然《しか》り。そして目立つ筆頭といえば、アイディールシステムに取締役としてヘッドハンティングされてきた、開発事業本部長でもある宮川惣だ。

(まさか、会社で惣と再会するなんて思わなかった)

凛々《りり》しく男らしい顔立ちに圧倒的な存在感。くせのないストレートの黒髪は左右に分けられているが、昔は真っ直ぐに前髪を下ろしていた。

ヒールを履いた志穂よりも頭一つ分は高い身長に、整った顔、体躯の良さも相まって、恋人の座に収まろうとする女性は相変わらずあとを絶たない。

ただ、女性と親しくしている様子もなく、アイディールシステムに来て約九ヶ月、誰一人として恋人の座を射止めた女性はいないため、その誠実さから人気は高まる一方だ。

穏やかな話し方で冗談を交えつつ部下に接しているわりには、プライベートにはいっさい隙がないという話もよく聞く。

彼が三十歳にして取締役に就いている実力は伊達《だて》ではない。頼りがいがあり、誰にでも分け隔てなく接するところも、その優秀さも大学時代となんら変わっていなかった。

話しかけられると、うっかり昔を思い出してときめきそうになるが、それだけだ。

(惣は……覚えてすらいなかったんだから)

大学時代に交際していた惣と再会したのは、彼がアイディールシステムにヘッドハンティングされた今年の四月のこと。

社長の紹介で壇上に立った惣を見たときは驚いたものだ。

なんの因果《いんが》か惣は開発事業本部に配属され、挨拶《あいさつ》の際に目が合ったが、彼は志穂に気づきもしなかった。

志穂は弁当箱を片付けながら、隆史には言えない初恋の日々を思い出し、目を細くする。

大学時代に志穂が所属していたインカレサークルは、本好きな人との交流を目的としたかなり緩いサークルだった。

志穂は、そもそもサークルに入るつもりはなかった。人付き合いが苦手で小中高で友人と呼べる相手はほとんどおらず、話し相手といえば双子の妹である果穂くらいだった。

それなのに、たまたま教養ゼミで隣に座った別学部の女子生徒に強引に誘われ、気がついたら入部することになっていたのだ。

そして、新歓バーベキューなどという、志穂にとっては苦痛でしかない陽キャの集まりに参加させられ、さっさと退部届を出そうと心に決めたとき、惣に出会った。

スマートに誰に対しても分け隔てなく接する彼は、サークル内で存在感の薄い志穂に対しても優しかった。彼は、サークルを辞めようとしていた志穂を引き留め、一人にならないように常にそばにいてくれた。

そんな昔の初恋を思い出すと、別れを告げたときの記憶が蘇《よみがえ》る。けれど、あの頃に感じた苦しいほどの胸の痛みはもうない。ただただ、優しく幸せな思い出が記憶に刻まれているだけだ。

過去の思い出に耽《ふけ》りながら席に戻る頃には、奈々が口にした重大発表のことなどすっかり志穂の頭から抜けてしまっていたのだった。


終業時刻間際、突然、惣が立ち上がりぱんと手を叩いた。

「全員、ちょっと聞いてくれるか」

開発事業本部のフロアにいる社員が手を止めて、前にいる惣に視線を送る。すると、隣の席に座る奈々が「重大発表ですよ」と声を潜《ひそ》めて言った。

（そういえば重大発表があるって言ってたっけ？　なんだろう？）

奈々は、なぜか志穂に向かって勝ち誇ったように口角を上げた。彼女の表情の意味がわからず首を傾げながらも、志穂はほかの同僚に倣《なら》い、身体ごと前へ向けた。

前に立った惣は、全員を見回し志穂で視線を止めると、なぜか案じるような目を向けてくる。

まさか、志穂が担当しているプロジェクトに追加の指示でも出たのだろうか、と考えるが、それならばチーム内で共有すればいい話である。

（なに？）

惣から見つめられるなんて滅多にない出来事に動揺し志穂が目を逸らすと、彼も別の方向に目を向けて誰かに合図をするように小さく頷いた。

すると、斜め向かいに座っている隆史が立ち上がり前に向かうと、なぜか惣の右隣に並んだ。そして奈々もそのあとに続き、隆史の隣に立つ。

（隆史さん……と、上園さん？　異動かな？　隆史さんからはなにも聞いてないけど）

志穂は、惣の隣に立つ隆史と奈々に目を向けた。

（でも、二人同時なんて珍しいし、この時期に？）

疑問を持ったのは志穂だけではないようで、皆、様々な憶測をひそひそと口にした。中には、結婚報告じゃないか、という声もあり、まさかと思いつつもいやな予感が胸を突く。

「えぇと、私事ではありますが……実は、この度、上園さんと結婚することになりました。彼女は妊娠中のため、仕事に影響が出る可能性もありますが、協力していただけると助かります」

隆史が言うと、奈々は頬を赤らめながら、会釈《えしゃく》をした。そして隆史と顔を見合わせて、微笑み合う。まるでずいぶんと昔から関係があったような親密さだ。

（え……結婚って、隆史さんと上園さんが……？　妊娠って……なんで）

志穂は信じがたい思いで前に立つ二人を凝視した。

すると、隆史と目が合い、気まずそうに逸らされる。

どうして自分の恋人が、ほかの女性を結婚相手だと言って紹介しているのだろう。

志穂には、なにがなんだかわからなかった。

「うそ～いつから付き合ってたの⁉」

どこからか冷やかしの声が飛ぶ。

「えぇっと……たしか、半年くらい、か」

隆史は冷やかしに照れた様子で頭を掻きながら答えた。時々、隣に立つ奈々に視線を向ける様子は、二人が相思相愛であることを印象づけた。

半年の交際期間。それが本当かどうかはわからないが、ちょうど奈々が新しい恋人の話を始めた時期と一致する。志穂はずっと、隆史との交際の話を奈々から聞かされていたのか。自分の中にあった隆史への信頼が、砂で作った城のようにさらさらと崩れ落ちていった。

「なんだよ、全然気づかなかった！」

「うそだろ～奈々ちゃん、マジ⁉」

同僚数人がはやし立てる。周囲が祝福の雰囲気に包まれ、どこからともなく「おめでとう」「お幸せに」という言葉が飛び交った。

（先週だって……普通に家に来てたじゃない……）

別れ話なんてされなかった。隆史は「じゃあ、また」そう言って帰っていったのだ。奈々と浮気し、さらに結婚すると決まっていたのに、自分とも関係を持ったということではないか。

「お前ら……冷やかしはその辺にしとけ。上園からもなにかあるか？」

惣が奈々に話を向けた。

志穂は耳を塞ぎたい思いに駆られながらも、隆史と奈々に厳しい視線を送る。こんなときばかりは、あまり変わらない自分の表情に感謝した。

「あ、はい！　これから病院でお休みをいただくことも多くなり、ＵＩデザイナーの先輩でもある小島さんには特にご迷惑をおかけしてしまうと思いますが、フォローしてくださると嬉しいです。仕事は続けたいので、これからも厳しくご指導、よろしくお願いします」

奈々が軽く頭を下げながら志穂に目を向けて言った。

彼女の勝ち誇ったような顔を思い出す。もしかしたら彼女は、志穂の恋人だと承知の上で、隆史を奪ったのではないか。だからあえて、恋人の話を志穂に聞かせていたのではないだろうか。

（どうしてわざわざそんなこと。選ばれたのは自分だって、見せつけたかったの？）

彼女が言っていた重大発表とはこのことだったのだ。

隆史にしても奈々にしても、志穂を裏切っておいてどうしてあれほど堂々とした顔ができるのか、志穂にはなにもかもが信じられなかった。

（もしかしたら、最初から私は、遊び相手でしかなかったのかもしれない。本命ができたから、捨てられただけ）

それに気づかず、そのうち結婚しよう、なんて上辺だけの彼の言葉を信じていた自分が間抜けだったのである。

誕生日やイベントには欠かさずレストランを予約する大事な相手である奈々と、空《あ》いた時間にだけ会う相手である自分。初めから彼は、志穂と結婚するつもりなどなかったのだろう。

デートはいつも志穂の家で、一度だって有名なフランス料理店に連れていってもらったことはない。デートの約束をしていても、彼の気分で破られることも多かった。

(そういうところが楽だって思ってたけど……本命には、違ったってことだよね)

彼にとって志穂は、別れの言葉さえ言わず、なかったことにしてしまえる程度の存在だったのだろう。

「上園は、産休までは引き続き開発事業本部の仕事を続けます。みなさんにもご迷惑をおかけすると思いますが、ご容赦ください」

隆史がそう言って頭を下げると、温かい拍手が送られた。

(産休っていつ？　これから毎日、隆史さんと上園さんと顔を合わせなきゃいけないの？　同じプロジェクトを担当してるのに？)

どんな顔をして彼らと話せばいいのだろう。おめでとう、なんて声をかけたくもない。

私が辞めれば――そんな思いが頭を掠めるが、小さく首を横に振る。

(プロジェクトは動き出したばかりなのに……今、辞めたら、周りに迷惑をかけちゃう)

現在受け持っている仕事を途中で投げ出し、すぐに退職はできない。

それに、ＵＩデザイナーとして同じ仕事をしている奈々の分の負担が増えるのは間違いない。

（毎日、この二人と仕事しなきゃならないなんて）

絶望感に志穂の身体がふらりと揺れた。デスクに手を突き、深く息を吐く。下を向いていると、惨《みじ》めさに涙が溢《あふ》れてきた。騙《だま》されていた悔しさと、気づけなかった恥ずかしさで胸をかきむしりたくなる。

ただ、一連の衝撃のせいか、隆史への好意が一瞬で消え失せたことだけは、不幸中の幸いかもしれないが。

和気あいあいと隆史と奈々の出会いを聞く同僚たちをよそに、ただ一人傷口を抉《えぐ》られたような痛みに顔を顰《しか》める。それを奈々が嘲笑《あざわら》っているような気がして、さらに唇を噛みしめた。

そんな自分を心配そうに見つめる人がいることには、気づかなかった。


席に戻ってきた奈々は、志穂をちらりと見つめて、いたずらっぽい笑みを浮かべた。まるでドッキリが成功したかのような顔をしている。

「驚きました？」

奈々に聞かれて、志穂は自分を落ち着かせるように深く息を吐いた。

「……うん、驚いた。あの、体調は……平気？」

志穂が聞くと、奈々は驚いたように目を丸くして、頬を引き攣《つ》らせた。

感情的には彼女を罵《のの》しりたい気持ちもあったが、妊婦を怒鳴りつけるわけにもいかないし、奈々を責めたところで、彼女の妊娠がなくなるわけでも、隆史の浮気の事実が消えるわけでもない。

傷ついていても、泣きたいくらい辛くても、顔に出さず取り繕《つくろ》うのは昔から得意だ。それが冷めていると言われる所以《ゆえん》なのだろうが、今日ばかりはそれがありがたかった。

「え、あ、はい。今は平気ですけど、それだけですか？」

「それだけって？」

「……いえ、なんでもないです。すみません……私、今日はもう帰りますね」

「もう帰るって……それ、間に合う？」

やりかけの仕事を指して言うが、奈々はきょとんとした顔のまま「たぶん」と言った。

「今日は井出さんの両親と結婚前の顔合わせがあるんです。だから行かなきゃ。井出さんのお父さん気が早くて、赤ちゃんの服とか買おうとするんですよ」

奈々は帰り支度をしながら、そう話した。

「わかった。じゃあ、残りは私がやっておくから」

「そうですか？　じゃあお願いしまーす」

隆史との関係を志穂に聞かせどうしたいのだろうか。自分たちは結婚する、だからあなたの出る幕はない、と伝えたいのかもしれない。そもそも志穂は彼の本命でもなかったというのに。

「お疲れ様」

志穂が淡々と返すと、奈々はなぜか腹立たしそうな顔をする。

幸せいっぱいのはずの彼女がそんな顔をする理由がわからず、けれど、その理由を知りたいとも思えず、志穂はパソコンに向き直った。

「井出さん、まだかかりますか？」

「あ〜悪い。遅れるって俺から親に言っておくから、駅で待っててくれるか？」

「わかりました〜お先に失礼します」

奈々もやり残した仕事があるのだが、残業してまで進めるつもりはないらしい。頼むくらいなら自分がやればいいかと、志穂は彼らの話を聞きながら手を動かした。

奈々がフロアを出ていったのを横目に見ながら、志穂はふっと息をつく。隆史の浮気相手の隣にいて気が休まるはずもなかった。

「志穂さん、大丈夫っすか？」

向かいに座った松浦が聞いてくる。

「なにが？」

「いえ……なんでもないっす」

松浦は、気まずそうに視線を落として首を振った。

(もしかして、顔に出てたかな)

志穂は両手で頬を包み、ぱちぱちと叩いた。

凝《こ》り固まった肩を解していると空腹感を覚える。

(お腹空《す》いたかも。今日は仕事が進みそうにもないけど……終わるまでは帰れないし)

急ぎの案件を抱えていないエンジニアは、皆、定時で帰っていった。帰れるときは早く帰る、がこの会社のスタンスだ。残っている人は数人で、今、盛大に腹が鳴ったらとても響くだろうと思い、席を立つ。

（お腹に溜まるものでも飲もう。自販機にポタージュあったよね）

志穂はフロアを出て休憩室に向かう。休憩室の廊下には自販機が並んでおり、室内はさほど広くはなく、三名も入ればいっぱいだ。百円玉を取り出し自販機に入れようとして手を止めた。ちょうど休憩を取っていたと思われる女性数人がいるらしく、中から声が聞こえてきたのだ。その中の一人の声に聞き覚えがあり、ドアに近づいた。

「違うよ、それ誤解」

聞こえてきたのは、帰ったはずの奈々の声だ。

（駅に向かうんじゃなかったの？）

志穂は開けっぱなしになっているドアのすぐ横に身を隠した。とはいえ、廊下からは丸見えで、誰かが来ればなにをしているのかと思われそうだが。

「そうなの？　小島さん、二年くらい前から井出さんと付き合ってたって噂があったけど」

「違うってば。私、井出さんにちゃんと聞いたもん。あの人、ずっと井出さんに付き纏《まと》ってたの。告白を断ったら、ストーカーするようになって、彼女面《づら》されたんだって。小島さんしつこくて、このままじゃなにをされるかわからないから、話を合わせてたみたいだよ」

志穂について、隆史は奈々にそう説明していたのか。

違う、と叫びたいのに、足がその場に縫《ぬ》いつけられてしまったかのように動かなかった。

「え～そんなことするかな。いい人だと思ってたけど」

「いい人だなんてとんでもないよ！　付き合ってもいないのに、結婚を匂わせてくるんだよ。怖くない？」

「うそでしょ！　こわっ！　ガチのストーカーじゃん」

「そうだよ、そう言ってるでしょ。だから私、井出さんと付き合ってから、彼とのデートの話をあの人に聞かせてたの。逆上されても怖いから、さりげなくだよ。ほら、ストーカーってやってる方はストーキングだって気づいてないって言うじゃん。それで自分が恋人じゃないって気づくかなと思ったんだけど、全然みたい。ほんと怖いし、会社辞めてくれないかな」

「井出さんと奈々ちゃんが結婚するって知って、なにかしてくるかもよ。大丈夫？」

「あの人、会社ではまともなふりしてるし、めちゃくちゃいい人ぶってるから平気だと思う。でも、行き帰りは心配だから、なるべく彼に送ってもらう」

「うん、そうした方がいいよ。え〜でも怖いね。警察に相談してみたら？」

「私もそう言ったんだけど、男がストーキングされてるなんて恥ずかしくて言えないって」

奈々のため息が廊下にまで聞こえる。

「あ〜それもそっか。男の人ってそういうの気にするもんね」

たしかに、いつか結婚できたら……なんて話が会話の中で出たことはあった。けれど、それを言い出したのは隆史だ。志穂はそうだねと返したにすぎない。

（隆史さんにとって、私は……邪魔なんだ）

会社に親しい同僚がいない志穂は、交際の件を誰にも話していない。それでも、万が一バレたときのために予防線を張っておいたのだろう。

この場に踏み込んで、志穂が違うと言ったところで、奈々は信じないだろう。それに、隆史とのメッセージのやりとりを思い出すと、最初からそのつもりだったと思わざるを得なかった。交際の証拠になるようなメッセージはいっさいない。

自分に告白してきたのも、体《てい》のいい遊び相手になると思ったからか。騙《だま》されていたことに気づかず、バレても黙って耐えるような相手だから。

元恋人と浮気相手が幸せそうにするのを見せつけられて、さらにストーカーだと濡れ衣を着せられて、これからもそれに耐え続けなければならないのか。

(……やっぱり、辞めよう)

プロジェクトがすでに進行中であることを考えると、後ろめたさに苛《さいな》まれる。

奈々一人でこなせる仕事ではないし、在宅のデザイナーに頼むことになるだろうから、スケジュールが押すことは確実だ。けれど、これ以上彼らと一緒に働きたくない。

(惣にも、迷惑かけちゃうのは……申し訳ないけど)

プロジェクトが遅れ謝罪に向かうのは、リーダーである隆史だけでなく、惣もだ。

言いようのない悔しさで、息が詰まる。喉がひくりと鳴り、涙が滲《にじ》んだ。自分がなにをしたと叫び出したい衝動に駆られながらも、胸元をぎゅっと押さえる。

「……っ」

泣き声を上げないように、唇を噛み締めた。ぎりぎりと胃を絞られるような痛みの中、逃げるように踵《きびす》を返す。

するとⅰ目の前が急に陰り、誰かの手が肩に触れた。驚いて顔を上げると、大きな体躯が志穂を隠すようにドアの前に立つ。

「社員の根拠のない噂を広めるのは感心しないな」

「み、宮川取締役！」

休憩室にいた女性社員が色めき立った。奈々もまた声を上げるが、先ほどとは打って変わった甘ったるい声が聞こえてくる。

「根拠はありますよ？　あの人が井出さんにストーカーしてたのは本当ですもん」

「あり得ない」

「あり得ないって……なんでですか」

惣は、ふてくされたように言う奈々を鼻で笑い、信じがたいことを口にした。

「同じ部内だから秘密にしていたが、志穂が付き合ってるのは俺だからな。そんな彼女が井出をストーカーするわけがないだろう」

「えっ……うそっ」

女性たちの甲高い声が響く。

志穂もまた、ドアの横に隠れながら涙が引っ込むほどに驚いた。

名前を呼ばれたことも、付き合っているといううそも。先ほどまでの悔しさや悲しみすら吹っ飛ぶくらいの衝撃である。

(付き合ってるって……なに言ってるの⁉)

庇《かば》ってくれたのだろう。それは理解している。

だが、いくらなんでもそんなうそが通用するはずがない。彼がこの会社に来て九ヶ月弱。惣とはプライベートでの関わりなどまったくないのだから。

案の定、奈々は耳を疑った様子で惣に食ってかかる。

「そんなわけないです！　だってメッセージ見ましたもん！」

「メッセージって？」

「何時に家に来るのかとか、クリスマスはどうするのかとか。あの人、何度も井出さんにメッセージを入れてたんですよ！　井出さんは全部スルーして相手にしてませんでしたけど」

それは、メッセージの返信はいつも電話だったからだ。志穂は話すことが苦手で文章のやりとりを選んでしまうが、隆史はほとんど電話だった。メッセージ画面から通話の履歴を消したのだろう。

その理由も今ならわかる。

「そのメッセージに、志穂が井出を好きだって証拠でもあったのか？」

隆史がメッセージでのやりとりを好まないため、志穂も用件しか入れていない。恋人だったはずなのに、甘ったるいやりとりは欠片《かけら》もなかったと言い切れる。

約束した日はどうするのか、何時に来るのか、など。思い返してみると、交際していたとは思えないほど淡々としたメッセージばかりだ。

「それは……でも、信じられません！　取締役と小島さんが付き合ってるなんて、そんな雰囲気全然なかったじゃないですか！　ね、そう思わない？」

奈々は勢いのままほかの女性に同意を求めた。

「いや、そんなの知らないよ。私、奈々ちゃんと井出さんが付き合ってたことも気づかなかったし」

困ったように女性が言った。

さすがに惣の前で、志穂の悪口を言う気にはならなかったのかもしれない。

風向きが変わってきたことに、志穂の胸はやかましく音を立てる。これまで仕事の話しかしてこなかったのに、志穂がストーカーをしていないと惣が信じてくれたことに驚いた。

（どうして、私を信じてくれるの？）

隆史の悪意ある裏切りで荒《すさ》んだ心が、すくい上げられていくようだった。

志穂は、壁にもたれかかり、目頭に浮かんだ涙を指で拭った。

「じゃあ、二人で撮った写真とか見せてくださいよ。あるなら、信じますけど」

どうせないだろう、とばかりに奈々は言った。

奈々と一緒にいる女性たちはすっかり萎縮《いしゅく》しているというのに、取締役相手に勝ち気な態度を崩さない奈々をある意味尊敬してしまう。

「あるぞ。って言っても、昔のだけどな」

志穂の心配を余所《よそ》に、惣は堂々とした口調で返した。

昔のだけど、という彼の言葉に鼓動が跳ねる。

（まさか、私のこと、覚えてたの？）

「昔って……どういう意味ですか？」

「志穂は俺の大学時代の恋人だ。再会愛ってやつだ、ほら」

「うそ……これ。っていうか、今どきロック画面を恋人の写真にします？」

志穂は惣の話をにわかには信じられない思いで聞いていた。スマートフォンのロック画面に自分と惣が映った画像が使われているなんて、準備がよすぎやしないかと。

「うるさいな、ほっとけ」

照れたような惣の声が聞こえる。

（それじゃ、本当に私を好きみたいだよ）

聡明な彼のことだから、昔の写真を急いで壁紙にしてくれただけだとわかっているのに、くすぐったいような思いがしてくる。

「うわ、ほんとだ。取締役、若～い。小島さんもめちゃくちゃ可愛い」

惣が見せたであろう写真には覚えがある。自分のフォルダにも同じ写真があり、当時はそれを何度も見返していた。

付き合った期間はたったの一ヶ月。二人で撮った写真はそれ一枚だけだ。

「ほかのはないんですか？　見た～い」

「見せるわけがないだろ。上園が信じられないって言うから見せてるだけで、志穂の許可は取ってないんだから」

志穂、とふたたび呼ばれて、人知れず頬が熱くなる。

惣が自分を呼ぶ声はいつだって甘かった。名前を呼ばれるたびに胸を弾ませていた過去を思い出すと、初めて彼に抱かれたときのことまで脳裏に浮かんでくる。

「それより今、小島は上園がやり残した分の仕事をしている、それを理解しているか？」

「え……」

「井出の親と食事の予定があるんじゃなかったか？　こんなくだらないことに時間を使う暇があるなら、戻って仕事をしてくれ」

惣のやや低い声が響いた。

叱責《しっせき》しているわけではないが、奈々には十分効果があったようだ。

「……すみません、でした。井出さんを待ってる間、ちょっと話してただけなんです」

小さな謝罪が聞こえて、慌てたように女性たちが続けた。

「ごめん、奈々ちゃん、また今度ね。私、仕事に戻らなきゃ！　取締役、私たちもこれで！」

「私も！　お疲れ～。失礼しました！」

女性二人が休憩室から出てくる。ドアの横に立っていた志穂に気づき、ぎょっとしたように身体を震わせ、ばつが悪そうに目を逸らすとばたばたと走っていった。

あの女性たちは、嬉々として惣と自分の交際について広めるだろう。

(どうしよう……本当のことを話した方がいい？)

一番いいのは、ストーカーの話も含めて、志穂がなにもかもを正直に話すことだ。

けれど、隆史と交際していたことを公《おおやけ》にすれば、当然、奈々もそれを知ることになる。隆史がどうなろうと自業自得だと思うが、妊娠している奈々を追い詰めるような真似はしたくなかった。

志穂はポタージュを買うのを諦め、席に戻った。頭の中ではどうにか解決策を探ろうとしているが、退職以外なにも思いつかない。

惣を問い詰めたいのに、オフィスで話をするわけにもいかないし、目の前には大量の仕事。先ほど休憩室の前を通りかかったのはどこかに行く途中だったのか、彼は席にいなかった。

なんとか目の前の仕事を熟《こな》しながら、惣が席に戻るのを待つ。

それから一時間ほど経った頃。

志穂が仕事を終えて、帰り支度をしていると、どこかに行っていた惣がようやく戻ってきた。

目が合うと、惣はなにかを企《たくら》むように微笑み、分厚い書類を手に志穂の席に近づいてくる。

もしかして話しかけられるのだろうかとつい身構えてしまうが、手が軽くデスクに置かれただけですぐに離れていった。

惣は志穂の後ろを通り過ぎ、手に持った書類をシュレッダーにかけ始める。

(なんだ……シュレッダーしに来ただけ……)

ざりざりと紙を呑み込む機械音を聞きながら、強張《こわば》った肩から力を抜いた。するとデスクに小さな付箋《ふせん》が貼りついていることに気づく。

(これ……電話番号？)

付箋《ふせん》に書かれた十一桁の番号にメールアドレス。それにメッセージアプリのＩＤ。なにも書かれていないけれど、あとで連絡しろ、ということだろう。

(惣に、迷惑をかけるわけにはいかない……自分でなんとかするって話さないと)

志穂は周囲に挨拶《あいさつ》をしてフロアを出て、エレベーターで一階まで下りた。

仕事中の彼に連絡をするのは迷惑かもしれない。家に帰ってから連絡するべきだろうか。

迷った末に、志穂は駅に向かう途中で足を止めて、メモに書かれた番号に連絡を入れた。

(もし仕事中だったらかけ直そう)

コール音を聞いて待つと、相手はすぐに電話に出た。

『志穂か？　早かったな。今どこだ？』

電話でも名前を呼ばれて、昔を思わせるやりとりに困惑する。

「会社を出て、駅に向かってます。まだ仕事中、でしたか？」

彼の口調に迷惑そうな雰囲気がなくてほっとする。

『いや、大丈夫だ。まだ近くにいるよな？』

「はい」

『なら南口にあるホテルの三階で待ってろ。鉄板焼きの店があるから、そこの前な』

「え……あ、切れてる」

ぷつりと電話が切られ、耳からスマートフォンを離す。手のひらにじっとりと汗をかいていることに気づき、ハンカチで拭った。

惣と久しぶりに電話で話すことに緊張していたらしい。会社で毎日顔を合わせているし、上司と部下として接することにも慣れたと思っていたのに。

（惣は、どうして私を庇《かば》って、恋人だなんて言ったんだろう）

いや、そもそも隆史の浮気がわかったときに問い詰めていれば、惣にうそをつかせることもなかった。

そんな後悔ばかりが押し寄せてくる。

（意気地なし……私は、昔からなにも変わってない）

待ち合わせ場所に向かいながら歩いていると、バッグに入れたスマートフォンが振動する。

画面には〝実家〟と出ていた。用件はわかっている。

（年末に帰ってきなさいって、言われるんだろうな。果穂はきっと家にいるよね……）

出ようかどうしようか迷い、足を止めることなく通話を押した。

「はい」

『志穂？』

「お母さん、どうしたの？」

『どうしたのって、全然連絡をよこさない娘に電話をしただけよ。ところで、年末は帰ってこないの？　果穂も会いたがってるわよ？』

「ごめん、いろいろと忙しくて。そのうち有休取って顔出すよ」

そんなうそをつくのにも慣れたものだ。実家は神奈川県で、アパートから一時間半の距離だ。いつでも帰れるが、いまだに足は遠のいている。

『こっちに来るのが面倒なのはわかるけど、もう少し顔を出しなさい。志穂はおとなしいから、周りの人と上手くやれてるのかって心配なのよ。ほら……最近、残業が多くて過労死したってニュースがあったじゃない。あなたはそういうの上手く断れなそうだし……』

「残業はそこまで多くないから大丈夫。周りの人とも上手くやってるよ」

早く電話を切りたい思いに駆られて、早口で言った。

両親には愛情を持って育ててもらったと思う。ただ、果穂と自分には明確な差があった。

自己主張が苦手で人付き合いもままならず、一人でばかりいる志穂を両親はことさら心配していた。

果穂みたいにもっと前に出なさい。果穂みたいにはっきりと話しなさい。果穂みたいに友達をたくさん作りなさい……果穂みたいに、それが両親の口癖だった。

それは決して悪意ではなかったと、今ならわかる。

けれど、幼い志穂にとって、果穂に比べて自分は劣っているのだと胸に刻まれるには十分だった。

それに、あれから九年近く経ち、自分の中で惣のことが過去になっても、果穂とは距離ができてしまったままだ。一度作ってしまった壁を壊すのは簡単ではなく、なにもなかったように接するのは難しい。

『一日くらい帰ってこられないの？』

「果穂が家にいるんだから、いいじゃない」

『果穂は果穂よ』

母にきっぱりと言い切られて苦笑が漏れた。

「ごめん、予定があるから。そのうち休みに顔を出すよ」

『わかったわよ。でも、ちょっとでも時間があるならこっちに来るのよ』

「今忙しいの、悪いけどもう切るね」

志穂はおざなりに返事をして電話を切り、待ち合わせ場所のホテルへと急いだ。


惣と待ち合わせているラグジュアリーホテルは、駅の南口から直結しており、利便性のいい立地に建っている。

客室からは周囲に聳《そび》え立つ高層ビル群を一望でき、さらに世界水準のサービスを受けられるとあって、外国人観光客やビジネス客の利用も多く、結婚式場としての人気も非常に高い。

まさか高級ホテルに呼び出されるとは思ってもみなかった志穂は、自分の格好に目を走らせて、ため息を漏らす。

白のブラウスに長めのプリーツスカート。その上から、ムートンジャケットを羽織っている。仕事着としてはおかしくないが、レストランフロアでの場違い感に落ち着かない。

志穂はジャケットを脱ぎ、腕にかけると惣の到着を待った。

「待たせたな」

惣が来たのは、志穂が着いてから十分後だった。

電話のあと、すぐに向かってくれたのかもしれない。

「いえ、私こそすみません。お忙しいのに、電話を……」

「その話し方慣れないんだよな」

ため息まじりに言われて、下げかけていた頭を上げた。

「え？」

「とりあえず入るぞ」

腕を引かれて、店に足を踏み入れた。

店内は和の雰囲気が漂《ただよ》い、大きなガラス窓から眼下に広がる日本庭園を見下ろせる造りになっている。中央には大きな鉄板とカウンター席があり、景色を見ながらシェフが銘柄牛や海鮮を目の前で焼いてくれるようだ。

惣はカウンターではなく半個室席を選んだ。席に着き、メニューを見ることもなくスタッフを呼ぶと、おすすめコースを頼んだ。

「たしか肉は好きだったよな？　飲み物はどうする？」

「はい……えっと、ウーロン茶で」

待ち合わせ場所に飲食店前を指定された時点で予測はできていたが、まさか本格的なコース料理の店とは思ってもみなかった。

「じゃあ、ボトルシャンパンとウーロン茶。グラスは二つで」

しかも頼んだのはボトル。食事が終わるまでに二時間はかかるはずだ。自分のためにわざわざそんなに時間を取る必要はなかったのに。

「かしこまりました」

店員が一礼して背を向ける。

黙ったまま飲み物が運ばれてくるのを待っていると、惣がこちらを見て小さく笑った。

「困った顔をしてるな」

「それは……だって、取締役があんなことを言うなんて、思ってなかったので」

志穂の言葉に、向かいに座った惣が眉を上げて嘆息した。

「なぁ、それ、やめないか？　無理強《じ》いはしないが、もう少し砕けてくれ。昔は、惣って呼んでただろう？」

にっこりと微笑まれ、顔が引き攣《つ》った。

冗談を言っている様子はない。昔のよしみで無礼講でいい、という意味だろうか。

「今さら、呼べるわけないですよ」

「それは残念」

さして残念そうでもなく彼は言った。

こんな話をしに来たわけではないのだ。なぜ彼がうそをついてまで自分を庇《かば》ってくれたのかはわからないが、上司を面倒事に巻き込むわけにはいかない。

「あの、私……」

「辞めるなよ？　マナビゼミナールのプロジェクトメンバーから、デザイナーの主力であるお前を外すことはできない。今後のチームについては配慮する。だから……簡単に諦めるな」

退職する、と口に出すのを遮《さえぎ》るように惣が言った。

懐《なつ》かしいセリフに驚いた。出会った頃、サークルの空気が肌に合わず辞めようとしていた志穂に、彼は今と同じように「辞めるな」と言ったのだ。

楽しいことを、俺がたくさん教えてやるから――そう言って、志穂をいろいろなところに連れ出してくれた。

(ほんと、変わってないな)

志穂がなにを言うのかわかっていたのか、そんな風に先手を打たれてしまうと「これ以上迷惑をかけたくないから辞める」とは言いにくい。

「……相変わらずですね」

昔話をするつもりはなかったのに、気づくとそう口にしていた。

学生時代となんら変わっていない。お人好しなところも、困っている人を放っておけないところも、人たらしなところも。彼は人付き合いのできない志穂に、遊ぶ楽しさを教え、恋愛の素晴らしさを教えた人だ。

「そうそう性格なんて変わらないだろ。お前だって昔と変わってない」

惣は懐《なつ》かしそうに目を細めた。

「……私のこと、覚えてたんですね」

会社で初めて顔を合わせたときから今まで、過去について話題に上《のぼ》ったことは一度もない。だから、さっき、学生時代の話を持ち出されて心底驚いた。写真までまだ持っているなんて思ってもみなかった。

「当たり前だろ。たとえ一ヶ月でも、恋人だった女の顔くらい覚えてるさ」

惣はさも当然だとばかりに頷いた。

覚えていたならどうしてなにも言わなかったのだろうと思わなくもないが、言わなかったのは志穂も同じだ。でも志穂も、惣を忘れたことはなかった。恋する気持ちが形を変えても、自分に恋愛を教えてくれた人のことを忘れはしない。

けれど、あれはもう過去だ。今から惣となにかが始まるわけもないのだから、言う必要はないと思っていた。

「そうでしたか」

「俺も、忘れられてると思ってた。お前こそ、覚えてたんだな」

忘れるわけがない、そう言おうとして志穂は口を噤《つぐ》んだ。

過去であっても、それを口に出すのはなんだか悔しかった。

志穂が別れのメッセージを送り連絡を絶ったあと、彼とは一度も顔を合わせていない。志穂の家を彼は知っていたし、連絡を取ろうと思えば取れたはずだ。

それでも、惣からはなんの連絡もなかった。一方的に別れを告げたのは自分だが、やはり彼にとって自分は賭けの対象でしかなかったのだと思い知らされた。

「覚えてますよ。記憶力はいい方ですから。あの、さっきはありがとうございました。ストーカーと思われるのは心外でしたから、助けてくれたことには感謝しています。でも、これ以上取締役に迷惑をかけるつもりはありません」

「迷惑だなんて思ってない。やりたくてやったことだ」

惣はあっさりとそう言った。志穂の恋人に思われるなんて、彼にとっては迷惑だろうに。

（私を庇《かば》うために、恋人だってうそをつかせるなんて。そんなことさせるくらいなら、退職した方がマシだよ）

志穂が退職すれば万事解決するのだ。

隆史のストーカーと思われたところで、社員と顔を合わせなければ痛くも痒《かゆ》くもない。それに、志穂がストーカーでないことを知っている隆史が、警察に行くことは絶対にない。

退職日までは針のむしろだろうし、引き継ぎで迷惑をかけてしまうかもしれないが、自分のほかにもデザイナーはいる。それに、同じプロジェクトを担当しているメンバーが三角関係になっているより、はるかにいいはずだ。

「私事に取締役を巻き込むつもりはありません。私が仕事を辞めればそれで済みます」

「さっきも言っただろ。自分が悪くないのに辞めるな。それとも、お前は本当にストーカーをしてたのか？」

「まさかっ！」

「だろうな。お前と井出は付き合ってた、でいいんだよな。まず、そこからちゃんと説明しろ」

だが、説明したら巻き込んでしまう。けれど、黙っていることもできず、志穂は渋々頷いた。

「……はい」

「お待たせいたしました」

そのとき、タイミングを計ったようにグラスを持った店員が来た。

シャンパングラスに酒を注《つ》がれるのを見ながら、どこから話そうかと頭の中を整理する。

「飲めなかったら、グラスは置いておけばいい」

「大丈夫です……飲めます。いただきます」

グラスを持ち上げて、口をつける。爽《さわ》やかな香りが鼻から広がり、甘さはあるがすっきりとした口当たりで飲みやすい。銘柄はわからないが、肉料理にも合いそうだ。

ドリンクを運んだスタッフとは別のスタッフがすぐにやってきて、綺麗に盛りつけられた前菜が目の前に置かれた。志穂はナイフとフォークを手にしながら、口を開いた。

「たか……井出さんとは、二年前から付き合っていました。彼がメッセージより電話が好きだと言っていたので、証拠になるようなものはないですが……私の勘違いではありません。上園さんと井出さんが付き合っていたなんて、今日まで知りませんでした」

家に行く、という隆史からの電話を、いつも待つばかりだった。冷静に考えれば、本命とは思われていないと気づけたはずなのに。

「勘違いなんて初めから思ってねぇよ」

「私たちが付き合ってたことに、気づいてましたか？」

「あぁ、なんとなくな。だから井出から結婚の報告を受けたとき、気になった」

やはり案じてくれていたのだと知り、志穂は小さく礼を言った。

「ひどいことをするな」

隆史と奈々の結婚報告は、ただただショックだった。

しかし、彼に対する好意が失せた今は、無力感が大きい。大切にされていないと気づきながらも、楽だからと見て見ぬふりをして、隆史の本質に気づけなかった。

「二人を祝えないにしても、心変わりは仕方ないから納得しようとしたんです。でも、ストーカーなんて話を聞いたあとじゃ、一緒に仕事をすることはできません。井出さんも上園さんも、私が退職すればいいと思ってるんです。その通りにするのは癪《しゃく》ですが、それが一番いいと思っています」

「そうやってまた、俺のときみたいに逃げるのか？」

冷ややかな口調で言われた言葉に、志穂は胸の内を見透かされたような思いでびくりと肩を震わせた。メッセージ一つで別れを告げたときのことを揶揄《やゆ》されたのだと、気づかないわけがなかった。

「それ、は……」

志穂が告白をOKするか友人と賭けていたと果穂から聞いたから。そんな理由は言い訳にもならない。本当はあれから何度も後悔した。あのときどうして直接確かめなかったのかと。

それができなかったのは、惣が自分を選んでくれるとは思えなかったからだ。彼の口から、果穂との交際を聞かされたくなかった。だから、自分から別れを告げて、惣を諦めた。

あのときの自分の気持ちをわかってもらえるとは思えず、志穂は口ごもった。視線を落としてテーブルを見つめていると、向かいからため息が聞こえてくる。

「果穂からなにか言われたんだろ？」

「どうして、それを」

まさか惣が知っていたとは思わず、驚いて顔を上げた。

「俺もいろいろ吹き込まれたからな。その件で志穂と話そうと思っていた矢先に、お前から別れのメッセージが届いたんだ。そのあとはブロックされたしな」

果穂ならばそれくらいやりそうだ、と妙に納得してしまった。

九年も前のことだが、今さら自分の行動の愚かさを突きつけられた気分だった。

「果穂は……なにを？」

「身体の相性が悪いから別れたい、志穂がそう言っていたと聞かされた」

「そんなことあるわけないっ！」

志穂は頬を真っ赤に染めながら必死に首を横に振った。

たった一度だけ惣と身体を重ねた日を思い出す。志穂はあのとき初めてだったし、それで身体の相性などわかるはずもない。

（あのとき、別れ話をする前に惣に確認していれば……）

惣は自分を信じてくれていたのに、彼を信じられなかった。自分が恥ずかしくてならない。

「果穂は……あなたが私と付き合うことを、友人との賭けの対象にしていたと言いました」

惣は、志穂の言葉に呆れたように肩を竦《すく》めた。

「それこそまさかだな。あのとき俺は、間違いなくお前が好きだった。好きだと言ったのはうそじゃないし、賭けなんてするわけがない」

「そうだったんですね」

笑おうとしても、上手く笑えなかった。

今さら過去の誤解が解けたところで、時間は元には戻らない。彼の手を離してしまった自己嫌悪が残るくらいだ。

「それで、やっぱり逃げるのか？」

「……はい、辞めます」

志穂がきっぱり言うと、向かいからふたたび嘆息が聞こえる。

「お前は、そうやって自分ばかりが泥を被ろうとするのをいい加減にやめろ。俺を利用してあいつらを見返してやるくらいの気概を持て。もっと強《したた》かになれよ。見ているこっちがもどかしくなる」

惣は眉を顰《ひそ》め、苛立った口調で言った。

「見返す……？」

思ってもみなかったことを言われて、志穂は目を見開いた。見返すために惣を利用するなんてできるわけがない。

惣は苦笑しながら腕を伸ばし、戸惑う志穂の頭の上にぽんと手を置き、呆れた顔をした。

「辞める決意をするのは、恋人として俺を利用してからにしろ。悪いようにはしない」

「どうしてそこまで……」

昔付き合っていたとはいえ、たった一ヶ月。それにいい別れ方をしたとは言えないのに。

「お前ほど、俺は諦めがよくないもんでな」

諦め、の意味はわからないが、もしかしたら彼は、上司として気にかけてくれているのかもしれない。

「ご厚意はありがたいですし、心配してくださるのも、嬉しいです。でも、恋人のふりをしても取締役にはなんのメリットもありません。それに、あなたの恋人に迷惑がかかります」

「俺に恋人はいない。志穂の恋人になるのになんの障害もないぞ。喜んで利用されてやるよ」

彼の言葉に益々戸惑ってしまう。

惣がどうして自分にここまでしてくれるのかはわからないが、守ろうとしてくれているのだけは伝わってきた。

(そういえば……昔から、困ってる人を放っておけない人だったもんね)

『周りにいいように使われてるなよ』

かつて、サークルの集まりのバーベキューで、一人ぽつんと料理の下拵《したごしら》えをしていた志穂を見かねたのか、惣がそう言って声をかけてきた。

『辞めるなよ。また来い。楽しいことを、俺がたくさん教えてやるから』

まったくもって上からなセリフだったが、不思議と苛立ちはしなかった。社交辞令だと思ったのに、その後も、度々彼に話しかけられるようになるとは夢にも思わなかった。

(昔も今も……変わらないな)

辞めるな、喜んで利用されてやる、なんて、本心なはずがないのに。昔みたいに流されるまま彼の優しさに甘えてしまいたくなる。

「ストーカーなんて話がなくなれば、お前も仕事がやりやすくなるだろう。俺は優秀な社員を失わずに済む。いいことずくめだ」

その言葉で、ようやく腑《ふ》に落ちる。やはり彼は上司としてチームの心配をしているだけなのだ。このまま志穂が退職すれば、プロジェクトの進行にも影響があるかもしれない。

「そのために、私の恋人になると？」

いくら困っている人を放っておけないとしても、自己犠牲がすぎる。彼がそこまでするメリットなんてなにもない。

「あぁ。過去の誤解は解けたし、俺は今フリーだし、お前は女として魅力的だからな。なんの問題もない」

惣は色気を含んだ目をして志穂を見つめた。

「女としてって……」

暗に身体の関係を求められているのがわかり、志穂は思わず口に溜まった唾をごくりと飲み込んだ。

元恋人ならば一線を超えるのはたやすい。彼はきっと、噂が落ち着くまで、身体の関係を含めた大人の付き合いをしようと言っているのだ。恋人というより、セフレのようなものかもしれない。

「本気ですか？」

「本気に決まってる。それとも、俺と付き合うのはいやか？」

「……そういうわけじゃ」

「じゃあ、いいな」

惣は断られるとは思ってもいないのか、自信ありげに言う。

彼の提案は、状況を打開するにはベストに思えた。冷静に考えれば、志穂にとってメリットしかない。仕事を辞めずに済み、ストーカー疑惑も解消される。

「惣は、それでいいの？」

気づくと、口調が昔に戻っていた。出会った頃を思い出したからだろうか。

久しぶりに惣と呼んだのに、まるで空白の期間などないように感じた。彼の口調や態度が付き合っていた頃を彷彿《ほうふつ》とさせるからかもしれない。

「いいよ。あいつらに見せつけてやればいい」

惣は、口の端を得意げに上げて笑った。

いつだって前向きで自信家で、志穂はそういう彼が好きだった。自分にないものを持っている惣が眩《まぶ》しく映った。あんなことがあっても、自分の中で彼の存在は特別なのだと改めて思う。

「……まぁそのうち、あの男なんて目に入らなくさせる予定だしな」

「え？」

意味がわからず聞き返すと、なんでもないと首を振られた。

「で、どうする？」

たとえ身体だけの恋人関係を求められているにしても、彼は自分を救ってくれた。隆史の裏切りはどうしたって許せない。惣が諦めるなと言ってくれるのなら、その手を取ろう。

「わかった……よろしくお願いします」

「よろしくな」

差し出された彼の手を握った。

メインの料理もデザートも食べ終えると、あっという間に二時間が経っていた。そういえば、昔もそうだったなと頬が緩む。

(惣と会ってると、いつも時間が経つのが早かった。共通の話題なんて全然ないのに、いろいろ話してたらあっという間で、びっくりしたんだよね)

いつの間にかグラスを空《あ》けていて、アルコールで気分がふわふわする。

会計の伝票がテーブルに置かれ、ちらりと見えた支払額に仰天する。さすがに五万円を超えるとは思っておらず、持ち合わせがなかった。

「あの、カードで払ってもいい?」

「お前に払わせるわけないだろ。この店を指定したのは俺なんだから」

大学時代の食事代は割り勘だった。彼は上司で役員で、給料だって当然志穂とは雲泥《うんでい》の差があるだろう。けれど、たった三歳しか離れていないのに、追いつけない距離を感じると悔しくもあった。

「そんなに払いたきゃ、出世しろ」

こつんと軽く頭を叩かれて、彼はさっさと支払いを済ませてしまう。複雑な胸の内を見透かされて頬に朱が走った。

(なんで惣にはわかっちゃうの……)

感情が表情に出にくい志穂の気持ちを、彼はいとも簡単に当ててしまう。志穂はわかりやすいと言って。

「ごちそうさまでした。いろいろとありがとう。それで、私はどうすればいい？」

志穂は肩にかけたショルダーバッグの紐《ひも》をぎゅっと掴み、決戦に立ち向かうような心地で口に出す。彼に返せるものなどなにもないかもしれないが、なるべく惣の希望に添えるように振る舞うべきだろう。

「そうだな。一つだけ」

「うん、なに？」

エレベーターホールに向かう途中で足を止めた彼が、志穂を振り返る。

ふいに惣の顔が近づいてくる。避けようもないくらいに自然な動作で、久しぶりに嗅ぐ惣の匂いが鼻を掠めた。

「せっかく恋人になったんだし。まずは今夜、身体の相性を確かめようか」

耳の近くで声を潜《ひそ》めて言われ、かっと頬に熱が走る。冗談を言わないで、と返そうとするが、すぐ近くにある彼の顔が思いのほか真剣で、志穂はこくりと唾を飲んだ。

「あい、しょうって……」

「わかるだろう？　学生のときとは違うんだし、大人の付き合いをしよう、志穂。それに……俺も昔ほど悠長には待ってやれない」

まさかそんなにすぐ身体の関係を求められるとは思っていなかった。だが迷ったのは一瞬で、仕事のためとはいえ、自分を助けてくれた彼の求めに応じることに抵抗はない。

「惣は……したいの？」

多少の照れくささから目を合わせないまま聞き返すと、はっきりとした口調で返される。

「したい」

（大人の付き合いか……そういう割り切った関係の方が、私には合ってるかもね……）

たしかに学生のときとは違うなと、志穂は胸の内で苦笑する。あの頃は、惣と手を繋ぐだけで緊張していたのに、そういったことにも慣れたのだなと感慨深く思う。

志穂が黙っていると、なぜか昔から志穂の感情を言い当てるのが得意な男は、その気持ちを見透かしたように腰に腕を回す。

「俺は志穂を抱きたい。志穂は？」

強引に顎《あご》を持ち上げられ目と目が合う。しっかりと顎《あご》を掴まれていて、目を逸らすことは敵《かな》わない。頬を撫でられると、身体の奥が甘く痺《しび》れるような感覚が走った。

惣と一緒に仕事をしていても、過去を思い出さずにいられたのは、彼に女性に対する欲をまったく感じなかったからだ。

けれど今は違う。志穂を見る彼の目はたしかな劣情を孕《はら》んでおり、頬を撫でる手はまるで女性の身体を開いているときのように淫《みだ》らだ。

「俺に抱かれたいって言って」

率直すぎる物言いに、ますます身体の芯が火照《ほて》っていく。惣に求められていることが嬉しかった。

恋人の裏切りにより乾ききった心に彼の言葉が沁《し》みわたる。惣の言葉に焚《た》き付けられたかのように、志穂はすでに彼に抱かれることを期待してしまっている。

一度身体の関係を持った男女が一線を超えるのは、これほどにたやすいものなのか。志穂は縋《すが》りつくように腕を伸ばしてしまう。

「……抱かれたい」

「じゃあ行こう」

惣はフロントを通り越して、志穂の腕を引きエレベーターホールへ向かった。上へ向かうボタンを押すのを見て、準備がよすぎやしないかと惣を睨《にら》むと、苦笑が返された。

「来るときに部屋を取ってきた」

「女性を誘うとき、いつもそうしてるの？」

昔から感じていたが、大人になりさらに女性の扱いがスマートになっているようだ。過去の恋心のせいか、なんとなくそれがおもしろくなくて、気づくと責めるような口調になっていた。

「嫉妬してくれてるのか？」

「ちが……っ」

到着したエレベーターに乗り込むと、ぐっと腰を引き寄せられて、彼の胸に頭が埋まる。

「してくれないのか、残念」

エレベーターを降りて廊下を歩く間も、腰に回された腕は離れていかなかった。カードキーでドアの鍵が開けられ、室内へ促《うなが》される。

リビングとベッドルームが分かれているのか、都会の街並みが一面に広がる大きな窓とソファー、ダイニングテーブルが目に入る。彼に手を引かれてソファーに腰かけると、膝を突き合わせるように彼も座った。両手が彼の手に包まれる。

「……俺は、志穂と再会したあと、散々嫉妬させられたのにな」

惣はなにかを思い出すように目を細めて、ため息まじりに言った。

「嫉妬って、誰に？」

「井出に決まってるだろ」

隆史に嫉妬する理由などないのに、どうしてだろう。

「ずっと、お前を抱きたくて、たまらなかったよ」

後頭部を引き寄せられると、胸がぎゅっと苦しくなる。

「あんな男のことなんて、俺が忘れさせてやる」

惣に抱かれて、辛い記憶もなにもかも消してしまえたらいい。これでは本当に彼を利用しているみたいだ。

それでも、そう望んでしまうのを止められなかった。

「忘れさせて」

惣の腕の中で彼を見上げる。キスの予感に目を瞑《つぶ》ると、彼の息が唇に触れた。

自分とは違う彼の体温が唇を通して伝わってくる。啄《ついば》むような優しい口づけの心地好さにうっとりしていると、キスの合間に彼の笑うような息遣いが聞こえた。

「どうして、笑うの？」

「いや、変わってないなと思って」

惣は自分の胸元に視線を落とし、微笑んだ。釣られるように目を移すと、無意識に彼のシャツをぎゅっと掴んでいたようで胸元がしわになってしまっている。

「ご、ごめんっ」

慌てて手を離すと、離すなと言うように掴まれる。

惣は触れるだけのキスを繰り返し、囁《ささや》くように言う。

「昔も、キスしてるとき、いつもこうしてた」

彼の声か、それともセリフのせいなのか、下腹部の奥がぎゅっと切なく疼《うず》くような感覚が押し寄せてきて、呼吸が速まる。

「ん……っ」

下唇をねっとりと舐《な》められ、その舌の感触に背筋が震えそうになる。またもや彼のシャツをぎゅうっと掴んでしまったけれど、今度はなにも言われなかった。

だが、淫靡《いんび》な舌の動きで唇の裏側を舐《な》められると、その感触で頭がいっぱいになってしまい、恥ずかしさを忘れるほどキスに夢中になってしまう。

髪留めを取られ、後頭部に彼の指が差し入れられる。マッサージするような手の動きが心地好くて、頭がぼうっとする。

「はぁ……ん、んっ」

シャツを掴んでいた手を取られ、指を絡められる。肌を掠めるように指が動き、手のひらや指の間をそっと撫でられ、全身が熱く昂《たかぶ》っていく。

惣はジャケットを脱ぎ捨てると、ネクタイを乱暴に引いた。室内は空調が効いているが、暑いらしく微かに汗の匂いがする。

ずるずると身体が傾き、気づくとのしかかられていた。腕の中に囚《とら》われ、惣の匂いに包まれる。懐《なつ》かしいと感じられるほど彼との触れ合いは多くなかった。それなのに汗と体臭の入り混じった匂いに安堵を覚えるのはなぜだろう。

唇が塞がれ、隙間を割って舌が入ってくる。先ほどとは打って変わった激しさで口腔《こうこう》を舐《ねぶ》られ、唾液がじわりと溢《あふ》れた。溢《あふ》れた唾液を啜《すす》られて、じゅっと卑猥《ひわい》な音が立った。

「志穂……キス、気持ちいいな」

内心を言い当てられたのかと思い、ドキッとした。熱に浮かされたような惣の目で、それが彼の本心だとわかると、言いようのない恥ずかしさを覚える。

惣は志穂のシャツを捲《めく》り上げ、ブラジャーを外した。ジャケットを投げ捨てたときとは違い、ストッキングが伝線しないように丁寧に脱がし、ショーツ一枚にする。

「電気、消さないの？」

志穂は腕で胸を隠し両足をきつく閉じた。

「消さない。今の志穂がどんな風に感じるのか、ちゃんと見たい」

惣がにやりと笑う。そういう意地悪なところも健在だと思うと、懐《なつ》かしさと同時に過去の恋心まで思い出してしまい、怒るに怒れなくなる。

「恥ずかしいからやだ」

「なら、そう言っていられなくしてやる」

からかうような口調なのに、志穂を追い詰めるように彼の手が胸元で淫猥《いんわい》に動く。乳房を押し上げられ、円を描くように回された。

手のひらにすっぽりと収まるほどの胸なのに、彼はひどく楽しそうにことさらゆっくりと手を動かし、突き出した舌で先端を舐《な》め上げた。

「んん、あ……っ、あ、やっ」

舌が頂《いただき》を行き来するたびに、乳首が硬くなってくる。血液が凝縮したかのように赤く色づいた乳首を、彼が指で捏《こ》ねて、舌で味わう。

「あ、あぁっ、ん、そこ」

「気持ちいい？」

ちゅうっと強く吸われて、痺《しび》れるような感覚が腰から迫《せ》り上がってきた。彼の肩に掴まり、いやいやと髪を振り乱す。恥ずかしいのに淫《みだ》らな声が止められない。

惣の身体に押し当てるように腰が浮き上がり、濡れたショーツが肌にぴったりと張りついている。早く触れてほしくて堪《たま》らなくなり、誘うように惣の肩をぎゅっと掴む。

荒々しい息を吐き出しながら羞恥《しゅうち》に耐えていると、胸元から顔を上げた惣が熱に浮かされたような目で自分を見ていることに気づいた。

「志穂が、感じてくれてるのが嬉しい」

太腿を押し広げられ、ショーツのクロッチを指先で撫でられる。すでに蜜を滴《したた》らせているそこは彼の指に吸いつくように淫《みだ》らにヒクついた。ショーツの中に手を差し入れられ、直《じか》に秘裂をなぞられる。指先がぬるぬると滑り、ようやく得られた快感に満足げな息が漏れた。

「はぁ、あ、はぁ……気持ち、い」

「ここ、好き？」

太い指が蜜壺の周りをなぞり、愛液をすくい取ると、濡れた指先が花芯を優しく擦る。ぴんと尖った淫芽を指の腹で捏《こ》ね回されて、下腹部の奥が切なく疼《うず》く。隘路《あいろ》がきゅうっと収縮しじっとしていられなくなる。

「あぁぁっ」

腰がぶるりと震え、大量の愛液が滲《にじ》み出す。じわりと広がる濡れた感触に眉を顰《ひそ》めると、性急な手つきでショーツを脱がされた。太腿の付け根がつりそうなほど足を広げられて、彼の視線に晒《さら》される。

「やだぁ、見ないで」

濡れそぼった蜜口を凝視され、泣きたくなるほどの恥ずかしさに襲われる。足を閉じようとしても強く押さえられていて身動きが取れない。

「だめ、見るよ」

惣は足の間に腰を落ち着け、勃起したクリトリスを親指で捏《こ》ね回す。もう片方の手の指を蜜穴にゆっくりと差し入れると、感じる部分を探るような動きで隘路《あいろ》を擦り上げた。

「あぁっ、あ……で、も……恥ずかし……はぁっ」

「俺は興奮するけどな」

「興奮って……ん、あっ」

リズミカルに蜜襞を擦られ、掠めるように花芯を撫でられる。首を仰《の》け反《ぞ》らせながら、みだりがわしい声で喘《あえ》ぐしかない。愛液でぬるついたクリトリスを小刻みに揺らされ、隘路《あいろ》を埋め尽くす指を締めつけてしまう。

「あぁぁっ」

あまりの心地好さに襲われ、意識が陶然《とうぜん》としてくる。達したくてたまらず腰をくねらせると、ますます激しく指を動かされて、下腹部の奥がぎゅうっと苦しくなった。

「はぁ、あぁぁっ、ん……も、だめ、達《い》っちゃう」

切羽詰《せっぱつ》まった声を上げながら、背中を浮き上がらせた。惣の手に押しつけるように腰が上下に動き、押さえられずとも足が左右にだらりと開く。淫《みだ》らな格好でがくがくと腰を震わせていると、足の間でにやりと笑った彼がヒクつく蜜口にむしゃぶりついた。

「ひぁぁっ！」

大量の愛液がぴゅっと蜜穴から弾け飛び、ソファーを濡らす。軽く達してしまったのか、全身が気怠《けだる》く四肢に力が入らない。

すると惣は隘路《あいろ》を擦り上げながら、舌先でちろちろと硬く膨らんだ淫芽を舐《な》め回した。

「ひ、あ、あっ……舐《な》めちゃ、だめ……今、やぁ、んっ」

志穂は腕を伸ばし、彼の髪に指を差し入れた。芯のある黒髪をぐしゃぐしゃにかき乱すが、力が入らずなんの抵抗にもなっていない。

それどころか彼の口に押しつけんばかりに腰が上下に揺れてしまう。深すぎる快感は辛いのに、もっとと求めてしまう。身体が自分のものではないようだ。舌を動かされるたびにくちゅ、ぬちゅっと卑猥《ひわい》な音が響き、その音に煽《あお》られるかのように気分がますます高揚していく。

「こんなに勃たせて、いやらしいな……っんと、可愛い」

可愛いだなんて、そんな風に言うのは惣だけだ。可愛くない、なにを考えているかわからないといつも言われてきたのに。

「可愛い……なんて、うそ」

「お前にうそはつかない。志穂は昔から可愛いだろ」

たとえそれが上辺の言葉だったとしても、志穂の傷ついた心を癒《い》やしてくれた。

惣は、見せつけるように突き出した舌で包皮を捲《めく》り上げると、硬く膨らんだクリトリスを舐《な》め上げた。唾液を滴《したた》らせ、ぬるぬると擦られる。熱い舌が敏感なそこを行き来する凄絶《せいぜつ》な快感が次から次へとやってきて、絶頂感に襲われた。

「恥ずかしい、こと、ばっか……言わないで」

はぁはぁと肩で息をしながら、濡れた目で惣を見つめる。すると欲情しきった顔をした惣が荒々しく息を吐き出した。

「許せよ、恋人が俺の手で乱れてるんだ。浮かれるに決まってるだろ」

彼はそう言いながら、美味《おい》しそうに溢《あふ》れる蜜を啜《すす》った。キャンディを転がすように舌を動かされ、花芽の裏側を指で擦り上げられる。

恋人になったからか、ずいぶんとリップサービスをしてくれるものだ。まるで、愛されているような心地になる。

隆史に抱かれている間、こんな満たされた気持ちになったことがあっただろうか。

「こら、ちゃんと俺に集中しろ」

「ん、あ、一緒、しちゃだめ……っ、また来ちゃう、からぁ」

隘路《あいろ》を埋める指はいつの間にか二本に増やされ、激しく抜き差しされた。

指を引き抜かれるたびに大量の愛液が溢《あふ》れてソファーを濡らしていく。中と外を同時に愛撫《あいぶ》され、大きな波が迫ってくるのを感じる。その波に呑み込まれる予感が全身を包み、流れに身を任せると、ひときわ強く淫芽を吸われた。

「ひ、あ、あぁっ、ん、もう、もうっ」

じゅっと音が立ち、さらに激しく口の中で転がすように舐《な》められると、頭の芯まで焼き尽くされそうなほどの鋭い快感が一気に押し寄せてきた。身体が強張《こわば》り、足先がぴんと張る。

「あぁぁ――っ！」

腰が弓なりにしなり、ぴしゃりと愛液が弾け飛ぶ。全身が気怠《けだる》く、四肢に力が入らない。羞恥《しゅうち》も忘れて足をだらりと投げ出すと、濡れそぼった指が引き抜かれた。その感覚にすら、全身がぞくぞくと震えてしまう。

「……っ」

びくりと腰が震えて、涙に濡れた目をうっすらと開ける。

彼は額の汗を二の腕で拭った。

飢《う》えた目に貫かれて、恐怖とも期待ともつかぬわけのわからない感情が迫ってくる。

隆史に裏切られ、捨てられた。あのとき、自分にはなんの価値もないと言われたような気がした。

やはり自分なんかが愛されるはずがないのだと諦念《ていねん》の思いでいた。

(私は、どれだけこの人に救われたんだろう)

悪意から助けてくれた。自分が悪くもないのに辞めるなと手を差し伸べてくれた。こんな自分を可愛いと言ってくれた。彼の言動にどれだけ救われたか知れない。

たとえそれが、過去に恋人だった女を見捨てられない彼の優しさだとしても、たとえ恋人というよりセフレに近い関係だとしても、胸の中から湧き上がってくる喜びを抑えきれなかった。

「余裕なんて欠片《かけら》もないが、あいつより気持ち良くしてやりたいって、ちゃちな男のプライドだけはあるんだよ」

「もう……なにそれ」

思わず笑ってしまう。

隆史と比べるからこそわかる。惣がどれほど自分を丁寧に抱いてくれているか。余裕がないと言いながらも、志穂に無理をさせないようにしてくれているか。

「じゃあ、気持ち良くして」

「あぁ……そうだな」

惣はポケットから避妊具を取り出し、ベルトを引き抜いた。

ズボンの前を寛《くつろ》げると、勃起した陰茎にそれを被せる。

「惣に触られるの、好き」

「今、そういうことを言うか。余裕ないっつってんのに」

腕を伸ばすと、彼が覆い被さってくる。

汗で張りついたシャツを愛おしく感じるのは、自分も過去の情に流されているからか。

唇が重なり、慣れた体温の舌が差し込まれた。口腔《こうこう》を余すところなく舐《な》めしゃぶられて、キスをしたまま太い切っ先がずぶずぶと中に入ってきた。

「はぁ……ん、んっ」

隘路《あいろ》をみちみちと広げるほどの太さに眉根が寄った。苦しいのに、満たされているような心地好さがある。

「大丈夫か?」

「ん、へ、いき……あぁっ」

ぎゅうっと惣の背中にしがみつくと、下生えが触れるほど足の間が密着し、彼のすべてが埋められる。最奥《さいおう》をずぶりと貫かれる感触に、背筋を仰《の》け反《ぞ》らせながら感じ入った声を上げた。

「あぁあっ、んっ、今、やら、待って」

全身が総毛立つほどの激しい快感が脳天を突き抜けて、何度目かの絶頂に達してしまう。すると惣が耳のそばで囁《ささや》いた。

「もしかして、達《い》った？」

至極楽しそうな声色に言い返すこともできずに、こくこくと頷く。だから待ってと言いたかったのに、彼は口元を緩ませながら志穂を追い詰めるように腰をゆるゆると動かした。

「ひ、あ、あっ」

長大な陰茎がずるりと引き抜かれ、張り出した亀頭の尖りで敏感な蜜襞を擦り上げられる。小刻みに怒張《どちょう》を抜き差しし、最奥《さいおう》をとんとんと穿《うが》つ。ゆっくりとした動きなのに、達した直後の敏感な身体には深すぎる快感だ。

「ん、はぁ……あ、あっ……達《い》っちゃった、から」

「もう平気だろ。中、きゅうきゅう締めつけてきてる」

彼の言う通りだった。大きすぎる快感が辛いのに、絶頂の余韻が去っていくと、またもや甘い疼《うず》きが下腹部から湧き上がる。

「どうしてほしい？　ゆっくりがいい？」

あと数センチで唇が触れるほどの距離で囁《ささや》かれ、指の先で乳首を弾かれた。

「んっ」

「ここも一緒にするか？」

乳房を揺らされ、乳首を引っ張り上げられた。

先端を擦り、柔らかい肉を揉みしだく。

志穂は荒く息を吐きながら、軽く頷いた。

「キスも、して」

甘えるようにねだると、すぐに唇が重なった。息もできないほど激しい口づけを贈られ、律動が始まる。ぐじゅっと愛液を噴き上げながら、蜜襞ごと巻き込むように根元まで引き抜かれ、ふたたび押し込まれる。全身が甘く痺《しび》れて、溶けてなくなってしまいそうだった。

「ん、ん、ふ……っ、ぅ」

舌と舌が絡まる感触が気持ち良く、体内で脈打つ怒張《どちょう》を締めつけてしまう。硬く張った肉棒に蜜襞が絡みつき、蠢《うごめ》く。ぐいぐいと指が埋まるほどの強さで乳房を揉みしだかれても、気持ち良さしか感じなくなっていく。子宮口を押し上げるような動きで最奥《さいおう》をごんごんと激しく穿《うが》たれ、何度目かわからない絶頂感がやってくる。

「ん、あっ、あ……奥、気持ちいい」

「してほしいこと、全部、してやる」

志穂の感じやすい部分を狙って、張り出した先端を突き挿《い》れられる。ますます快感が深まり、自分がなにを口走っているのかさえわからなくなっていった。

「キス、やめないで。ここも」

甘えるように彼の手に手を重ねると、微笑んだ惣が目尻に口づけた。

「わかってる。でも両方は弄《いじ》ってやれないから、自分でしてみろよ」

指の腹で乳首を引っ張り上げられ、もう片方の胸に志穂の手を重ねた。

「だめ、恥ずかしい」

「大丈夫だ、ほら、こうして」

手を重ねるようにしてくにくにと乳首を捏《こ》ねられて、徐々に気分が高揚してくる。

「一人でできるだろ?」

「ん、はぁ……っ」

志穂は頬を真っ赤にしながらも頷き、自らの手を動かす。恥ずかしいのに、片方の胸を弄《いじ》られると期待が抑えられなくなり、惣の言いなりになってしまう。自らの指を動かし、乳首を爪弾く。じんと甘い痺《しび》れが先端から駆け抜け、隘路《あいろ》が淫《みだ》らに蠢《うごめ》いた。

「今、きゅって締まった」

唇にかかる彼の吐息さえ、心地いい。

彼に与えられる心地好さに満たされると、それを手放すことができなくなりそうだ。

「惣、もっと……奥も、して」

開いた足で彼の腰を摩《さす》ると、埋め尽くした肉棒が一回り大きく膨らみ、彼の口から艶《なま》めかしい吐息が漏れた。

「あぁ、そろそろ俺も達《い》かせてくれ」

抜けるぎりぎりまで腰を引かれ、素早い律動が始まった。ずんずんと腰を穿《うが》たれ、抜き差しのたびに愛液がぐちゅ、ぬちゅっと卑猥《ひわい》な音を響かせる。

「あぁっ、ん、はっ……んんん～っ」

口から漏れるのは意味のない喘《あえ》ぎ声しかない。自らの指で乳首をくりくりと捏《こ》ねると、じんと甘い痺《しび》れが全身に伝わり、なおさら深く感じてしまう。

「も、また、達《い》く、達《い》くっ」

がくがくと全身が揺さぶられ、容赦のない速度で抜き差しされる。愛液が攪拌《かくはん》され、飛沫《ひまつ》を弾かせた。

「あ、あっ、あぁぁっ！」

ずんっと叩きつけるように最奥《さいおう》を穿《うが》たれ、呆気なく何度目かの絶頂に達する。全身が激しく戦慄《わなな》き、隘路《あいろ》が痛いほどにきゅうっと疼《うず》く。

「まだ、だ……っ」

「はっ、はぁっ、はぁ……あぁっ、また……だめぇっ」

強張《こわば》った四肢から力を抜いた途端、どっと愛液が噴き出した。だが彼の律動は止まらず、さらに激しい速度で最奥《さいおう》を抉《えぐ》ってくる。

「あぁっ、すごい、の、これ、もっと、あぁっ、あ、はぁっ、あ」

ねだるように甘い声を漏らすと、感じやすい最奥《さいおう》を抉《えぐ》るようにごりごりと擦られた。みだりがわしい声で喘《あえ》ぎながら、髪を振り乱す。頭を振るたびに髪が汗ばんだ肌に張りつき不快なのに、それを気にする余裕さえない。

「ひっ、あっ、あっん、もう、もう、あっ」

目の前が涙で霞《かす》む。汗ばんだシャツに縋《すが》りつきながら、志穂は啜《すす》り泣くような声を上げた。

ぬちゅ、ぐちゅっと粘ついた愛液がかき混ぜられ、子宮口を押し上げるように滾《たぎ》った欲望を突き挿《い》れられる。抽送《ちゅうそう》のたびに泡立った愛液が結合部から溢《あふ》れ、ソファーに卑猥《ひわい》なしみを作る。

「あ〜すっげぇ……っ、いい。志穂も……気持ちいい？」

惣は興奮しきった息を吐き出しながら、さらに激しく腰を振った。

「ん、あぁっ、いい、これ、好き、惣……っ」

宙に浮いた足先がぴんと張り、開いた膝ががくがくと震えた。

隘路《あいろ》が物欲しそうにうねり、彼のものに絡みつく。絶頂の余韻に苛《さいな》まれながらも、欲望には限りがないのか、もどかしさはなくならない。

志穂は、乳首を弄《いじ》りながら、無意識に誘うように腰を上下に揺らしていた。理性も羞恥心《しゅうちしん》もすでになく、本能に突き動かされるように、ただ一人の男を求める。

「自分で腰振っちゃって、昔よりずっとエッチになったたな」

彼は嬉しそうに、それでいてどこか悔しさを滲《にじ》ませる声で言った。

「もう、出すぞ」

「んんん〜っ！」

噛みつくように唇を奪われる。舌が搦《から》め捕られ、口腔《こうこう》をめちゃくちゃにかき混ぜられた。蜜襞が激しく蠕動《せんどう》し、肉棒を締めつける。

「……っ」

するると、体内にある彼のものが激しく脈動し、呻《うめ》くような声が聞こえる。痙攣《けいれん》するように惣の腰がぶるりと震えて、最奥《さいおう》で白濁を迸《ほとばし》らせる。

声を上げることも敵《かな》わず同時に絶頂に達すると、火照《ほて》った身体からどっと汗が噴き出してきた。全身が甘く痺《しび》れて力が入らない。

「はぁ、はっ……ふぅ……」

目を瞑《つぶ》ると意識が朦朧《もうろう》として、眠ってしまいそうだ。ソファーに沈む身体はいまだ小刻みに痙攣《けいれん》しており、陰茎がずるりと引き抜かれる感覚にさえ反応してしまう。

「志穂」

汗ばんだ額に口づけられながら名を呼ばれて、うっすらと目を開けると、嬉しそうな顔をした惣に抱き締められる。志穂は満たされた心地で深い息を吐いた。

「身体の相性、悪くなかっただろ？」

からかうような眼差しで問われて、志穂はしっかりと頷いた。

「うん……気持ち良かった」

「そうか」

惣がはにかんだ笑みを浮かべた。

まだ十代だったあの頃。志穂は自分が男性と交際できるとは思っていなかった。そもそも他人と関わるのは苦手だったし、惣のように目立つ人とは縁すらないと思っていた。

惣と出会い、二人で過ごすうちに友情が恋に変わった。誰かを妬《ねた》ましく思う気持ちも、愛しさも、全部惣が自分に教えたものだ。

惣との交際は幸せで、楽しくて、息がしやすかった。でも、いつか終わる日が来ると、覚悟していた。惣のような人が、ずっと自分を好きでいてくれるなんて、信じられなかったから。

自分にとって、惣と出会い交際したことは、奇跡のようなものだった。

そしてその思いは、今も変わらない。だからこそ、いつまでも惣に甘えるわけにはいかないのだ。

それなのに、髪を撫でられる心地好さに包まれると、彼にすべてを預けて甘えてしまいたくなる。

志穂は微睡《まどろ》むふりをして、惣の背中にそっと腕を回したのだった。

第二章

その翌日。

志穂は、朝早くにホテルをチェックアウトして家に戻った。ホテルのベッドは寝心地が良く、ぐっすり寝すぎてしまい時間はぎりぎりだ。

「間に合うか？」

彼は会社からほど近いマンションに住んでいるようで、十分ちょっとで着くようだ。時計を見ながら慌てる志穂を楽しそうに見ながらそう言った惣が、少し恨めしい。

それに、「じゃあまたあとで」そんな会話をして惣と別れたため、昨夜の余韻をまだ引きずってしまっている。

でも、疲れ果てて眠ったせいか、隆史のことも奈々のことも考えずに済んだのはありがたかった。

自分一人で家にいたら、悔しさで泣いていたかもしれない。

志穂は冷たい水で顔を洗い、頭をすっきりさせてから化粧をした。洗面所に置いてある隆史の歯ブラシが目に入り、それをゴミ箱に放り投げた。時間がないのに、シェイバーまで発見してしまい、それもゴミ箱に捨てる。

（ここ、引っ越そうかな）

ぐるりと部屋を見回し、ゴミ箱を覗き込む。歯ブラシやシェイバーだけじゃなく、そこかしこに隆史がいた形跡が残っているような気がする。

デートのほとんどがこの部屋だったのだからそれも当然で、隆史がいつも座っていた位置、寝ていたベッドがいやでも目に入る。クローゼットには彼の下着、冷蔵庫には隆史の好きな総菜が作り置きしてある。部屋中に彼の残り香を感じて不快になった。

就職が決まりこの部屋に引っ越して五年。

築年数はそれなりだが見た目は綺麗だし、駅まで徒歩三分という立地の三階建てアパートの二階の端。家賃は八万円。ダイニングキッチンとリビングの二部屋があり住み心地も良かった。

物に罪はなくとも、引っ越してなにもかもを買い換えたい気分だ。貯金はあるのだから、いっそ心機一転、新しい生活をしてもいいかもしれない。

（いけない、遅刻しちゃう！）

志穂は時計を見ると、出勤の支度をして急いでアパートを出た。今日の分のアドベントカレンダーを開けていないと気づいたのは駅に着いてからだ。

アパートから品川区にあるアイディールシステムの本社までは電車で四十分ほどで着く。ビルの入り口で社員証を翳《かざ》し、ゲートを通る。エレベーターに乗り込み十階に到着し、志穂は自分を落ち着かせるように小さく深呼吸をした。

エレベーターを降りて、十階フロアの廊下を歩いているときから周囲の視線が突き刺さる。時折、惣の名前が聞こえてきた。休憩室の前を通ると、そこでも惣の名前が囁《ささや》かれている。

昨日のことだというのに、社内はもう惣と自分の噂で持ちきりだった。

注目を浴びるのは苦手だというのに、誰も彼も自分を見ているような気がして落ち着かない。志穂はエレベーターから開発事業本部のフロアに来るまでの間に、どっと疲れてしまった。

「おはようございます」

奈々はまだ来ておらず、胸を撫で下ろす。昨日の今日だ。ストーカー発言もあり、思っていた以上に彼らと顔を合わせることに緊張してしまう。

「松浦くん、おはよう」

「おはようございます」

向かいに座る松浦に挨拶《あいさつ》をして席に着くと、なにやら言いたげな視線を向けられた。

「なに？」

「いや……あの、昨日の夜から囁《ささや》かれてる噂は本当かな～と」

松浦は、惣の席と志穂を交互に見ながら、声を潜《ひそ》めて尋ねてくる。注目を浴びている志穂の話を、周囲が耳を澄まして聞いているのを空気で感じた。

「松浦くんまで……人のプライベートってそんなに気になるもの？」

「志穂さんのだから気になるっす」

ため息まじりに尋ねる志穂に、デスクに肘をつき、唇を尖らせた松浦が拗《す》ねたように返してきた。

「えぇ？　なんで？」

「相変わらず鈍い……」

ぼそりと呟いた松浦の言葉は志穂には届かなかった。

フロアがざわりとして志穂が振り返ると、ちょうど惣が出勤してきたところだった。一応、自分たちは昨夜から恋人なわけだが、当然、会社では上司と部下である。

惣に対して態度を変えるつもりはなかったし、向こうも同じだろう。だが周囲はそう思っていないようで、視線は惣と自分の間を行ったり来たりしていた。

皆が挨拶《あいさつ》をする中、惣は志穂の手前で足を止めた。

「おはよう」

「あ、おはようございます」

志穂は振り返り、惣に挨拶《あいさつ》を返した。

こんな風に話しかけられることは今までなかった。これも恋人だからなのかと納得するが、そこかしこから注目されることに慣れない。

「ほら」

志穂が気疲れで凝《こ》り固まった首を回していると、デスクにホットコーヒーが置かれた。惣の手にはコンビニのビニール袋。どうやら開発事業本部の人数分の飲み物を買ってきてくれたようだ。

「ありがとうございます」

惣は真後ろで聞き耳を立てている瀬尾《せお》に声をかけて、缶コーヒーが入ったビニール袋ごと手渡していた。「いただきます」という声が後ろの島から聞こえてくる。

(聞き耳を立てられてるけど、惣はなにも気にしないんだ。私は落ち着かないのに……さすが)

ストーカーだと思われるよりはマシだが、こんな地味で目立たない自分に注目したところでなんのおもしろみもないだろうに。

「昨日はちゃんと休めたか?」

「……はい」

惣が、昨日、などと言うから、うっかりベッドでのあれこれを思い出しそうになり、目を逸らした。すると、小さく笑われて背を向けられる。聡《さと》い彼は、志穂がなにを思い出し動揺していたか、すぐに察したに違いない。

だがその一方で、惣が自分を心配してくれているのも伝わってきた。見守られているのだと思うと、頑張ろうという意欲が湧いてくる。

「進捗状況が思わしくないなら早めに相談しろよ?」

今のところ進捗状況を管理するガントチャート通りに進んではいるが、奈々の体調次第ではヘルプが必要になるはずだ。遅れが出始めてから惣に報告するのでは遅い。

「そうですね……今のところは、大丈夫そうです」

「今後は上園の体調次第だと思うが、無理はさせられないからな」

「はい」

「井出とも話して、在宅デザイナーに声をかけておく。無理はするな」

惣は、志穂の頭に手を置こうとしてぴたりと動きを止めると、照れたように口元に手を当てた。

(今……撫でようとした……?)

志穂の横を通り過ぎる際、ぼそりと「昨日の今日だからな」そう言われて、恋人関係の甘さに脱力しそうになった。

(惣の、恋人か)

ストーカー疑惑を払拭《ふっしょく》するために、志穂は惣を利用している。けれど、一度惣の甘さに囚《とら》われてしまうと、居心地が良くて抜け出せなくなりそうだ。ただでさえ、惣のそばは息がしやすいと身に沁《し》みているというのに。

(仕事しよう)

志穂がパソコンを起ち上げていると、むすっとした顔で出勤した奈々と、なぜかこちらを気にする様子を見せる隆史と目が合った。

「おはようございます」

「あ、あぁ……おはよう」

志穂が挨拶《あいさつ》をすると、隆史からは落ち着きのない挨拶《あいさつ》が返された。奈々は無言で隣の席に着き、バッグをデスクに置いた。

もしかしたら、彼女の中ではまだ志穂のストーカー疑惑は消えていないのかもしれない。

(写真を見せられても、普通信じられないよね……惣と私じゃ釣り合ってないし)

あんなことがあって、奈々に好かれているとは思っていないし、志穂も奈々と仲良くなりたいとは思わない。ただ、普通に仕事ができないのは困る。

志穂は急ぎのメールに一件ずつ返信していく。

まだ始業前のため、休憩室で話していたり、スマートフォンを弄《いじ》っていたりしても問題ないが、志穂は少しでも奈々の遅れ分を取り戻さなければならず忙しかった。

「あ、小島さん！　暇だったら、これコピー取っておいてくれない？　九時から会議なんだ」

志穂の真後ろに座る瀬尾に声をかけられ、志穂は手を止めた。分厚い書類をデスクの脇に置かれて、瀬尾が手にしているコーヒーに目を向けながらも頷いた。

「何部ですか？」

「えぇと、三十でいいかな。会議で使うからまとめておいてよ」

「三十部ですね、わかりました。できたらデスクに置いておきます」

「サンキュー。いつも助かるよ」

瀬尾は片手を上げて、コーヒーを口にした。

そしてスマートフォンを見ながら、隣に座る同僚と話し始める。

デザイナーはエンジニアよりも時間に余裕があると思われており、こういう頼み事は珍しくない。志穂が断らないため、あれやこれやと頼まれがちだ。雑用係と思われているのは知っているが、別にいやではなかった。たまに期日過ぎの経理の書類を持っていかされて、瀬尾の代わりに怒られるのだけは勘弁してほしいが、雑用は別に嫌いじゃない。

(物には昔、いいように使われるな、って言われたけどね)

誰かの役に立てるし、自分も助かるし、Ｗｉｎ《ウィン》－Ｗｉｎ《ウィン》だと思うのだが。

志穂は瀬尾から渡された書類を持ちコピー機にセットする。ステープル機能を使用し、スタートボタンを押した。コピーされる書類をただぼんやりと見ているだけだが、志穂にとっては同僚と無理してお喋《しゃべ》りしなくて済む分、好きな雑用でもあった。

右端が問題なく留められていることを確認し、残りの二十九部をまとめてコピーした。コピーが終わり、書類を瀬尾に持っていこうとすると、近くにいた奈々に書類を奪い取られる。

「これ、瀬尾さんのですよね？　私、持っていきますね」

「え……」

志穂が呆然としていると、コピーした書類を持って、奈々が去っていった。

「瀬尾さーん、コピー終わりましたよ！」

「え～奈々ちゃんがコピーしてくれたの？　ありがとう！　助かるよ！」

瀬尾は先ほど志穂に頼んだことを忘れているのか、弾むような口調で礼を言った。

「いえいえ～、いつでも言ってくださいね」

「ありがとう」

誰がコピーしたかはどうでもいいし瀬尾に話しかけなくていい分、志穂は助かるのだが、奈々の行動の理由がよくわからなかった。

「奈々ちゃんがフリーだったらなぁ」

志穂は席に戻り、途中だったメールの返事を送信した。

その間も、奈々と瀬尾の話は続いていた。

「も～瀬尾さんってば、いつもそういう冗談言うんですから。私はこれから既婚者ですよ？」

「はぁ～俺も既婚者になりてぇ～」

何気ない会話に聞こえるが、奈々の言葉は志穂に対しての当てつけだろう。隆史の裏切りにも、奈々からのストーカー疑惑にもショックを受けていたはずなのに、不思議と気持ちは凪《な》いでいる。

（これも惣のおかげだよね）

彼は言葉通り、隆史を忘れさせてくれた。それに、志穂の傷ついた心を慰《なぐさ》めてくれた。たとえ仕事のためでも、身体目的でも、志穂は今、惣の恋人という強固な立場に守られている。

ただ、惣との過去を思い出してしまって、初恋のときのような浮き立つ気持ちを抑えるのに苦労するが。

志穂は、気持ちを切り替えてパソコンの画面に目を向ける。

（そういえば、これ本当にいいのかな）

現在、志穂はマナビゼミナールという学習塾のシステムのデザインを担当している。そのプロジェクトリーダーは隆史で、チームメンバーは志穂、奈々、松浦と在宅デザイナーが二人の計六人。

マナビゼミナールからの依頼は、今まで使っていた紙のテキストをやめ、すべてをタブレットで行うためのソフト開発である。

課題の提出やスケジュール管理、保護者への連絡など、すべての画面を合わせると五十を越える。各画面のデザインを志穂と奈々、在宅デザイナーで作っていかなければならない。

UIデザイナーの仕事は、簡単に言えば見やすく使いやすいデザインで、システムの使い勝手をよくすることだ。

システム開発では、顧客からの要求事項の中にデザインなどの非機能要件を盛り込んでいないことが多く、要求通りにシステムは動くものの、画面デザインに満足しなかったり、使用感が悪かったりで揉めることがある。

アイディールシステムでは、UIデザイナーがヒアリングの段階から参加しているため、画面設計をする際に、発注元の要望に応じて対応が可能となるのだ。

ただ、そのヒアリングに参加したのは隆史と奈々で、志穂は会議へ参加していなかった。

その後、隆史が作成した要件定義の内容を元に指示を受け各画面のレイアウトを出しているのだが、どうも納得がいかず、志穂は手を動かしながらも首を傾げた。

（もう一度確認したいけど、前にこれでいいって言われてるからなぁ）

ユーザーの多くは子どものため、先方はわかりやすさを重視しているのではないか、と志穂は思う。だが、隆史から指示された画面イメージはそれとは真逆のものだった。

本当に先方が求めているのは、スタイリッシュでハイクオリティなデザインなのだろうか。

（これじゃあ、子どもは使えないと思うけど）

奈々の作ったデザイン画面は、マナビゼミナールのホームページを参考にしていた。

そういう指示が出ているのだから当然だが、たとえて言うなら、学術書といった小難しい雰囲気がある。

ヒアリング段階で、依頼者から「可愛く」「かっこ良く」「スタイリッシュに」と具体性のないイメージで伝えられることはよくあることだ。ただ、そのイメージを勝手にこちらが判断し作成すると、先方が抱《いだ》いているイメージと合わず作り直しになってしまう。

そのため、会議ではいくつもの参考画像を用意し、先方の抱《いだ》いているイメージとの擦り合わせをすることが重要になる。

それに、発注者は会社の経営陣が多く、己の会社の現場をよく知らないこともある。当然だが、受注する側も相手の会社がどういうものを求めているのかは明確にはわからない。

そうなると、伝達ミスが起こり、現場担当者が手にしたときにまったくイメージと違う成果物が出来上がる等の間違いが起きてしまう。

（マナビゼミナールは子ども向けの学習塾だし、私なら……もっとシンプルにして、アイコンは大きく見やすくするなぁ）

言うなれば、求められているのは絵本だと志穂は考えているのだが。決定権はマナビゼミナール側にあり、これで承諾を得ていると隆史に言われたら、志穂は指示に従うしかない。

通常、システムの方向性を決める大事な会議には、先方もこちら側も決定権のある担当者が出席する。秋の終わりに行われたキックオフミーティングでは、惣がＲＦＰ――提案依頼書の内容を確認した上でチームの選出を行った。

そして、プロジェクトリーダーが隆史に決まると、隆史は今後の担当者との会議メンバーに松浦と奈々を指名したのだ。

本来であればチーム内で奈々の先輩にあたる志穂が会議に出席し、その方向性をサポートの奈々に伝えるはずなのに、新人教育のためだからと言われたら納得するしかなかった。隆史から奈々を通して共有されたデザインイメージが、志穂の手を止めている理由だ。

（もしかして……私を会議に参加させてくれなかったのも、上園さんとの結婚が関係してるとか？）

二年目とはいえ、まだ彼女は新人だ。自分がフォローしなければと申し出たら「一人でやらせてみるのも教育だ」と隆史にはまともに取り合ってもらえなかった。

隆史の言うことにも一理あると納得したものの、やはりいやな予感が拭えない。正直、隆史と奈々と同じプロジェクトを担当するのは、やりにくくて仕方がなかった。

パソコンのキーボードとマウスを事務的に動かしながら、いまだ席に戻らない奈々を待つ。そもそも今やっているのは奈々の担当分で、自分の仕事はまだ手つかずだ。

年明けには現場の担当者との会議があり、そこでモックアップ――つまり下書きに色をつけたような画面デザインをいくつか見せる必要があった。

そうこうするうちに、ようやく奈々が戻ってくる。

「上園さん、このデザインの参考イメージって、マナビゼミナールとのヒアリングで決まったんだよね？　一応、先方の現場担当者にもう一度確認を取った方がいいんじゃない？　もし擦り合わせた内容に齟齬《そご》があったら作り直しになっちゃう」

奈々はまだパソコンさえ起ち上げておらず、手に持ったスマートフォンを弄《いじ》っていた。渋々といった様子でこちらに目を向けてくる。

「……あぁ、これ」

すでにモックアップの制作を開始しているが、どう見てもユーザーの使用感をまるで考えていないように思えて仕方がなかった。デザインに関して、担当者とやりとりをしているのは奈々で自分が出しゃばるわけにはいかないが、不安が残る。

「井出さんはこれでOKって言ってましたよ？　キックオフミーティングに来たのは、マナビゼミナールの副社長さんだったし、偉い人からGOが出てるんだから、何度も確認したら怒られちゃうと思いますけど。何回も直すの面倒だし、修正案が出たら直せばいいんじゃないですか？」

奈々はこてりと首を傾げながら、言った。

たしかにそれはそうなのだが、と志穂は口ごもる。

「あれ……そういえば、これって昨日小島さんが終わらせてくれるって言ってたやつですよね。まだ終わってないんですか？」

奈々はパソコンを操作しながら、昨日志穂がやり残した画像データを見た。

「さっきのを確認したくて止めてたの。承諾をもらってるならこれで進めるから。上園さんの手が空《あ》いてるなら少し渡してもいい？　私、まだほかの仕事も終わってないんだ」

「そうなんですか……でも私も井出さんに頼まれた別の仕事があるし。今後も病院とか結婚式の打ち合わせとかでちょっと忙しくなりそうなんです……どうしましょう」

「……そう」

「実は、今日も定時に帰らないといけなくて。ちょっと余裕はないかもしれません」

「わかった。なら、続きは私が引き継ぐから。なにか変更があったら、ちゃんと報告だけはしてね」

「はぁい」

マナビゼミナールとのデザインの窓口になっているのは奈々で、後輩の彼女に指示を仰がなければならないことが多々あり、やりにくいのはそのせいもあった。

リーダーである隆史か、デザインチームの代表になっている奈々がいなければ先に進めないのだ。

自分は淡々とやるべきことを終わらせるだけだ、そう気持ちを切り替えて手を動かす。しかし、そんなときに限って、厄介事は次から次へとやってくるもので。

志穂はランチ休憩のあと、なぜか隆史に呼び出された。

隆史からの社内メールが入ったのは昼前だった。件名のないメールには、昼食を終えたら会議室に来るようにとだけ書かれていた。

「あの、お話ってなんでしょうか？」

志穂は指定された会議室に入るなり、壁にもたれかかり自分を待っていた隆史に切り出した。

彼の裏切りを知ってからまだ一日と経っていない。けれど、隆史を前にしても胸は痛まなかった。ただ、騙《だま》されていたことへの怒りは残っている。

「うそだよな？」

「え？」

「宮川取締役と付き合ってるって……お前は、二股なんてかける女じゃないよな？」

謝罪の一つなく、隆史は志穂を責めるような口調で言った。

志穂を裏切り、これから別の女性と結婚する男がいったいなにを言っているのだろう。唖然としていると隆史はさらに言葉を続けた。

「志穂と取締役が付き合ってるって話を、昨日奈々から聞いたんだ。そんなわけないって言ったんだけど、宮川取締役に聞いたって言うから」

「それで、わざわざ私に確かめに来たんですか？　私をストーカー呼ばわりしておいて？」

「それはっ、仕方ないだろ！　お前との噂が立つと困るんだよ！　奈々が妊娠すると思わなかったし、結婚ってなるといろいろ大変なんだ」

隆史はむっとした顔でこちらを睨《にら》みつけ、声を潜《ひそ》めて言った。奈々が妊娠しなければ、都合良く志穂とも関係を続けるつもりだったのだろうか。

「そうですか。もう私には関係のないことですけど」

「俺と奈々のことで嫉妬してるのはわかるけど、そんなつんけんした態度を取らなくてもいいだろ。ただでさえ無表情で怖いんだから、もっと笑えよ」

無表情で怖い自分と付き合っていたのは隆史だし、たとえ遊び相手だったとしてもその自分を選んだのも彼だ。隆史に笑ってやる謂《いわ》れはない。

「もともとこういう顔ですから。それと……私が取締役と付き合ってるのは事実です。話がそれだけならもういいですか？」

志穂がはっきりとした口調で返すと、隆史は驚いた顔をして眉を顰《ひそ》めた。志穂が言い返すとは思っていなかったようだ。

もうすぐ午後の仕事が始まるし、時間の無駄だ。会議室を出ようと踵《きびす》を返したところで、後ろから腕を掴まれた。

「ちょっと待て」

「……っ、腕を離してください」

強く掴まれた腕を振り払おうとするが、ますます強い力で握られる。痛みに顔を顰《しか》めるが、隆史はそれを気にもしない。

「俺を裏切ってたってことか？　先週も俺と会ってたじゃないか」

「裏切ってたのはあなたでしょう？　彼と付き合い出したのは最近です。手を離してください。大声を出しますよ」

志穂は隆史を裏切ってなどいない。

彼と付き合っていた二年間、ほかの誰かに心を揺らすことなどなかった。

「大声ってなんだよ！　俺は……っ」

まさかそんな風に言い返されるとは思っていなかったのか、隆史は苦虫を噛みつぶしたような顔をするが、志穂の腕は握ったままだ。

そのとき、ノックが聞こえてドアが開いた。

「十三時から会議室を使用する予定なんだが、なにをしてる？」

「取締役……」

隆史は焦ったように掴んでいた腕を離し、気まずそうに視線を彷徨《さまよ》わせた。

「志穂？　なにかあったのか？」

「いえ、なにも。少し確認することがあっただけみたいです。もう終わりましたから」

自分の名前を呼んだのはわざとだとわかっている。なかなか席に戻らない志穂を心配して探してくれたのかもしれない。

「そうか。井出、もういいか？」

「……はい」

惣が志穂を庇《かば》うように前に立つと、隆史は肩を落として拳《こぶし》を握りしめた。

(結局、なにが言いたかったの？　二股をかけられたと思って、プライドが傷ついた？)

惣に連れられて会議室を出ると、フロアで働く同僚からの視線が突き刺さる。

「大丈夫か？　あいつ、なんの用だったんだ？」

「取締役とのことを聞きたかったみたいです」

志穂が言うと、隣を歩く惣が納得したように頷いた。

「自分を棚に上げて、浮気されるのは許せないんだろう」

「そういうものですか？」

「さぁ、俺は浮気しないからな」

その言葉がまるで、志穂に一途だから、と言われているようで、胸がおかしな音を立てる。平静でいられなくなりそうだから、会社でまで恋人の雰囲気を出さないでほしい。

人気のないエレベーターホールに着き、志穂はほっと息をつく。元々注目されることには慣れていないし、話をしていても誰かが耳をそばだてているような気がして落ち着かない。

「そういえば……早速噂になってますけど、よかったんですか？」

周囲を見回しつつ、念のため声を潜《ひそ》めて聞くと、あっけらかんとした口調で返された。

「社内恋愛は禁止されてないんだから構わない。結婚となれば部署の異動もあるかもしれないがな。それより」

「はい？」

「ここ、赤くなってるぞ、あいつになにをされた？」

惣は自分の腕を指差し、志穂に目を向けた。腕を上げてみると、ブラウスに隠れた腕が赤くなっている。隆史から離れることばかり考えていて気づかなかったが、結構な力で掴まれたようだ。

「ちょっと、掴まれただけです」

いくら志穂が気に食わないにしても、二人を邪魔するつもりはないのだから放っておいてほしい。

「……これがちょっとか？」

「え？」

「俺以外の男とはなるべく二人きりになるな」

惣に腕を取られて、赤くなったところをそっと撫でられた。

惣の手つきが昨夜を思い起こさせて、志穂の頬に熱が集まる。彼の指と舌で達したときの感覚が蘇《よみがえ》り、背筋がぞくりと震えた。

「なんで……そんなこと」

「心配なんだよ、お前が」

惣はただ心配してくれただけなのに、嫉妬をしたのではないかと一瞬期待してしまった自分が無性に恥ずかしくなった。

「……はい」

志穂は赤くなった頬を隠すように目を逸らした。

そこで、ちょうどエレベーターが到着する。胸を撫で下ろしエレベーターに乗り込むと、ふいに指で顎《あご》を持ち上げられた。熱を孕《はら》んだ目で見つめられ、落ち着かなくなる。

「な、に……っ」

ドアが閉まった瞬間に腰を引き寄せられ、驚いた志穂は彼と距離を取ろうと腕をつっ張る。だが、頭を抱えるように抱き締められた。

「あの」

「会社で誘うような顔するな」

「……してません」

そう言いながら、無意識に惣のシャツを掴むと、小さく笑われた。

「ふぅん。さっき、キスしてほしそうな顔をしてたと思ったんだが、俺の気のせいか」

もう一度顎《あご》を持ち上げられ、つんと唇を突かれると、顔が沸騰したように熱くなる。キスをねだっていたわけではないが、昨夜について思い出していたのを見透かされたような気がした。

(会社で……私はなにを)

恋人に裏切られるというショックを忘れられたのはいいが、仕事中にそれを思い出していては、察しのいい彼にはバレバレではないか。

「気のせいです」

「じゃあ、そういうことにしておいてやるよ。でも、俺以外の前でそういう顔はするなよ」

惣はそう言って得意げに笑った。

(あぁ、もうまた……)

上司としてではない。恋人の顔で嬉しそうに微笑まれると、胸が騒ぎだすのを抑えられない。

恋人とはいえ、利害の一致でそうなっただけだ。彼は優しいから。昔の情があるから、志穂を守ろうとしてくれているだけ。彼に愛されているわけじゃない。

それなのに、執着しているような言葉をかけられると、もしかしてと勘違いしてしまいそうになる。傷ついた心を慰《なぐさ》めてくれた相手だから、余計に気持ちが揺れるのだろう。

「……だから、してませんってば」

ふたたび気持ちが動き出しそうになっているわけじゃない。惣が昔と変わっていないから、初恋を思い出して感傷的になっているだけだ。

志穂は火照《ほて》った頬に手を当てて、惣と離れた。エレベーターはもうすぐ十階に着く。

「これ以上は……公私の区別がつかなくなりそうだ」

それなのに、彼はますます甘い声で囁《ささや》き、志穂の手を取った。

志穂が惣の言葉に激しく同意してしまったのは言うまでもない。


隆史と奈々の結婚発表から一週間と少し。

志穂は、土日に思い切って部屋の模様替えをした。ベッドカバーやシーツ、枕カバーを新しくしてラグも変えた。カーテンを明るめの黄色にしたおかげで気分も晴れやかだ。

ただ、この一週間、忙しすぎて毎日の帰宅時間が二十一時を過ぎており、そろそろまとまった休みが欲しくなる。

あともう少しで年末の長期休暇に入る、と考えて日々の残業をこなしているものの、疲れは相当溜まっている。

ありがたいことに、惣のおかげでストーカー疑惑は下火になった。隆史は、志穂をストーカーということにしておきたいのだろうが。

志穂はオフィスで仕事をしながら、空席の隣に視線を送り、フロアを見回した。そろそろ昼になるが、奈々は一時間ほど前から席を外している。「どこに行く」とも言わずに慌てたように席を立つため、彼女に用事があれば戻ってくるのを待つしかない。

昼の休憩も外で取っているようで、最近は弁当を持ってきている様子もない。

もしかしたら体調が悪いのかもしれない。けれど、それを相談してもらえず、どこにいるのかもわからないのでは、仕事の調整もなかなか難しかった。

(そりゃ、私には相談なんてできないよね)

志穂は空《あ》いている会議室で昼食をとり、席へ戻った。一時間も休憩を取れていないが、この仕事が終わったらゆっくり休みを取ろうと決めて、仕事を始める。

電話の対応などをしながら、午後の仕事が三十分ほど過ぎた頃、ようやく奈々が席に戻ってきた。

受話器を置き、奈々に声をかけようとしたところで名前を呼ばれる。

「小島さーん」

何席か離れた場所にいる同僚が、志穂の内線を代わりに取ってくれたらしく、受話器を片手に手を振っている。

「はい」

「あのさ~営業部からで、新規の営業先にデザイナーも同行してほしいんだって。急だけど行けるかって」

「これからですか?」

「そうみたい、先方の予定にキャンセルが出て、これからなら会えるって言われたらしいよ。三十分後に出るみたい」

志穂は頭の中でスケジュールを練り直す。外出するとなると、午後の時間はほとんど取られてしまう。その分を取り戻すべく終電までに帰ればなんとかなるかと、と頷いた。

「わかりました。電話を代わります」

「よろしく」

志穂はため息を呑み込み、内線が回されるのを待った。新規の顧客獲得になれば会社の利益にもなるのだし、断るわけにはいかない。

仕事は山のようにどんどん溜まっていくが、なんとかするしかないだろう。

自席の電話が鳴り、受話器を取ろうとすると、背後から腕が伸びてくる。

驚いた志穂は後ろを振り返った。

「開発事業本部の宮川だ。悪いがこちらのスケジュールの都合で小島の同行は無理だ。代わりに上園を行かせる。あぁ……そういうことで、じゃあ、よろしく」

奈々は自分の名前が出たことに驚いた様子で惣を仰ぎ見た。その顔は引き攣《つ》っていて、どうして自分がと思っているのがありありとわかった。

だが志穂としても、助かる提案だった。さすがにスケジュールが押しそうだったし、同時進行で別の案件も手がけており、頭がパンクしそうだったのだ。

奈々が行ってくれるなら、それこそ現場を知る上で新人教育にもなるしちょうどいい。

(また惣に助けられちゃった……情けない)

これは自分でなんとかするべき事柄だった。惣の手を煩《わずら》わせてしまったことが申し訳ない。志穂が礼を言おうとすると、受話器を置いた惣が奈々を手招きした。

「井出と小島、上園……ちょっと来てくれるか。そこまで時間は取らせないから」

惣は顎《あご》をしゃくり、フロアの一角にあるフリースペースを指した。

「はい」

隆史と奈々が惣の後ろを並んで歩いた。

志穂もそのあとに続く。

フリースペースは、エレベーターとは反対側にある、備品室の近くの四人掛けの丸いテーブルと椅子があるだけの開けたスペースだ。

ここは誰でも利用可能で、ちょっとした打ち合わせに使われることが多い。

惣は椅子に腰かけることもなく話を切り出した。

「マナビゼミナールなんだが、小島の負担がかなり多いようだから、チームでもう一度分担を考えて、一人に負担が集中しすぎないようにしてくれるか？」

「小島の負担……ですか？」

隆史は眉を寄せて、咎《とが》めるような視線をこちらに向けた。惣と付き合っていたと打ち明けたことの意趣返しだろうか、志穂を見る目はかなり厳しい。なにをやっているんだと言わんばかりだ。

「それと、これから上園は営業部に同行してもらう。三十分後だから、急ぎで」

「え……どうして私が……それ小島さんの仕事じゃないですか！」

たしかに営業部からの同行依頼はずっと志穂が受けてきた。けれどそれは使い勝手のいい相手として営業部が志穂に連絡をしてくるだけで、志穂の仕事というわけではない。

「小島は今、上園の仕事をほとんど代わってるよな？　抱えてる仕事がマナビゼミナールだけじゃないのは小島も同じだ。それに、私生活がバタバタしているのはわかるが、進捗が思わしくないなら小島一人に押しつけるんじゃなくチームで分担しろ。営業部への同行もデザイナーの仕事の一つだ。小島だけがやるべき仕事じゃないし、上園にとってもお客様になるかもしれない相手の話を聞くのは勉強になるだろう」

ちらっとこちらを窺うように見つめた奈々と目が合った。彼女はしゅんと肩を落とし潤《うる》んだ目を惣に向けた。

「押しつけ、ですか？　あ、違いますよ。この間も誤解があったみたいですけど、あの仕事は小島さんに言われて渡したんです。私はたぶん間に合うって言いましたし。そうですよね？」

奈々の言うこの間は、仕事もせずに休憩室で志穂をストーカー呼ばわりし、惣に怒られたときのことだろう。

たしかにあの日、奈々の仕事が終わりそうにないため、自分がやるからと声をかけた。だが、奈々の言い方ではまるで志穂が仕事を奪ったように聞こえる。

実際は、今朝と同じように、間に合うのかと彼女に確認をした上で奈々の残した仕事を肩代わりしているだけなのに。

「うん……まぁ……でも」

「あの！」

志穂の言葉を遮《さえぎ》るように奈々が声を上げた。

「取締役にまでご迷惑をおかけしてすみません。私は……小島さんみたいに仕事も速くないので、たぶん見ていて不安があるんだと思います。妊娠のせいか、体調が悪いときもあって」

奈々の言葉を聞いているのかいないのか、惣は考えるように顎《あご》に手を添えた。

「まぁ、体調が悪いなら、無理にとは言えないが」

「私は大丈夫です。年明けのレビューまでに間に合うようにしますから」

志穂が言うと、惣がそうじゃないと言わんばかりに首を横に振った。

奈々の仕事を肩代わりするのはいつものことだし、それを負担に思ったことはない。残業は増えてしまうだろうが、アイディールシステムはホワイトな会社で残業代はきっちりと支払われる。

「小島がなんとかできるのも、仕事が速いのも知ってる。でも、なんでも一人でやろうとするな。俺でもいいから、周りをもっと頼ってほしいんだ」

「……すみません」

返事をするが、志穂にはなかなか難しかった。

（井出さんに頼ったところで、なんとかしてくれるとは思えないし。在宅デザイナーの手はすでに目一杯借りてるし……）

自分がやらなければ納期に間に合わなくなるだけだ。周りを頼れと言われても、誰にどんな風に頼っていいのか志穂にはわからない。

「上園は体調に無理のない範囲で、責任を持って任された分はやり遂《と》げろ。体調が悪くて出勤が辛いならリモートでもいい。で、どうする？　営業部に同行できないなら、小島に代わってもらっている仕事はお前に戻すが」

「……営業部と一緒に行ってきます」

奈々が仕方なさそうに返事をすると、惣が頷いた。

「じゃあ、よろしく」

惣はそれだけ言うと、フリースペースをあとにした。

奈々は惣の背中が離れていくのを確認して、聞こえよがしにため息をつく。

「あの……小島さん」

「はい？」

「井出さんとの結婚で、小島さんが私を恨んでるの、わかってるんですけど……私の仕事をわざと奪うような意地悪はしないでください。やってくれるって言うから渡したのに、私が取締役に怒られちゃったじゃないですか。それに、朝も井出さんの判断に文句を言ってましたけど、ああいうの自分の評価を下げるだけですよ」

奈々の中では、志穂はまだ隆史のストーカーなのだ。彼女が隆史にわざと聞かせるために口に出していると気づいたときには遅く、弁明をするタイミングを失っていた。

「小島、俺になにか文句でもあるのか？」

「いえ……文句だなんて。私はただ、デザインの参考イメージの件で、もう一度先方に確認した方がいいんじゃないかと話しただけです」

「それはもう向こうの副社長にＯＫをもらったと言ったよな」

「はい……」

「小島、俺への当てつけで取締役と付き合ってるなんてうそをついたり、上園に嫌がらせをしたり……その気持ちはわかるが、マナビゼミナールの仕事が終わるまではこのチームでやらなきゃならないんだ。もう少し上園に優しく接してやれないか。お前のせいでチームが上手く機能しなくなったらどうするんだ」

「は……？」

気持ちはわかる、と裏切った彼に言われるとは。志穂の口から思わず剣呑《けんのん》な声が出た。怯《おび》えるように奈々が肩を震わせる。

悔しさやこらえていた怒り、そんな言いようのない感情が胸を突き、鼻の奥がツンとした。誰のせいで仕事が上手くいかないのか。どうして志穂が責められなければならない。

「上園さんに、冷たく接したつもりはありません」

唇を震わせ、その言葉だけを絞り出す。

こんな言い方をすれば、ますます冷たいだのなんだのと言われるとわかっていても、志穂には奈々のように言い訳をする語彙力も、甘えられる可愛さもないのだ。

「その態度でか。取締役になんて言って頼んだのかは知らないが、そうやって俺の気を引こうとしても無駄だぞ」

隆史が鋭く目を細めて、志穂を睨《にら》んだ。ストーカーを排除するべく正義感に駆られたような顔をしている。そうではないと知っているはずなのに。

（遊ばれていただけだったとしても、……私は、井出さんの恋人のつもりだったのに）

二年付き合っていて、志穂は彼をまったく理解していなかった。同時に、隆史も志穂をまったく理解してくれていなかった。

志穂が本当に意地悪で奈々から仕事を奪ったと思っているのだろうか。今まで一緒に仕事をしていて、プライベートでも一緒に過ごしていたのに、志穂の努力の一欠片《かけら》ほども隆史は見てくれてはいなかったのだ。

志穂はため息を呑み込み、隆史と奈々を無視しデスクに戻った。

（惣は……なにも知らないのに、噂を鵜呑《うの》みにせず味方してくれた。……私を信じてくれた）

過去、志穂は勝手に誤解をして惣に別れを告げたが、そのときも彼は、志穂を信じてくれていた。

（どうしてあの頃、それに気づけなかったんだろう）

愚かな自分は、彼を信じられず逃げてしまった。そして、楽な方へと流されて、結局、裏切られた。そのことを今さら後悔してももう遅い。

だが幸い、今の志穂は彼の恋人という立場にある。プライベートでも仕事でも、惣に心配ばかりかけていたらいけない。

（井出さんに対しても、もっと毅然《きぜん》としなきゃ）

集中してやるべきことを進めていれば、時間は早く過ぎていく。

「上園、そろそろ行けるか？」

斜め向かいの隆史が、椅子をがたんと鳴らして立ち上がった。

時刻はあっという間に定時を回っていたようで、ようやく志穂の耳に周囲の声が届く。あちこちから聞こえる「お疲れ様」という声と、キーボードを打つ音。

志穂はなんとはなしに耳を傾けながら、データを更新していく。こちらの仕事はまだまだ終わりそうになく、一分一秒が惜しかった。

「あ、は～い」

奈々が元気いっぱいに返事をすると、周囲から冷やかすような声がする。

「二人でデート？」

「え～っと、今日は不動産屋さんに行かなきゃなんですよ」

奈々が面映《おもは》ゆそうに周囲に話しているのを、ビジネスバッグを持った隆史が満足そうに聞いていた。

「新居か。早めに探さないとお腹が大きくなるもんね」

「ほんと結婚式の準備も並行しなきゃなんでバタバタです。ご迷惑をおかけします」

「いやいや、忙しいよね。頑張って」

「はい！　じゃあ、お先にです！」

周囲に冷やかされながらも、奈々は見せつけるように隆史の腕を取り、フロアを出ていった。彼らの後ろ姿を見つめ、志穂はそっとため息を漏らした。

隆史への想いを引きずっているわけではない。営業部に同行した奈々がいつまでも帰ってこなかったため、またもや仕事が残されているからだ。

惣に周りを頼れと言われたことを思い出すが、マナビゼミナールを担当しているメンバーは全員……奈々以外は大量に仕事を抱えていて、松浦もまた、結婚式の準備で忙しいからと隆史に大量の仕事を押しつけられ、ほぼ午前様だと言っていた。

志穂の負担が多いと惣は心配してくれていたが、自分だけが忙しいわけではないのだから、甘えるわけにはいかない。

（このプロジェクトが終わるまでは残業かな。お客様に迷惑をかけるわけにはいかないしね。休みを取ったら、久しぶりに買い物でも行こう。そろそろ髪も切りたいな。あ、そういえば、ネットで頼んだパズル、そろそろ届くかも）

休みの予定に思いを馳《は》せると、忙しさで溜まったストレスが多少解消される気がする。

志穂がパソコンに向き直りながら、凝《こ》った肩をぐるぐると回して、さらに頭を回すと、後ろから噴き出す声がした。

「まだ帰れないのか？」

出先から帰ってきたばかりなのか、ビジネスバッグを持った惣が立っていた。自分もだが、先週から今週にかけて惣もかなり残業が多い。それでも疲れた顔をいっさい見せないのはさすがだと思う。

「そうですね……あとちょっとです」

本当はあとちょっとどころではなかったが、スケジュールには間に合わせる予定なので問題はないだろう。

志穂が言うと、惣はどうしてか口元を押さえて笑いをこらえるような仕草をする。

「なんですか……？」

「いや……首が、ごきごき鳴ってたから。よっぽど凝《こ》ってるんだろうと思って」

肩周りが凝《こ》りやすく、腕をぐるぐる回すと、いつも関節が鈍い音を立てる。音が鳴るのが心地好くて、人のいなくなったフロアでついやってしまう。

(考えてみれば、ちょっと女としてはないかな？)

今さらだが、そんなところを恋人に見られていた恥ずかしさに、消え入りたくなってくる。

「それ終わったら、飯でも行くか」

「え……」

終わるだろうか、という顔をしてしまったのだろう。惣が苦笑する。

「どこか予約してるわけじゃないから、時間は気にしなくていい」

「でも、遅くなっちゃいますよ」

惣と食事に行けるのは嬉しいが、彼も連日の残業で疲れているのではないか。金曜日とはいえ、ゆっくり休める時間を奪うことが申し訳ない。

「いいんだよ、俺も仕事はまだ残ってるから」

「なら……別の日でも」

志穂が言うと、惣は軽く咳払いをして、身体を寄せた。フロアにはまだ人が残っている。距離の近さに驚いていると、呆れたように告げられる。

「明日、クリスマスイブだろうが。予定の確認ぐらいさせろよ」

「あ……っ」

あまりの忙しさにすっかり忘れていた。

今年のクリスマスは二十四、二十五が土日なのだ。もともとそういう恋人同士のイベント事には無縁だったし、隆史とも別れたため自分には関係ないと思っていた。

（クリスマス……惣と、過ごせるの？）

クリスマスにそこまでの思い入れはなかったというのに、惣と一緒ならきっと楽しいだろうという予感に、気持ちが上向く。

「忙しかったもんな。キリのいいところで帰ろう。二十二時頃なら終わりそうか？」

「はい、大丈夫です」

「終わったら声かけろよ」

仕事に集中しようと思うのに、ホテルに呼び出されたあの日を思い出してしまい、妙に落ち着かない気分になる。

（今日も、するって決まってるわけじゃないし……）

これでは、自分の方が身体の関係を求めているようではないか。

惣はなぜか志穂の感情の機微《きび》に鋭い。また『キスをしてほしそうな顔をしてる』などと言われたら、誤魔化せる自信はない。ほんの少しだけ、あわよくばと思ってしまっているから。

志穂はよしと拳《こぶし》を握り、早く仕事を終わらせるべくペースを上げた。


結局、仕事が終わったのは二十二時を数分過ぎた頃だった。

志穂は帰る準備をして、惣に声をかける。

「取締役、終わりました」

「あぁ……じゃ、帰るか」

惣もパソコンの電源を落とし、席を立つ。

肩を並べて帰る自分たちを、残業組が見ている。隆史と奈々のような冷やかしを受けないのは、相手が惣だからだろう。

さすがに奈々の真似をして腕を組むことはできず、半歩後ろを歩いていると、手を差し出された。

「ん」

足を止めて、惣を見上げる。

「あの、いいんですか？」

「もう仕事は終わっただろ。プライベートの時間だ」

おずおずと手を差し出すと、惣の指が絡められる。彼と手を繋いで歩けることが嬉しくて頬が緩んだ。

まだ会社内とはいえ、二人きりになった途端に恋人同士の雰囲気を作ってくれるから、志穂は度々彼の特別な人になったように錯覚してしまう。

「嬉しそうだな」

「……っ」

自分の気持ちを見透かされたような気がして、ニヤニヤと笑ってしまいそうな口元を慌てて引き締めた。すると、惣がおかしそうに声を立てて笑う。

「そんなに、笑わないで」

「いや、わかりやすくて、可愛いなと」

まだ笑いが収まらないのか、惣が肩を震わせる。

そうしているうちにエレベーターが到着し二人で乗り込むと、腰を引き寄せられて、掠めるように口づけられた。

「ここ、まだ会社です」

キスに浮かれている自分を悟られたくなくて、ふてくされた声を出すと、さらに笑われる。

「そういう顔をする方が悪い」

そういう顔ってどういう顔よ、と照れ隠しでムッとしつつも、腰に回された腕を振り解くことはしなかった。

もしかしたら、彼への想いも全部、顔に出てしまっているのかもしれない。

それでも、加速する彼への気持ちはもはや止めようがなかった。

「なにが食べたい？」

そう聞かれて、志穂は腕時計を見る。

(どうしよう……これから食事だと、ちょっと遅いよね)

時間的にそこまでがっつりと食べたいわけではないが、この時間に入れるのはファミリーレストランや居酒屋くらいだろうか。

「あの……家でもいい？　簡単なものなら用意できるし」

「志穂がそれでいいなら。でも、男を簡単に部屋に上げるなよ？」

「簡単に上げるわけないよ」

惣だから部屋に呼ぶのだと、伝わっただろうか。恥ずかしさのあまり早口になると、隣を歩く惣が困ったような顔をする。

「……どういうつもりで誘ってんだよ……ったく」

惣はなぜか深くため息をつき、ぼそりと漏らした。首を傾げた志穂に彼は「なんでもない」と返して、駅へ足を向けた。


最近、忙しくて料理ができていなかったため、アパート近くのスーパーで買い物をしてから帰った。帰り道を歩きながら、洗濯物は片付け忘れていないか、部屋は片付いていたかと、朝、部屋を出たときの様子を思い出す。

「大学を卒業してから、ずっとここか？」

惣は三階建てのアパートを見上げて言った。

志穂は案内をするべく彼の前を歩き、階段を上りながら答える。

「うん、駅から近いし、部屋もそれなりに広いから引っ越す理由がなくて」

「そうか」

玄関に着き、鍵を開けようとしたところでドアの横の宅配便に気づいた。

「あ……そうだ、忘れてた」

「なにか頼んでたのか？」

「うん、ジグソーパズルをね。自分へのクリスマスプレゼントに。年末年始のお休みに一人でやろうと思って。あ、ごめん、上がって」

段ボールを持ちドアの鍵を開けて、惣を部屋に招く。

「へぇ、楽しそうだな」

「楽しいよ。やる？」

きっと惣はやらないだろうな、そう思いつつ聞くと、予想に反して彼は楽しそうに目を輝かせた。

「いいのか？」

「え、パズルだよ。本当にやりたいの？」

「志穂は好きなんだろ？　俺も久しぶりにやりたい」

彼が本心からそう言っているのがわかって、くすぐったい気持ちになった。昔、果穂に散々地味だと言われた趣味だったたからだ。

「じゃあ、開けておいてくれる？　私、ご飯作るから」

志穂が段ボールを手渡すと、彼は丁寧に段ボールを開けて、中からパズルの箱を取り出した。その間に志穂はキッチンに立ち、肉や野菜を冷蔵庫から取り出した。

「そういえば、昔から綺麗好きだと思ってたけど、変わらないな」

惣は、室内を見回し感心したように言った。

「一人で部屋にいることが多いから。自分の好きな場所くらい、綺麗にしておきたいの」

朝、さっと埃《ほこり》を取り、掃除機をかけただけだが、部屋はわりと綺麗だ。床に物を置いている状態や、やりっぱなしでいるのが苦手なのだ。

「居心地いいよ。お前の部屋って感じがする」

「ありがとう」

食事の用意をして、二人でテーブルにつく。志穂の家にはダイニングテーブルはないから、小さなローテーブルを囲みクッションに座る。

時間が遅いこともあって、手早く作れる料理と決め、生姜焼きと味噌汁にしたが、サラダとミニトマトを添えれば十分に見栄えはいい。

「いただきます」

惣が箸《はし》を手に取るのを待って、志穂も手を合わせた。味付けが彼の好みに合うか心配だったが、生姜焼きを咀嚼《そしゃく》して笑みを浮かべた惣を見て、胸を撫で下ろす。

「ん、美味《うま》いな。久しぶりにまともな飯を食った気がする」

「そう、よかった。いつもコンビニ？　夜も？」

「まぁな、作れないことはないんだが、仕事の時間が不規則だろ……ってのは言い訳か。お前は作ってるもんな。弁当も」

惣は箸《はし》を進めながら感心したように言い、次々に料理を平らげていった。こんなに美味《おい》しそうに食べてくれるならまた作りたいと思う。

「私のお弁当は余り物を詰めてるだけだから。きっと、上園さんの方が料理は上手だよ」

志穂の言葉を聞き、惣はぴたりと箸《はし》を止めた。

そして気遣うような視線を向けてくる。

「お前は……」

惣はなにかを言いかけてやめた。

「え？」

「……いや、悪い。なんでもない。美味《うま》かったよ、ごちそうさま。なぁ、これ本当にやっていい？」

惣はパズルの箱を取って、膝の上に載せた。

「いいよ、一緒にやろ」

志穂が食器をシンクに持っていこうとすると、惣がそれを止めた。

「洗い物は俺がやるから。これ、準備しておいて」

「いいの？」

「食事のお礼には足りないけどな」

惣は食器をシンクに運ぶと、手早く洗い、水切りカゴに入れた。志穂は、テーブルを綺麗にして、パズルのピースを箱の蓋《ふた》にあける。一人で年末年始にやろうと思っていたパズルを、惣と二人でやるとは思わなかったが、久しぶりなこともあってかわくわくする。

「また難解なのを選んだな。やり応《こた》えある」

キッチンから戻ってきた惣が、笑いながら志穂の横に座った。食事のときよりも距離が近いのは、パズルを同じ向きから見るためだろう。

「でしょ？」

志穂が選んだのは、海の絵で有名になった画家の作品だ。青や水色のグラデーションが多く、どの色も似たり寄ったりで非常に難しい。だからこそやりがいがあるのだが。

（昔も、そうだったな……）

交際していた頃、惣の趣味に付き合うことが多かったが、その反対も多かった。舞台を見に行ったり、本の貸し借りをして感想を言い合ったり。惣は、志穂の好みも知ろうとしてくれた。

これほど自分をちゃんと見てくれる人はいなかった。でも彼は、誰に対しても等しく優しい。

（惣の、特別になれる人が羨《うらや》ましいな）

この関係にはいつか終わりが来る。そうしたら、彼は別の誰かと付き合うのだろうか。そう思うと、胸がじくじくと痛んだ。

「周りができたな」

完成したわけでもないのに、惣が達成感に満ちた顔をするから、笑いそうになってしまう。

二人で角の四ピースを探すのに苦労しながら、一時間かけて枠部分が完成した。まだまだ先は長い。

「二人でやるとこんなに早いんだ。あ、もうこんな時間だし、今日は泊まってく？」

時計を見ると、とっくに午前零時を回っていた。タクシーに乗るにしても、残業で疲れているのにこれから帰るのは大変だろう。

「いいのか？」

「うん、疲れてるでしょ」

「じゃあ、お言葉に甘えるかな」

「あ、でも着替えがないね……」

なにも考えずに口にしてしまったが、彼の着替えについてはなにも考えていなかった。当然、隆史が残していった下着は全部処分したし、男性物の服など部屋にない。

「実はさっきのスーパーで買ってきた。スーパーってパジャマも売ってるんだな」

惣は買い物袋を持ち上げて、中から下着やパジャマを取り出した。

「ごめん、全然気づかなくって。お風呂、先にどうぞ」

「あぁ、サンキュ。風呂溜めるか？」

「うん、お願いしてもいい？　洗面所の下に入浴剤がいろいろ入ってるから、好きなの選んで。嫌いじゃなかったらだけど」

「わかった」

惣をバスルームに送り、パズルを片付けると、志穂も寝室で風呂の用意をした。パジャマと下着をクローゼットから取り出す。最近購入したばかりの新しいパジャマを選んでしまう自分の行動が、昔彼に恋をしていたときと同じでつい笑ってしまう。

「こういうのは、果穂の方が似合うんだよね」

シルク地のシャツと膝上丈のパンツのセットで、色はベージュだが、光沢があるためゴールドに見えなくもない。着心地が良さそうだから購入してみたものの、童顔の自分にはあまり似合わなそうだった。ただ、家にあるほかのパジャマは着古したものだ。

ベッドが視界に入り、こくりと喉が鳴る。

あれ以来、忙しかったせいもあるが、彼から関係を求められたことはない。

でも今、志穂は彼に求められるのを期待している。

暖房のついていない寝室は寒いほどなのに、頬が火照《ほて》っていた。ベッドを視界に入れるのはだめだ。志穂はぱちぱちと頬を叩き、リビングへ戻る。

手持ち無沙汰でテレビをつけていると、夜のニュース番組が始まり、クリスマス用にライトアップされた夜道が映し出される。

イルミネーションを見に行くのも、豪華なレストランで食事をするのも、ずっと自分には縁遠いものだった。興味もなかったし、寒いのに外に出るのは億劫《おっくう》だ。

(でも……惣となら、どこにでも行きたいって思うんだよね。昔から、そうだった)

すぐに辞めようと思っていたサークルも、惣に引き留められてずるずると参加し続けた。

カラオケに行ったり、博物館に行ったり、カフェで本の話をしたり。惣以外の人と話すことはほとんどなかったけれど、いつも隣に惣がいてくれたから楽しかった。

「イルミネーション、明日行ってみるか?」

いつの間にか風呂から出てきていた惣が、テレビに視線を向けながら聞いた。

「早くない? ちゃんとお湯に浸《つ》かった? 風邪引いちゃうよ」

惣の髪から雫《しずく》が垂れている。志穂は惣が手に持ったタオルを奪い、ガシガシと髪を拭いた。しばらくされるままになっていた惣に、不意に手を取られる。

「いつもこんなもんだよ。で、明日はどうする?」

当然のように明日のクリスマスを一緒に過ごそうとしてくれることが嬉しい。

「行きたい」

「となると、夜だよな。デートコースは俺に任せてくれるか?」

「うん、もちろん」

そうか、デートなのかと面映《おもは》ゆさににやけそうになる唇を噛む。

惣がビジネスバッグからスマートフォンを取り出しているのを見て、志穂は立ち上がった。

「私もお風呂に入ってくるね」

「あぁ、ゆっくりしてこい」

「眠くなったら先に寝ていいからね。暖房はつけたけど、風邪引かないようにベッドに入ってて」

「わかった」

パジャマと下着を洗面所に置き、バスルームのドアを開けた。中からふわりとラベンダーの香りがする。入浴剤を入れてくれたようだ。

志穂は手早く髪と身体を洗い、足先を湯につけた。冷えた身体に熱がじんわりと広がっていく。足を伸ばせるほど広くはないが、縁に頭を載せると気持ち良さにほっと息が漏れる。

「……眠っちゃいそう」

頭をぐるぐると回し、腕を真上に伸ばす。力を入れてふくらはぎを揉み、むくんだ足を解すと、座りっぱなしで溜まった血液が全身に巡《めぐ》っていくような感覚がする。

眠ってしまう前に出なければと、いつもよりも早く風呂を上がり、髪を乾かした。用意したパジャマに着替えた自分を見て、やっぱり色っぽくはならないなと苦笑する。

洗面所に惣が使った歯ブラシが置いてあった。それを歯ブラシ立てに並べて、志穂も歯を磨く。また泊まりに来てくれたらいいのにと考えながら洗面所を出ると、ダイニングに惣はいなかった。

そっと寝室のドアを開けると、ベッドの脇に置いたランプの明かりが目に入る。調べ物でもしていたのか、惣はスマートフォンを手に持ったままベッドで寝息を立てていた。

(寝ちゃってる……疲れてたんだね)

ちゃんと志穂が寝るスペースを空《あ》けておいてくれている。志穂はスマートフォンを彼の手からそっと抜き取り、枕元に置いた。そして彼の隣に潜《もぐ》り込み、肩までふとんを掛ける。

(おやすみなさい)

枕元の明かりを消すと、室内が闇に包まれる。

少しだけ近づいてもいいだろうか。志穂は寝返りを打つふりをして、惣の胸に擦り寄った。すると、惣がわずかに身動《みじろ》ぎ、腕が身体に回される。

「……っ」

無意識だろうが、頭を引き寄せるように抱き締められると、心臓がばくばくと激しい音を立てる。

惣が使ったのは志穂のボディソープのはずなのに、嗅ぎ慣れたその香りが違ったものに感じるのはなぜだろう。

心臓は苦しいけれど、惣のパジャマに鼻を擦りつけているうちに、志穂はいつしか眠りに落ちていた。


翌日は、朝食を食べたあと、惣と洗濯をしたり掃除をしたりと、まったり過ごした。昼食を一緒に作り、そのあとは部屋でテレビを観ていたらあっという間に夕方になる。

「一回、家で着替えてくる。待ち合わせは二時間後に駅前な」

「うん」

わかったと返事をして惣を見送ると、またすぐに会えるのに寂しい気持ちになる。

クリスマスにデートをするとわかっていれば、前もって服を買っておいたのにと後悔しながら、なるべくデートっぽい服を選んだ。

薄手のセーターと巻きスカートという至って普通の格好だが、惣の隣に並べば自分の姿が霞《かす》むのはいつものことだ。

手早く肌を整え化粧を終えて、乾いた洗濯物を取り込んだ。まだ少し時間があるので、簡単にできる料理を作り置きして冷蔵庫に入れると、待ち合わせの三十分前となった。

毎日歩いているのに気がつかなかったが、駅前もクリスマスカラーのイルミネーションに照らされていた。惣との待ち合わせの駅に急ぎ、電車に乗る。

惣と出かけるのが楽しみで、これからどんな景色を見て、どんな会話をするのだろうと気持ちが浮き立つ。二年も付き合った相手と別れたばかりだというのに、自分の気持ちの変化に驚くばかりだ。

改札を出ると、スマートフォンに視線を落とした惣をすぐに見つけた。小走りで駆け寄ると、惣の視線がこちらを向く。

「ごめん、お待たせ」

「いや……じゃあ行くか、ほら」

「うん」

差し出された手を取り、歩いていくと、人の流れが同じ方向へと向かっていることに気づく。

「これって、みんなイルミネーションを見に行くのかな」

目的地へは駅地下を通っても行けるが、ビルへ向かう通り沿いの街路樹も、何万球にも及ぶＬＥＤ電球で明るく照らされており、皆が上を見ながら歩くため歩くスピードはかなりゆっくりだ。

「そうだろうな。今年のクリスマスイブは土曜だし、どこも人が多い」

少し歩くだけで人と肩がぶつかるほど道は混雑している。手を繋ぐ惣との距離も肩が触れ合うほどだ。吐く息は白く、気温はかなり低い。繋いでいない方の手はかじかんで感覚がなくなっているが、それでもこのままずっと歩いていたい気分にさせられる。

「綺麗だね」

「ああ。でも、本命はこっち」

惣が指を差した先にあるのは、六階建ての商業施設だ。東京の中心部、それも駅近くに立っていることもあり、利用客は多い。

ビルの中に入ると、十八時を過ぎているというのに非常に混雑している。

近隣はオフィス街とあって平日はビジネスマンで賑《にぎ》わっているようだが、クリスマスイブの今日は、カップルや家族連れの姿が多かった。

「ツリーがあるんだっけ」

「そう、レストランも予約してある」

「よく取れたね」

「……まぁな」

入り口からそう離れていない場所にある、照明が落とされたオープンスペースに、真っ白なクリスマスツリーが置かれていた。

天井《てんじょう》から吊り下げられた照明がキラキラと輝き、プロジェクションマッピングで、雪が降っているような光景が周囲に映し出されると、まるで雪原の中にいるような美しさだ。

人混みの中、ぼんやりとクリスマスツリーを眺めてどれだけ時間が経っただろうか。つい、一人でいるような気分でいてしまった。慌てて隣の惣に目を向けると、ちょうどこちらを見ていた惣が微笑んだ。

「どうした？　もういいのか？」

変わらず手を握られたままなことにほっとする。手を離してしまうのは惜しかったけれど、デートの記念を残しておきたくて、志穂は彼を見たまま口を開いた。

「ツリーの写真……撮ってもいい？」

「どうせなら、一緒に撮ろう」

志穂の望みをどうしてすぐに気づいてくれるのだろう。

「うん」

「俺のでいいか？　あとで送るから」

惣が腕を目一杯伸ばすと、スマートフォンのカメラに自分と惣の顔が映し出される。相変わらず地味でどこにでもいそうな自分と、こうして立っているだけで視線を集める惣。釣り合いが取れているとはとても言えないが、過去、惣はそんな自分を好きだと言ってくれたのだと思い出すと、少しは自信が持てるような気がした。

「ほら、カメラ見て」

惣の腕が肩に回され、頬を指先で突《つつ》かれた。思わず笑ってしまうと、その瞬間を狙ったようにシャッター音が鳴る。

「撮れた。綺麗だったから、こっちも送る」

「綺麗？」

「ん？　これ」

画像フォルダに入った写真の中に、クリスマスツリーを眺めている自分の横顔がいくつもあった。うっすらと微笑んでいて、そんな顔を惣に見られていたのかと思うと、恥ずかしくてたまらない。

「変な顔してるから、消して」

「変な顔？　いや、綺麗だよ」

真剣な顔で言われて、なんと返していいかわからなくなる。惣の方がよほど綺麗で、どうせなら自分の写真ではなく彼の写真が欲しかった……なんて本音は言えそうにない。

メッセージアプリで画像が送られてきて、それをすぐさま保存した。もし今、一人だったら、送られてきた写真をずっと見ていただろう。

「そろそろ予約時間だ。行こうか」

ふたたび手を引かれ、惣が歩きだす。大学以来の彼とできた思い出に気持ちが弾んだ。

彼が予約した店は商業施設から外に出て、斜め向かいにあるビルの一角だった。この辺りは様々な商業施設が建ち並んでおり、すぐ近くには劇場や美術館もある。

店内はこぢんまりとしており、テラス席もあるようだが、真冬の夜に利用している客はほとんどいない。

中に入ると、思っていたより身体が冷えていたのか、温かな空気にほっとする。

雰囲気はアットホームなバーだが、酒を飲みに来るというより、むしろフランス料理がメインの店のようで、テーブルに並べられた料理はとても美味《おい》しそうだ。

惣が名前を告げると、すぐにテーブル席に案内された。

テーブルには〝ＲＥＳＥＲＶＥ〟と書かれたプレートが置いてある。いったい、いつの間に予約をしてくれたのだろう。

（昨日……私がテレビのイルミネーションを見てたから？）

店内の席はほとんど満席で、空《あ》いたテーブルには、やはりプレートが置かれている。クリスマスイブの予約を前日に取れるものなのか。

こういうイベント事にはもともと疎《うと》かったし、隆史も自分とイベントを過ごすような男ではなかったから、志穂にとっては初めて恋人と過ごすクリスマスだった。

「こういうところでクリスマスを過ごすのは、初めて」

シャンパンを頼んで乾杯をしながら、志穂は感慨深げに言った。子どもの頃の誕生日は、果穂が友人たちを大勢呼ぶため、志穂は脇役のような扱いで、あまりいい思い出がない。

バレンタインもホワイトデーもクリスマスも、一人で過ごすのが当たり前だった。それはそれで楽しかったし、寂しいとは思わなかったけれど。

「楽しいか？」

そう聞かれて、志穂は悩む間もなく頷いた。

「楽しい……すごく。人混みも、こういうイベントも、苦手だって思ってたけど、惣と一緒にいると、楽しいって思える」

惣が驚いたようにシャンパングラスを持つ手を止めた。

「そうか……俺も、志穂と一緒ならなにをしても楽しいよ。昨日みたいにパズルをするのも、ごろごろしながらテレビを観たりゆっくり過ごしたりするのも悪くないし、出かけるのもいいな。これからも、特別な日は二人で過ごそうか」

「特別な日に、一緒にいてくれるの？」

また来年もクリスマスイブを一緒に過ごそう、と言われているみたいで心が浮き立った。

「当たり前だろ。バレンタインもあるし、ホワイトデーも。夏は志穂の誕生日だな」

「私の誕生日、覚えてるの？」

「なんで覚えてないと思うんだ。覚えてるに決まってる……って言っても、知ったのはうちの会社に入社してからだけどな」

ならば、果穂が惣と誕生日を一緒に過ごすと言ったこともうそだったのか。志穂の胸が安堵に包まれる。あれは誤解だったとわかったのに、まだどこか疑う気持ちが残っていたらしい。

「……果穂にうそを教えられたとき、惣と一緒に誕生日を過ごすって聞かされたの。惣は私にはアルバイトがあるって言ってたから、うそをついて果穂と過ごすんだって思った。二人の交際を聞かされるのも、付き合った二人を見るのもいやで……その前に、惣と果穂と……連絡を絶った」

「……そうか、あれ、誕生日の前の日だったな。悪かった。果穂からメッセージをもらって、いい加減はっきりさせようと思って会ったんだ」

惣は、自分が悪くもないのに謝罪を口にした。どうやら『二人で会いたい』という果穂からのメッセージに了承の返事をしたのは、果穂と付き合うつもりがないとはっきり断るためだったようだ。その話を聞いて、ふたたび己の愚かさを突きつけられる。

（そうだよ……果穂は、惣が何度断ってもしつこかった）

でも惣は、果穂が志穂の妹だから強く言えないでいたようだ。けれど、あやふやな態度を取って志穂に誤解されるのはいやだったと言った。

「謝るのは私の方だよ。惣は悪くない」

「告白したときに、誕生日くらい聞いておくんだったな」

「私だって、惣の誕生日を聞かなかったよ。あのときは、付き合って一ヶ月なのに、誕生日に一緒に過ごしたいとか重いんじゃないかとか、プレゼントとか用意してもらうのは悪いとか、いろいろ考えちゃって言えなかったの」

「言っていいんだよ。もっと望みを口にしていい」

「なら……」

本当の恋人になってほしい――そんな言葉が口から出そうになり、志穂は思わず手のひらで口を塞ぐ。

（私、今、なにを言おうとしたの）

彼への気持ちは、過去の恋を思い出しているだけだと思っていた。惣と身体を重ねることに抵抗がないのも、彼の言葉に浮き立ってしまうのも、初恋を思い出すからだと。けれど。

（私……もしかしたら、とっくに……）

惣に惹かれていたのかもしれない。過去は過去として、今の上司である彼を好きになってしまったのかも。そう考えると、様々なことがしっくりくる。

女性慣れしていることに気持ちが塞ぐのも、面倒だと思うイベントを一緒に過ごしたいと思うのも、なにより、隆史に対してすでに怒りしか湧いてこないのは、恋愛感情ごと惣に塗り替えられてしまったからだ。

だが、惣が自分の恋人になってくれたのは成り行きだ。志穂を本気で愛してくれているからじゃない。

自分たちの関係はいつ終わってもおかしくない薄弱なもの。ストーカー疑惑が落ち着き、仕事に影響がなくなれば、交際する理由はなくなってしまう。

それはいやだと強く思う。もし志穂が気持ちを伝えたら彼はどう思うだろう。昔の恋人と気軽に付き合いたいと望むなら、志穂の気持ちを重いと感じるかもしれない。

「志穂？」

「あ……デザートも、食べたいなって」

志穂は咄嗟《とっさ》に誤魔化して、メニューに視線を移した。

「そんなことでいいなら、いくらでも」

惣はメニューを手渡し、うっとりとするような微笑みを浮かべた。

デザートメニューを全種類注文しようとする惣をなんとか止めて、食事を終えた頃には二十一時近くになっていた。

「そうだ、志穂……これ、受け取ってくれるか？」

片付けられたテーブルに置かれたのは小さな箱だった。明らかにクリスマスプレゼントだとわかる包装を見て、動揺のあまり目を泳がせた。

（私……なにも用意してない……どうしよう）

しまった、と思ってももう遅い。今日はクリスマスイブで、自分たちは一応とはいえ恋人なのだから、プレゼントくらい用意するべきだった。自分へのプレゼントはちゃっかり用意していたくせにと思われないだろうか。

さっと血の気が引くような感覚の中、惣がこちらを窺うように目を向ける。

「迷惑じゃなかったら、だけど」

「迷惑だなんて。嬉しいよ、ありがとう。あの……開けていい？」

「あぁ、趣味じゃなかったら捨てていいから」

惣が贈ってくれたプレゼントを捨てるわけがないのに。志穂は箱のリボンを解き、蓋《ふた》を開けた。中に入っていたのは一粒のダイヤモンドのネックレスだ。

「本当にこれ、もらっていいの？」

「もちろん。志穂にはそういうシンプルなアクセサリーの方が似合うと思ったんだ。気に入ったなら、つけてやる」

「うん」

惣がネックレスを手に取り、立ち上がった。髪をかき上げられると、惣の手がうなじに触れてくすぐったい。身体を重ねたこともあるのに、この程度の触れ合いにも緊張してしまう。

首筋を撫でるように惣の指先が動き、背筋がぞくぞくと震えそうになる。

「……っ」

「つけたぞ」

家に帰ったら、鏡で何度も見てしまいそうだ。志穂は、緩みそうになる頬を必死にこらえて、ネックレスに触れた。

「似合うよ」

「ありがと、あと……ごめん……私、プレゼントを用意するの、すっかり忘れてて」

「気にしなくていい。俺は、恋人にプレゼントも渡さない男にはなりたくなかっただけだ」

惣は志穂が、隆史に蔑《ないがし》ろにされていたことを知っている。プレゼントは彼の優しさだろう。きっとストーカーの噂を完全に払拭《ふっしょく》するために、彼は志穂にとっていい恋人であろうとしてくれているだけだ。そう思わないと、愛されていると期待してしまいそうになる。

「そっか、ありがとう」

惣の気遣いが嬉しくて涙が溢《あふ》れそうになる。志穂がどれほど彼に救われているか、きっと本人は知る由《よし》もないだろうが。

「今日、一緒に過ごせただけで十分だ。そろそろ行くか」

店を出て、ライトアップされた街路樹を眺めながら二人で歩く。イルミネーションを見ているふりをしながらも、志穂の頭の中は自覚したばかりの恋心でいっぱいだった。

「志穂、着いたぞ。遅くまでパズルやってないで、今日は早く休めよ」

アパートまでタクシーで送り届けられて、志穂が隣に目を向けると彼は降りる気配がなかった。

(そうだよね……二日連続は泊まらないか。昨日からずっと一緒にいたんだし)

惣にも予定があるだろう。丸一日以上一緒にいられたのだから十分だ。

そう自分を納得させてみても、朝からずっと惣と一緒にいたからか、彼を見送るのがすごく寂しい。

彼の心が手に入らないにしても、せめて身体だけでも繋がれたら、胸にくすぶる不安が少しはなくなるかもしれないと思ったのだが。

(したいって思うのは……私だけなのかな)

身体を求められたのは隆史の裏切りを知ったあの夜だけ。

惣はそれでいいのだろうか。

もやもやする気持ちはあっても、自分からベッドに誘う手練手管《てれんてくだ》は持ち合わせておらず、どうしたらいいかなどわかるはずもない。

「……うん、ありがとう」

志穂がタクシーを降りると、すぐに車が発進する。

窓から軽く手を振る惣に、笑みを浮かべて手を振り返す。

好きな人と過ごす時間はなんて早いのだろう。たった今別れたばかりなのに、次はいつ二人で会えるかと聞きたくなってしまうなんて。

志穂は、タクシーが見えなくなるまでその場に立ち尽くしていた。

第三章

年が明けた出勤日。

志穂は実家に帰ることもなく、久しぶりにだらだらと休日を過ごした。クリスマスイブに届いたパズルは、三分の一ほどが完成した。

年末年始、惣は実家に帰っていたようで、クリスマスイブのあの日以降、プライベートで顔を合わせていない。

少しどきどきしながら出勤すると、珍しく奈々が先に席に着いていた。

「おはよう」

「……おはようございます」

奈々の態度は相変わらずつんけんしているが、最近はストーカー呼ばわりされなくなった。ストレスの一つがなくなると多少は気が楽だ。

ただ、いつにも増して奈々の集中力は続かず、何度も席を外し、惣に注意を受けていた。

（そういえば、クリスマスに予約したレストランに行けなかったって噂を聞いたけど……）

人の噂が大好きな同僚が嬉々として隆史と奈々の不仲を広めていたが、会社にいても席を外しがちな様子を考えると、もしかしたら、つわりがひどいのではないかと気にかかる。

だが、隆史がそんな奈々をフォローしているようにも見えない。

元恋人と浮気相手のことなど、志穂にとってはどうでもいいはずなのだが、時折、なにもかもを諦めたような顔を隆史に向けている奈々が、少し心配になった。

(私が心配するのは、きっと余計なお世話なんだろうけど。具合が悪いなら、もう少し仕事を減らして、休んでもらった方がいいかもしれない)

今日は午前中にマナビゼミナールとの打ち合わせが入っている。

会議はプロジェクトリーダーである隆史が主体となって進め、そこで決まった内容をチーム内で共有し、分担しながら仕事を進める。

妊娠中である奈々の仕事軽減のため、これからは志穂も会議に参加することとなった。

奈々を間に挟んで先方の希望を聞くのと直接聞くのでは、得られる情報量が大きく違う。ふわっとした曖昧《あいまい》な方向性を自分の中に明確に落とし込んでいける。

(念のため、マナビゼミナールの担当からもう一度詳しい話を聞こう)

デザインの方向性に大きな変更はないと思いたいが、奈々は、まだ二年目の新人だ。

あとになればなるほど問題も大きくなる。なにもなければそれでいいし、嫌味の一つや二つ言われたとしても、認識の誤差を埋められるのなら安いものだ。

志穂は、ワイヤーフレームから作成したモックアップを見つめて、時刻を確認した。

あと十分で十時になる。そういえば、会議室の準備はしてあるのだろうか。隆史にはなにも指示をされていないし、奈々も動く気配がない。

「井出さん、会議室の準備って、誰かに頼んでありますか？」

志穂が尋ねると、隆史は今気づいたとばかりに奈々を見て、そのあとこちらに視線を向けた。

「は？　まだやってないのか？　もうすぐ大城《おおしろ》さんが来るじゃないか！」

なにを言っているのだろうか。

仕事を割り振り、指示を出すのもリーダーの仕事だろうに。

「わかりました。すぐに準備に向かいます」

志穂はため息を押し隠し、立ち上がった。

大城はマナビゼミナールの現場担当者である。今回は現場同士の話し合いのためそう堅苦しい会議ではないが、顧客である彼を待たせるわけにはいかない。

「上園は妊娠中なんだから、準備くらい言われなくてもやっておいてくれよ。ちょっと気が利かないんじゃないか」

今日から会議に参加する志穂に無理を言う。なにか起これば全部自分のせいになるのは、ここ一ヶ月ほどで身に沁《し》みている。だが、準備をしないで困るのはリーダーである隆史だと思うのだが。

志穂が会議に加わることになっても、隆史は奈々に指示を出すばかりで志穂には嫌味しか言わないため、こういった確認すら上手くいかない。

「気をつけます。私はプロジェクターの準備をしてくるから、松浦くん……悪いんだけど飲み物を持ってきてくれる？」

「うっす」

松浦が立ち上がり、ペットボトルを保管している備品室へ向かった。

「上園さんは体調平気？　もし出迎えが無理そうだったら……」

「大丈夫です」

志穂の態度が気に食わなかったのか、隆史は舌打ちをして聞こえよがしに言った。

「……可愛くねぇな」

その可愛くない女を選んで告白してきたのはあなたではないか。そんな苛立ちをなんとかやり過ごし、松浦と急いで会議室の準備を終えると、十時ぴったりだった。

大城を案内してきた隆史の声が、廊下から聞こえてくる。

軽いノックと共に会議室のドアが開けられた。先に入ってきたのは隆史でそのあとに大城が続く。マナビゼミナール側は大城のほかに数名がリモートで会議に参加している。志穂はドアを開けたまま大城が通るのを待ち、会釈《えしゃく》をした。

「UIデザイナーの小島と申します。今日から会議に参加させていただくことになりました」

志穂が大城と名刺交換を済ませると、各々《おのおの》席に着いた。

隆史の隣には奈々が座り、志穂はその横に座った。

議事録を誰が取るのかも指示を受けていない。なぜ記録していないのかとあとで責められるのは自分のような気がして、志穂は議事録用のデータを開いた。

「今日はよろしくお願いします。画面イメージができたと伺ったのですが」

隆史の向かいに座った大城が切り出すと、隆史がパソコンを操作しプロジェクターの画面を切り替えた。

「こちらをご覧ください。キックオフミーティングでお持ちいただいたものと、近いイメージになっているかと思います。修正等が必要でしたら仰《おっしゃ》ってください」

作成したモックアップが次々と切り替わっていく。要件定義書と、奈々からもらった参考データを元にほぼ志穂が作成した。

だが、それを見ていた大城の顔は非常に険しかった。

「あの……言いにくいのですが。たしかにキックオフミーティングでは、弊社の副社長が参考資料としてホームページのイメージを提出したと思います。でもそのあと、子ども向けの教材なので、なるべくわかりやすくシンプルにと現場……というか私からお伝えしたはずですが……イメージの資料もデータをお渡ししましたよね？」

大城が奈々に視線を送りながら言うと、隆史が鋭く目を細めてなぜか志穂を見た。

「小島、大城さんから連絡をもらっていたのか？」

それを志穂に聞かれてもわかるはずがない。

「連絡をもらってるとしたら上園さんですが……」

現場担当の大城とデザインの件でやりとりしていたのも奈々である。志穂が奈々に目を向けると、パソコン画面を見ていた奈々がさっと顔色を変えた。

「え、えっと……私は全部、小島さんに伝えたはずです」

おそらく報告し忘れたのだな、と察した。だが、この場でそれを追及することはできない。

このままでは責任の押し付け合いになってしまう。

志穂は仕方なく、もう一度資料を見せてもらうべく、大城に頭を下げようとした。だが、それをぶった切るように隆史が口を挟む。

「大城さん、行き違いがあったようで申し訳ありません。そもそも私は小島に、子ども向けの教材だと考えた上でデザインしろと言ったのです。たとえイメージ資料がなくても、それを察するのがデザイナーの仕事です。これでは、なんのためにデザイナーがいるのか……」

隆史は聞こえよがしにため息をつき、やれやれと言いたげに肩を竦《すく》めた。どうやらすべての失敗を志穂のせいにしたいらしかった。

(私は前に、本当にこれでいいのかって確認したじゃない)

先方の承諾は得ている、と言ったのを忘れたとは言わせない。けれど、この場で反論するわけにもいかず押し黙るしかなかった。

だが、大城はあり得ないとでも言いたげに隆史を見ると、同情するような視線を志穂に向けた。

「井出さん、私は誰の責任かを追及したいわけではありません。時間を無駄にしないためにも、まずはデザイナーにこちらが求めているものをご理解いただきたいのですが。資料はもう一度渡せばいいだけですし」

「え、えぇ……そうですね」

大城が口を挟んだことで、矛先《ほこさき》が鈍ったようだ。隆史は、大城の修正案を褒《ほ》めそやしながら、時折、志穂を憎々しげに睨《にら》んだ。

「あくまでイメージなのですが、以前に送ったのはこちらです」

大城が広げて見せたのは、ホームページを印刷したものなのか、可愛らしくわかりやすいデザインだった。

「ほかにも、こういう感じとか……近いと思います」

大城はパソコン画面にいくつかのサイトを表示して、こちらに向けた。

「はい、わかりました……それで……」

志穂は脱力感に肩を落としつつも、大城のイメージに少しでも近づけるように質問を重ねていく。

奈々がチームに共有したデザインを信じてモックアップを作成したが、それらは全部無駄になった。

奈々は大城が追加で提示した資料を見て、決まりが悪そうに目を逸らした。おそらく見覚えがあったのだろう。

(大城さんはきっと、責任者である井出さんにもデータを送ってるはず。上園さんが共有するのを忘れたにしても、ちゃんと井出さんが確認していれば防げたミスだよ)

こういう事態を防ぐために情報共有をしっかりと行う必要があるのだ。

まだいくらでも修正が利く段階とはいえ、もう一度デザイン決めの時間を設《もう》けなければならない。

最初から自分が会議に出席していれば。志穂はがっくりと肩を落とした。

(新人教育って言うなら、リーダーとしてちゃんと面倒くらい見ておいてよ)

隆史は、今回初めてプロジェクトリーダーに抜擢された。

彼と同じ仕事を担当するのは初めてだったし、リーダーを任されたと聞いたときにはさすがだと思ったものだが。

　今となっては、なるべく早く、なんの問題もなくこの仕事が終わればいいと祈るばかりだ。

　志穂は議事録を作成しながら、頭の中でいくつかの修正デザインを考えていくのだった。


　志穂は、大城が帰ったあと、会議の議事録を読みやすいように直して惣に提出した。

　何パターンかの画面イメージを作成し社内クラウドに入れておく。あとは隆史のチェックをもらい大城に送ればいい。

「小島、今後、デザインについてはお前が窓口をやれ。あと上園のフォローはちゃんとしてやれよ。デザイナーの新人の教育はお前の仕事だ。もうあんなミスは勘弁してくれ」

　背後から声をかけられて座ったまま後ろを見上げると、隆史が立っていた。

　誰の責任というなら、隆史以外いないと思うのだが、彼の中ではなぜか志穂が奈々の仕事をちゃんとフォローしないから、ということになっているらしい。

（本当にやりにくい……）

　こちらを見る目がさらに厳しいのは、先ほどの件を志穂が議事録に書いたからだろう。会議が終わったあとしばらくして、隆史は惣に呼びだされていた。

「わかりました。画面デザインをいくつか作成しておきましたのでチェックをお願いします。あと、大城さんに……」

「俺は忙しいんだ。いちいちチェックなんてする必要ないだろ。お前が大城さんと直接やりとりすればいい。そうすれば、ミスもなくなるんじゃないか？」

途中で言葉を遮《さえぎ》られ、特大の皮肉が返される。

反論するのにも疲れた志穂は、返事をして隆史から顔を背《そむ》けた。それが気に食わなかったのか、背後から舌打ちが聞こえてくる。

志穂は大城に連絡をして、今度こそ承諾をもらった。時刻を見ると、正午が近い。志穂はバッグに入れた弁当を持ち、奈々に声をかける。

「お昼に行ってくるね。上園さんは？」

奈々と昼を一緒に食べるつもりはなかったが、席を立つ様子のない彼女に声をかけた。

「私は、外に食べに行きます」

「そう……わかった」

奈々は、向かいに座った隆史に声をかけることもなく、財布を持ってフロアを出ていった。

志穂は弁当を持ち、空《あ》いている会議室へ向かった。会議室に入ると、室内で昼食を広げていた同僚たちの目が突き刺さる。

ストーカー疑惑の件か、惣との交際の件か。いずれにせよ、注目されるのが苦手な志穂としては、この空気の中で食事をするのは居心地が悪い。

一人で弁当を広げていると、珍しく会議室に惣がやってきた。二十人ほどが入れる広い会議室だ。席は十分に空《あ》いているのに、惣はわざわざ志穂の隣に座る。

全員の視線が惣を見て、そして志穂に移った。そのあとひそひそと話す声がするから、どうやら視線の意味は、惣との交際の方だったらしい。

「お疲れ様です」

「隣いいか？」

「はい、もちろんですけど……珍しいですね。いつも外では？」

「あぁ、まぁそうなんだが、たまにはいいだろ」

惣は言葉を濁《にご》すと、コンビニで買ってきた弁当をテーブルに出し、割り箸《ばし》を割った。

(スケジュールに遅れが出ないか確認したかったのかな)

志穂に対しての隆史の態度を見ていれば、議事録から会議中の様子も想像がつくだろう。志穂は、まさか隆史と奈々の交際がこれほど仕事に影響を及ぼすとは思っていなかった。もし惣に恋人になってもらわなかったら、影響はもっと大きかったかもしれない。

「報告にあったが……マナビゼミナールの画面デザイン、間に合いそうか？」

彼の言葉で、自分の予想は当たっていたらしいと確信する。

「先ほど大城さんに連絡を取って承認をもらったので、UXテストまでにはなんとかなると思います。それまでも何度かレビューがありますし、その都度確認していきますので」

「そうか。問題があればすぐに教えてくれ」

惣がわざわざ休憩時間に来てくれたのは、進捗の確認のためだけではなく、志穂が落ち込んでいないか気にかけてくれたためでもあるだろう。そんな彼の優しさが嬉しかった。

「わかりました。ありがとうございます」

「あと……それ、してくれてるんだな」

惣はとんと自分の喉の下を指先で差し、周りには聞こえないように声を潜《ひそ》めて言った。

「もちろんです」

志穂も声を潜《ひそ》めて返した。

クリスマスにもらったネックレスはあれから毎日身につけている。鏡で見るたびに、プレゼントをもらったときの気持ちを思い出し、ニヤニヤしてしまいそうになった。

「少し、時間はかかるかもしれないが……なんとかするから、待っていてくれ」

「……はい？」

なにをなんとかするのだろう。志穂の疑問を返事と捉《とら》えたのか、さっさと食事を終えた惣は会議室を出ていってしまった。

午後は、すでに作成していた諸々《もろもろ》のデザインを修正する予定で、納期を考えるとゆっくり休んでもいられず、志穂も早々に弁当をしまい仕事に戻った。

休憩時間ぎりぎりになって奈々が戻ってきたが、席に着いたと同時に慌ててまたどこかに行ってしまった。

（やっぱり……）

修正を一緒にしてほしいと頼もうと思っていたのだが、結局、奈々が戻ってきたのはそれから一時間も経ったあとだった。

「ねぇ、上園さん、なにか困ってるなら……」

戻ってきた奈々に声をかけると、言葉を被せるようにすぐさま「大丈夫です」と返された。

「……ならいいんだけど。担当分できそう？　難しかったら早めに言って」

志穂がそう言うと、奈々は唇を噛みしめて、泣きそうな顔をした。どんな感情が彼女の胸の中で渦巻いているのか察するのは難しい。

定時が近くなると、奈々がなにかを言いたげにこちらを見る。

「どうかした？」

「実は……今日、結婚式の打ち合わせがあって」

どうやら仕事は終わっていないが、定時に帰りたいという報告らしい。志穂はこんなに体調が悪そうなのに大丈夫なのだろうかと思いつつも、奈々に許可を出す。

「どこまで終わってるのかだけ教えてね」

「はい……すみません」

操作画面は全部で五十ほどあり、それらを各デザイナーで分担して進めている。

奈々が担当するのはおよそ十五なのだが、今日終えた分は三画面程度だった。まだ時間はあるとはいえ、この進捗はかなりまずい。

「私の方でできるだけ進めておくから大丈夫。お疲れ様」

「……ありがとうございます」

奈々から礼が返されたことに驚いて凝視すると、ばつが悪そうに目を逸らされた。

「井出さん、もう出られますか？」

「あぁ、そうだったな。今、終わる」

隆史はパソコンで時刻を確認すると、慌ただしく席を立った。

「井出、帰る前に作業状況の確認とガントチャートの更新」

「は、はいっ……ちょっと待ってください……今」

惣が声をかけると、隆史は焦った様子で周囲を見回した。松浦にも志穂にも、そして奈々にも、なにがどこまで終わっているのか、隆史は確認さえしていない。

「井出さん、進捗は私が確認して入力しておきます。急ぐんですよね？」

「……頼む」

隆史は苦々しい顔で志穂に言うと、惣に会釈《えしゃく》をして奈々を伴《ともな》い、逃げるようにフロアをあとにした。通り過ぎる際に睨《にら》まれたことに辟易《へきえき》しながら、このプロジェクトが終わるまでだからと自分に言い聞かせる。

「これじゃ、志穂さんがリーダーやった方がいいっすよね」

向かいに座る松浦が、フロアを出ていった隆史の方に視線を向けたままぼそりと言った。

「私は……人を率いるようなタイプじゃないから」

「そんなことないっすよ。あ、俺の分も更新しておきますね……つか、あの人、自分が担当してる分も更新してないし……。志穂さん、こっちの入力終わったら言うんで、チェックしてもらっていいっすか？」

松浦はぶつぶつと文句を言いながら、データを開いて入力していった。

「いいの？　ありがとう」

「いえいえ、お互い様っすよ」

松浦と目を見合わせて、同時にため息を漏らした。

自分がリーダーに向いているとは思えないが、隆史がプロジェクトリーダーなのは、さすがに名ばかりだとは思う。今日はまだまだ帰れそうにない。

（まぁ……井出さんがいない方が気持ち的に楽なんだけどね）

志穂は隠しきれないため息を漏らし、凝《こ》り固まった頭をぐるぐると回した。


二月に入り、厚い雲に覆われた日が続いた。雪でも降りそうな薄暗い空を眺めていた志穂は、カップを持ち上げて空《から》なのに気づき、席を立った。

隆史の態度は相変わらずで、奈々もまた仕事中に席を外してばかりだが、惣や松浦の協力もあり、なんとか仕事は遅れずに済んでいる。

惣との関係も変わっていない。外でのデートはしているものの身体の関係はなく、むしろ、大学時代に戻ったような交際をしていた。それはそれで楽しいのだが、さすがになにもないまま二ヶ月も経つと、志穂と身体の関係を持つことを避けているのではと思ってしまう。

（キスもしてないし……）

身体の関係がなかったとしても、彼は変わらず優しいし、恋人として大切にしてくれていると思う。けれど、どうして触れないのかという不安は募《つの》るばかりだ。そういう大人の付き合いを求めてきたのは彼なのに、なぜだろうと。

ぼんやりとそんなことを考えつつも、休憩室に向かうと、室内から誰かの話し声が聞こえてくる。

「最近、あの二人冷え切ってない？」

「あ、やっぱり？　私もそう思った！」

いつかを思わせる状況に驚きつつも、飲み物だけを入れてすぐに退室しようか、それとも話が終わるのを待とうか悩む。

（でも、入りにくいな……）

志穂はマグカップを持ったまま、休憩室の出入り口付近の壁にもたれかかった。

「つか、最近、井出さんの評判悪いよね。奈々ちゃんから聞いたんだけど、結婚式の準備もさ、ほとんど奈々ちゃん任せで、飲みに行っちゃうんだって！　普通、妊婦おいて飲みに行く？　信じられなくない？　しかも、ちょいちょい亭主関白ぶりたがるからウザいらしいよ」

「え～、やだそんな男。あ、亭主関白と言えば、あの人、やたらと小島さんにばっかりキツくあたってない？」

「それ、みんな言ってるよね。多分だけど、少し前に小島さんが井出さんのストーカーをしてるって話があったでしょ？　あれで恥かかされたからじゃない？　取締役の恋人を、自分のストーカーだって勘違いするとか笑えるよね！」

「あ～それでか。井出さん、プライド高そうだもんね～」

自分の名前が彼女たちの口から出ると、ますます部屋に入りにくい。一度席に戻ろうかと思うもものの、彼女たちの話の内容が自分に関係していると、つい聞き耳を立ててしまう。

それに、彼女たちが真相を知っているはずもないが、大筋は間違っていないことに驚いた。誤解が解けたのは惣のおかげだろう。

「取締役と付き合ってる人が、井出さんのストーカーはしないって！」

「だよね～」

「でも、奈々ちゃんもさ、正直、ちょっとね。急な欠勤も多いし、会社来ても席にいないし。あれで同じ給料もらってるとか信じられないんだけど！」

「あんた最初は、奈々ちゃんから小島さんがストーカーだって話を聞いて、え～ひど～い、とか言ってたくせに」

彼女たちの話がまったく終わる気配がないため、志穂は洗面所に向かった。マグカップを持ったままだが仕方がない。帰りにもう一度休憩室に寄ればいい。

洗面所で用を済ませて廊下に出ると、ちょうど外出先から戻ってきたところだったのか、惣がエレベーターから降りてきた。

「お疲れ様です」

志穂が声をかけると、彼は志穂の手にあるマグカップをちらりと見て、顎《あご》をしゃくる。

惣はエレベーターの横にある非常階段のドアに手をかけて、志穂を先に通した。

「あの？」

志穂はなぜこんな場所に呼ばれたのかがわからず、困惑する。

「ほら」

ちょうど彼も出先から戻ってきて休憩するところだったのかもしれない。缶コーヒーを手渡されるが、当然、一本しかない。

「私がいただいていいんですか？」

「いいよ、マグカップ持ってるってことは、志穂も休憩だったんだろ？」

「そうですけど……呼び方」

「今は休憩中だし、こんなところに誰も来ないさ」

たしかに、わざわざ非常階段を使う社員はいない。

少しくらいいいか、と志穂はもらった缶コーヒーを開けて、半分ほどをマグカップに注《つ》いだ。そして缶を彼に返した。

「サンキュ」

「お礼の言うのは私の方だよ。コーヒー、ありがとう」

彼が買った缶コーヒーなのに、彼が礼を言うのはおかしい。

「そういえば、なんでマグカップを持って歩いてたんだ？　休憩室が混んでたのか？」

「混んでたっていうか……人がいてちょっと入りにくかったの」

「そうか、じゃあ俺はラッキーだったたな。志穂と一緒に仕事をサボれる」

彼は楽しそうに笑いながら、内緒だとでも言うように人差し指を唇に当てた。

「サボってないよ」

そう返しながらも、高鳴る胸を抑えるのに苦労した。

交際してから、惣とは時間が合えば一緒に帰っており、土日のどちらかはデートをしていた。けれど、クリスマスイブ以来、彼は志穂の家には来ておらず、外泊もない。

だが、しなくていいの？　なんて惣に聞けるはずもなく、ついぐるぐると考え込んでしまう。

（もう、したくなくなっちゃったのかな。でも、そういう雰囲気にならないだけ、なんだよね）

手を繋いだり、頬に触れたり……まるで付き合いたてのカップルのような触れ合いはあるのに、キスもセックスもせず、夜になると彼は志穂を家に送って帰っていく。

そうなるとこの交際は、志穂のメリットしかない。大人の付き合いを求められたからこそ、彼に甘えていられたのだ。身体を求められなくなったら、どうしたらいいのか。

「そうだ、志穂。土曜の予定は？」

「特にないけど」

「なら、デートしよう」

惣は缶コーヒーを飲みながら、口にした。

「うん、どこに行くの？」

志穂はいつも、彼が考えてくれるデートプランに甘えてしまっている。志穂が誰かと一緒に出かけるようなタイプでないことも承知の上で、いろいろと考えてくれているのだろう。

「志穂が行きたいところがあるなら付き合うけど。もしないなら、俺に付き合ってくれ」

「うん」

彼任せになってしまっていることを申し訳なく思いながらも、デートに誘われるたびに、まだこの交際を続けてもいいのだと安堵する。いつか終わりが来るとしても、もう少しだけと望んでしまう。

「それで、志穂がいやじゃなかったら、デートのあと、うちに来ないか？　ちょっと話もあるし」

「え……」

志穂が驚いて顔を上げると、どうしてか彼は決まりの悪そうな顔をして、頬をかいた。

「いやだったら、無理しなくてもいいからな」

「違うの、いやじゃない」

志穂が慌てて首を横に振ると、彼がほっとしたような顔をした。

惣の家に招かれるとは思わず、驚いただけだ。

(そういうつもり、なのかな？)

そう考えると、胸の中にじわりと喜びが広がっていく。もしかして次のデートでは、と期待するのを止められなくなる。

「そうか」

「うん、楽しみ」

そわそわして落ち着かない。まだ仕事中なのに、頭の中が土曜日の予定でいっぱいになりそうだ。

「本当に嬉しそうだな……よかった」

顔に出ていただろうか。

慌てて口元を引き締めると、惣がこちらを見て笑った。

「どうして、わかるの？」

「なんでわからないと思うんだ。恋人の機嫌くらいわかるよ」

自信ありげに言われると、なにもかもを知られているような気がして落ち着かなくなる。同時に、彼の口から〝恋人〟と聞かされるたびに、浮かれつつも、いつまで恋人でいられるかと不安もあって、一喜一憂してばかりだ。

「恋人だから？」

「それもあるけど、いつも志穂を見ているからかもな」

志穂も同じだ。仕事をしていても、隣を歩いているときも、つい惣を見てしまう。

そうやって志穂を喜ばせるようなことばかり言うから、彼の言葉一つに浮かれたり落ち込んだりしてしまうのだ。

「大笑いするわけじゃないけど、無意識にうっすら笑ってるときもあるぞ」

「うっすらって、それ……怖いじゃない」

彼に意識されているような気がして嬉しかったのに、まさかニヤニヤしている顔を見られていたなんて。志穂は思わず口元を手で隠した。

そんな志穂を余所《よそ》に、惣が楽しげに噴き出した。人の見た目を笑うような人ではないから、本当に思いがけず笑ってしまっただけなのだろうが、かなりショックだ。

「違うっての。つい笑っちゃうってときあるだろ？　昔、お前の笑った顔が見られたときに、ラッキーって思ってたんだよ」

　買ったアイスが当たりだったときのような言い方をされて、思わず肩の力が抜けた。すると、惣が目を見開き志穂の顔を指差した。

「ほら、それ。可愛い」

「え？」

「笑った」

　惣に指摘されるまで笑った自覚はなかった。頬に触れながら惣を見つめると、嬉しそうな笑みを返される。自分が今どんな顔をしているのかわからず、急に恥ずかしくなった。

「そ、そろそろ戻りましょう！」

「そうだな」

　惣は肩で笑いながら、非常階段の扉を開けた。

　二人で廊下を歩いていると、ちょうど隆史と奈々が前から歩いてきた。惣と一緒にいるからか、隆史は志穂を見てもいつものように睨《にら》んでくることはなく、軽く会釈《えしゃく》をして通り過ぎる。

　しかし、隆史の少し後ろを歩く奈々の顔がやたらと険しかったことが気に掛かった。

（そういえば……さっき休憩室で、二人の仲が冷え切ってる、とか言ってたけど）

　並んで歩く二人は無言だったし、隆史は妊婦の奈々を気遣う様子もなく、足早に歩いていた。

　自分には関係ないと言えばそれまでだが、これから隆史と結婚する奈々が心配になってしまう。

「今日は早く帰れそうか？」

二人が通り過ぎたあと、惣が口を聞いてきた。

「そうですね……たぶん八時くらいには」

「なら土曜日の話は帰りに」

「はい、わかりました」

どうやら今日の帰りも一緒にいられるらしい。

もしかしたら、また笑っていたのかもしれない。

こちらを見ていた惣が、嬉しそうに微笑んでいた。

悔しげにそんな志穂を見つめている視線があることには気づかなかった。


あっという間に土曜日がやってきた。

海浜公園に行くと惣から昨夜連絡があり、志穂はクローゼットからデニムとシャツを取り出した。

海風が強いだろうと考え、髪は高い位置で一つにまとめた。

(懐《なつ》かしいな。昔、デートしたときは、髪がボサボサになっちゃって失敗したと思ったんだよね……それに、泊まりって聞いてなくて焦ったし)

海浜公園は惣と交際していたときにデートで行った場所だった。そして、初めて関係を持ったのはその施設内にあるホテルだ。

それを思い出し、鏡に映る自分の顔がほんのりと赤く染まる。

化粧をしたところでそこまで印象は変わらないし、美人になるわけではないけれど、惣に恥をかかせるわけにもいかない。鏡を見ながら、いつもより念入りに眉を整えて、リップを塗った。

意識しすぎかもしれないが、お泊まりセットもバッグの下の方に入れておく。昨夜から、彼の家に行くことばかり考えてしまい、落ち着かない。

そろそろ時間だろうかとスマートフォンの時間を見たところで、インターフォンが鳴った。

志穂は慌ててバッグを掴み、玄関のドアを開けた。

「おはよう」

惣は志穂の首元を見て頬を緩ませたあと、なぜか呆れたように目を細める。

「こら、誰かも確認する前にドアを開けるなよ。変質者だったらどうする」

「えぇ……そんなバカな」

待ち合わせ時間にインターフォンが鳴ったら、この部屋に来るのは惣以外いないではないか。果穂ほど可愛ければそういう心配があるが、好きこのんで志穂を襲う変質者もいないだろう。

「……自分を客観的に見るのって、そこまで難しいか？」

納得していない志穂の様子に気づいたのか、惣は顎《あご》に手を当てながら首を捻《ひね》った。

「十分に可愛いんだよ、お前は。だから、いつもちゃんと鍵をかけておけ」

「はぁ、わかりました」

ぽんと頭に手をのせられ、お世辞が上手いなと思いつつ、スニーカーに足を入れてドアを閉めた。

惣の車はアパートの駐車場に停まっていた。助手席のドアが開けられたタイミングで手が離されて、つい名残《なごり》惜しげに惣の手を目で追うと、もう一度頭を撫でられる。

「あとでな」

なにもかも見透かされているようだ。

シートベルトを締めると、車はすぐに発進する。

「前に行ったときは、夏だったか」

「覚えてたんだ。九年も前だし、偶然かと思ってた」

行き先は、学生の頃にデートで行った公園だ。東京湾を臨《のぞ》む広い敷地には、観覧車や水族館もあり一日いても楽しめる。また一年中利用できるバーベキュー広場や、売店やレストランだけではなく名だたるホテルが運営する宿泊施設もあった。

「志穂と出かけた場所は忘れないよ」

そんな風に言われたら、自分が彼にとって特別な相手だったと思ってしまう。

社内で味方になってくれたのも、噂を払拭《ふっしょく》し助けてくれたのも、過去の情があるからだ。そうわかっていても、恋人然とした彼の振る舞いに期待してしまう心を止められない。

「暑かったよね。今日は、歩けるかな」

志穂は聞こえなかったふりをして、車窓を眺めながら口を開いた。

「寒くて我慢できなくなったら、俺の家に行こう」

暑くもないのに顔が汗ばんだ。泊まれとは言われていないのに、今日こそはと、そのことばかり考えてしまう自分を恥ずかしく思った。

ホテルの夜のように丁寧に抱かれて、それが二度、三度と続けば、きっと自分を見てほしくなる。

彼の気持ちを求めてしまう。

「あ、あの……ご飯、作ってもいい？」

志穂は運転席に座る惣をそっと盗み見た。

真剣な表情やハンドルを握る手にさえ、志穂は胸を高鳴らせている。これでは気づかれていてもおかしくないのに、彼はなにも言わない、志穂になにも求めない。

「いいのか？」

「もちろん。私の料理でよければ」

「楽しみだ。帰りになにか買っていかなきゃな」

「なににする？」

「寒いから、鍋とかいいよな」

「そうだね」

湾岸線を走りしばらくすると、景色が変わり海が見えてくる。高速を降りて海を横に見ながら進み、公園の駐車場に到着した。

「行くか」

当たり前のように手を取られて、気持ちが浮き立った。

「あそこのホテルに泊まったの、覚えてるか？」

彼の指差す先には一棟の建物が建っている。

「うん、懐《なつ》かしい」

昔デートをしたときは、水族館を出たあと、あまりの外の暑さからホテルに避難したのだと思い出した。当時、志穂は海浜公園の敷地内にホテルがあることを知らず、最初はレストランか休憩施設だと思っており、天井《てんじょう》の高い広々としたロビーを見てようやくホテルだと気づいたのだ。

『今日、ここに泊まっていかないか』

そう聞かれて、彼に求められていると気づいたが、泊まりだと思っていなかった志穂は、着替えなどの準備をしていなかった。けれど、どこか緊張したような惣を前にして、それを理由に断ってはいけないような気がしたのだ。

『あの……する、ってこと？』

『したい。だめ？』

そのあと、自分がどう答えたのかは、よく覚えていない。

交際が始まり、手を繋いだりキスをしたりはした。徐々に彼に触れる機会が増えて、そのうち自然と身体を重ねる機会もあるのだろうと考えてはいた。

（……なにもかも、惣におんぶに抱っこだったけど）

初めて手を繋いだときも、キスをしたときも。自然にそうなった、なんてお気楽に考えていたのは自分だけだ。

惣はずっと、志穂に無理のないペースで進めてくれていたのだ。それがわかったのは隆史と付き合ってからだった。

隆史とは、交際をＯＫしたその日のうちに身体を重ねた。「恋人になったんだからするのが普通だ」と言われて初めて、自分が惣にどれだけ甘やかされていたかに気づかされた。

「昔、付き合ってたとき……ずっと私のペースに合わせてくれてたよね。ありがとう」

志穂が言うと、惣は驚いた顔をする。

「そんなの当然だろ？」

「当然かぁ……」

当然なんかじゃない。それが惣の優しさなのだともうわかっている。二度の交際を経験して、付き合い方にもいろいろあるのだと知ったから。

「志穂とずっと一緒にいたかったから、無理をさせたくなかっただけだ」

ずっと一緒にいたかった——じゃあ、今は？

今も同じように思ってくれないだろうか。もう一度、志穂を好きになってくれないだろうか。

もしも志穂が気持ちを告げたら、どう思うのか。今の彼の気持ちを知りたい。

昔、惣が自分に告白してくれたように、今度は自分から気持ちを伝えられるだろうか。

告白なんて、志穂にはとてもハードルが高い。

それでも、なにもせずに諦めてしまったら、昔と同じだ。

「昼食はこのホテルで取ろうか」

「うん」

ホテルを横目に見ながら、水族館へ向かった。

水族館は特徴的なガラスドームの建物の中にある。三階からエスカレーターを下りて、二階、一階という順路で館内を回った。ドーナツ型の水槽ではクロマグロが群をなして泳ぐ姿を眺められる。こうして泳いでいるところを見ても「美味《おい》しそう」と思わないのはなぜだろうか。

（楽しいな）

志穂はぼんやりと水槽を眺めながら、隣に立つ惣を覗き見た。

会話がなくても、こうして彼を見ているだけで、一緒にいられるだけで、心が満たされる。そんな気持ちをもっと素直に伝えられたらと思うのに、上手く言葉にはできなかった。

いつの間にか隣にばかり目を向けていたのか、それに気づいた惣がこちらに顔を向けた。

「そんなに見つめられたら、顔に穴が空《あ》きそうだ」

「……そんなに、見てない……ただ」

「ん？」

「惣も……楽しいといいなって思って」

「もちろん、志穂と一緒にいるんだから楽しいよ」

惣は照れたように手の甲で鼻を掻きながら、言葉を続けた。

繋いだ手のひらをきゅっと握られる。そこから自分の想いが伝わればいいのに。

惣と過ごす時間が長くなればなるほど、彼を好きな気持ちが大きくなる。自分と同じ想いの強さで愛してもらえなくても、一緒にいられるならそれだけでいいなんて、もう思えない。おそらく、昔よりもずっと、志穂は惣を愛してしまっていた。

（今夜……好きって、言えるかな）

そっと彼の腕に頭をのせても、惣はなにも言わない。

しばらくの間、惣の体温を間近に感じながら、水槽を眺め続けた。


夜になり気温がさらに下がってきた。

「あまり遅くなると道が混みそうだな、そろそろ帰るか」

「え、あ、うん」

このあと惣の家に行くのかと思うと、緊張と期待でなにを話していいかわからなくなり、いつも以上に口数が少なくなってしまった。

察しのいい彼がそんな志穂の様子に気づかないはずもなく、何度となく心配をされた結果、なんだか微妙な空気になっている。

駐車場に戻り、車に乗り込むと、外よりも寒さが和《やわ》らぎほっとする。志穂が深く息を吐いたことに気づいた惣が、エンジンをかけてエアコンを入れた。

「ずっと外で疲れただろ？　家に行くのはなしにして、送っていこうか？」

頭に手を置かれて、髪を撫でられる。惣が様子のおかしい自分を気遣ってくれるのはわかった。惣に誤解されたくない。気持ちが焦るあまり、つい彼の腕を掴んでしまう。

「志穂？」

「鍋……作るから」

だから、送るなどと言わないでほしい。その想いが伝わったかどうかはわからない。ただ惣は、安心したように笑って頷いた。

「わかった。じゃあ鍋の材料を買って帰ろう。着くまで寝ててもいいぞ」

「惣に運転させておいて、寝るわけないよ」

「じゃあ俺が眠くならないように歌でも歌ってもらうかな」

「それは無理！」

志穂が慌てて首を振ると、惣が声を立てて笑った。志穂を気遣い、空気を変えてくれようとしているのだろう。たとえ同じ気持ちではなくとも、こんなにも大切にされている。

（だから……私も、惣を大事にしたいって思うんだよ）

惣のマンションの近くにあるスーパーで食材を購入し、帰路につく。

さすがに歌は歌えなかったが、大学を卒業してからどんな風に過ごしていたかを互いに話していたら、あっという間に到着した。

「ここの六階だから、覚えておけよ？」

品川区内にある彼のマンションは地上二十五階建てで、部屋は六階のようだ。マンションに隣接する駐車場に車を停めて、荷物を持って降りる。

「お前なら、いつ来てもいいから」

「いいの？」

「いいに決まってるだろ。合い鍵も渡すか？」

「え……」

合い鍵は冗談だと思いつつも、彼がどういうつもりで言ったのかがわからず戸惑う。そんな自分の態度をどう受け取ったのか、惣は何事もなかったかのように前を歩いた。

「中もすごいね」

ホテルのようなエントランスを抜けると、広々としたロビーにいくつかのソファーが置かれており、二名のコンシェルジュが恭《うやうや》しく礼をした。

すごい、という言葉の中には志穂の複雑な感情が混ざっていた。さすがだな、と感心する気持ちが大きいが、学生のときよりも遠い人になってしまった寂しさもある。

「そうか？　まぁいろいろ運もよかったんだろ」

運だけで今の地位が得られるとは思えない。

自分と三歳しか離れていないのに。会社を立ち上げ、それが上手くいきヘッドハンティング。容姿にしてもステータスにしても非の打ちどころがない。

たとえ過去の交際があったにせよ、そんな人が自分を好きになってくれるだろうかという不安はある。しかし、ずっと楽な方へ逃げて流されていたら、自分はこの先も変われない気がする。

それに、たとえ今は愛情でなかったとしても、志穂がふたたび惣に恋をしたように、惣ももう一度志穂を好きになってくれる可能性もゼロではない。惣に想いを告げて、可能性がないとわかるまでは諦めたくなかった。

「どうした？」

「う、ううん……っ、なんでもない」

挙動不審な自分の行動の理由を見透かされそうで落ち着かなかった。

「やっぱり疲れてるだろう？　今日、寒かったしなぁ」

エレベーターに乗り込み、二人して階数表示を見つめる。

「疲れてないよ。すごいマンションに、圧倒されちゃって。惣は？　疲れてない？」

「いや、俺はこのあともお前と一緒にいられることに浮かれてる」

「また、そういうことばっかり言う」

つい、人の気も知らないで、という思いで言うと、真剣な声色で返された。

「本心だ」

かっと頬が火照《ほて》っていくのがわかる。

（だから期待しちゃうんだって、惣はわかってるのかな）

自分が今どんな顔をしているのかわからない。志穂は顔を見られたくなくて、俯《うつむ》いた。

六階でエレベーターを降りると、左右に廊下が広がっている。絨毯《じゅうたん》の敷かれた廊下もまたホテルのようだ。彼の部屋は左端だった。

彼は鍵を開けながら、志穂に目を向けた。

「お前さ……今日、途中から、なにかずっと考え込んでたよな」

靴を脱ぎ玄関を上がると、志穂の手を取ったまま振り返る。

「それは……っ」

「別に探ろうとは思ってない。ただ、俺に関わることなら、ちゃんと言ってほしい」

過去、自分たちは話し合わずに終わってしまった。果穂の言葉を鵜呑《うの》みにして、誰よりも大切な人を信じられなかった。惣の言葉から、彼もまた志穂と同じような後悔を抱《いだ》いていると知る。

志穂はこくりと唾を飲み込み、一つ息を吐いた。

自分の気持ちに気づいてほしい。けれど、気づかれるのが怖い。もしかしたらと期待しているのに、弱気な自分がどうせそれは叶わないと囁《ささや》く。

志穂がなにも言えずに黙っていたからか、彼は繋いでいた方の手で志穂の頭をぽんと軽く叩くと、キッチンに行ってしまう。

(だめだよ……惣の気持ちを聞くまでは諦めないって決めたじゃない)

また逃げるのか、と惣にも言われたではないか。

別れを選んだとき、彼に真実を確認しなかったことをあれほど後悔したのだ。今度こそ逃げずに彼と向き合いたい。

「あ、あの……っ」

「鍋の準備するか」

思い切って出した志穂の声は、彼の言葉と重なり、かき消されてしまう。

「どうした?」

「う……ううんっ。なんでもない。私、野菜を切るね」

志穂は緊張でばくばくする胸に手を当てて、ほっと息を吐いた。

(ご飯を食べながら、言おう)

いつだって、志穂は流されるばかりだった。与えられた選択肢から選ぶのは楽だった。自分で決断し行動するのがこれほどに怖いことだと、初めて知った。

(そうやって、私はいつも甘えてたんだ)

惣だけではない。隆史に対しても、だ。

二股をかけられていると知ったとき、理由さえ聞かず、話し合おうとすらせずに終わらせた。理由を聞いたとしても許せるものではなかっただろうが、ちゃんと話しておけば、今ほど関係は悪くなっていなかったかもしれない。

他人と関わるのが苦手だからと、ぶつかる前に諦めて、切り捨ててきた。そして後悔ばかりする。

(だから……今日、ちゃんと好きって言う)

志穂はそんな決意を胸にしながら、キッチンで手を動かした。包丁とまな板、ほかの調理器具を出してもらい、野菜を洗ってざるにあげる。

「俺、テーブルの準備してくるな」

「うん」

志穂は野菜を切っては皿に載せていく。次第に切ることに集中してくると、心が落ち着いてくる。自分の部屋とは違い、シンクもキッチンカウンターも広いため料理は格段にしやすかった。

(こういうキッチン、夢だなぁ)

よくよく見ると、置かれているオーブンも最新式で大きい。志穂は料理好きというわけではないが、綺麗で広いキッチンに夢はある。

「前に、志穂の家に行ったときも思ったんだが……料理してるところを見ると、初めて声をかけた日を思い出すんだよな」

テーブルセッティングを終えた惣が、カウンター越しに野菜を切る志穂を見つめていた。

「初めて？　あぁ、バーベキュー？」

「今は、あのときよりも楽しそうだ」

惣はカウンターに肘をついて、懐《なつ》かしそうに目を細めた。

あのときより楽しいのは当然だ。惣と一緒にいるのだから。惣となら、どんなことをしていても楽しいし、一緒にいられるだけで幸せだ。

「惣と一緒にいるの、楽しいから。それに、このキッチン使いやすいし」

声が震えていなかっただろうか。

彼にも聞こえてしまいそうなほど、心臓がばくばくと激しく鳴る。

「じゃあ、ここに住むか？」

「え？」

彼の言葉に驚いて顔を上げると、惣が微かに頬を染めていた。

「もちろん、志穂がいやじゃなかったら、だけど」

一緒に暮らすなんて、今後もずっと志穂と交際を続けたいと言っているようではないか。もしかして、という期待が一気に高まり、志穂が口を開こうとしたそのとき。

「お前が、まだあいつのことを好きだってわかってる。だから、我慢して俺と一緒にいてほしいわけじゃない」

続けられた彼の言葉に、頭の中が真っ白になった。

「え？」

思わず間の抜けた声が出た。

（あいつって誰？　まさか、井出さん？）

どうして惣は、志穂がまだ隆史を好きだなんて勘違いをしているのだろう。あんなことがあって好きでい続けられるはずなんてないのに。

気持ちが逸《はや》る。なんと言えば彼に伝わるのか、頭の中で整理しようと思うのに、言いたいことがありすぎて上手くまとまらない。

このままではきっとまた後悔する。惣にだけは誤解されたままでいたくない。もう二度と惣を諦めたくない。

「それでも俺は、お前と一緒にいたいんだ。だから」

「待って……お願い、ちょっと待って！」

惣の話を制して、志穂は声を上げた。

「私、井出さんのこと、もう好きじゃない」

「は？　そうなのか？」

驚いた顔をする惣を見ていると、自分の言葉がどれだけ足りなかったかを思い知らされた。言葉にしなければ伝わらないのだと、そんな当たり前のことを思い知る。

「惣に好かれてるって思うの、私の勘違いじゃない？　私は、惣を好きでいてもいいの？」

「はあ⁉　……好きでもない女と付き合うわけないだろ！」

惣は慌てたようにキッチンに回り込み、志穂の両手を取った。

好きでもない女と付き合うわけがない——？

握った手をさらに強く握られ、確かめるように顔を覗き込まれる。

「お前、もしかして、ずっとそう思ってたのか？　俺の気持ちはまったく伝わってなかった？」

惣は真っ直ぐ志穂を見つめながら、どこか必死な様子で言葉を紡《つむ》ぐ。

「惣は優しいから、同情とか仕事のために私を助けてくれたんだって思ってた。大人の付き合いって言ってたし……セフレみたいなものかなって」

「そんなお人好しがいるか！　俺がそう言ったのは、お前の気持ちがまだあいつにあると思ったからだ！」

志穂は、黙って首を横に振った。隆史への好意など、惣に抱かれたあの夜にすっかりなくなっている。

「好きでもない相手を抱いたりするかよ。休日に会うのも、家に入れるのも、志穂が好きだからだ」

言い聞かせるような口調で告げられて、息を呑む。

彼の想いを聞かされた志穂は、安堵で身体から力が抜けて、その場にへたり込む。手を掴んだままの惣も同様に床に膝をついた。

窺うように目の前の惣を見ると、呆れたように微笑まれた。

「かなりわかりやすく好意を示していたと思うが、まさか伝わってなかったとはな」

惣は驚きつつも呆れたように天を仰いだ。

「あの夜以来……全然、触ってこないから……あまりよくなかったのかなとか、いろいろ考えちゃって」

「最初の日、傷付いていたところにつけ込んで強引に関係を持った自覚はあったんだ。だから二度目は、絶対……志穂の気持ちが俺に向いてからにしようと思ってた」

「私が、惣を好きになるのを、待っててくれたってこと？」

「そうだよ。井出と上園の話を聞いたあと、どうやってお前を手に入れようか考えてたんだ。志穂にとってはショックだったかもしれないが、俺にとっては降って湧いたチャンスだったからな。ストーカーの話がなかったらクリスマスに告白しようと思って、あの店を予約した」

「うそ……」

「うそなわけないだろ。さすがに、クリスマスイブ前日に予約は取れないぞ」

そんなわけがない、と思いながらも、胸の中に喜びが広がっていく。

「俺は、お前にうそはつかないよ」

志穂は泣きそうになりながら「うん。ごめん」と謝罪を口にした。

「いや、大人の付き合いなんて言った俺が悪い。井出に対しての嫉妬とか、腹立たしさもあったんだ。あの夜は、身体だけでも上書きしてやりたかった。なんて、カッコつけてるけど、ただ、抱きたかっただけだな」

「惣……」

「俺は、九年前と変わらず志穂が好きだ。今度は、伝わったか？」

志穂は涙がこぼれ落ちそうになるのを耐えて、何度も頷いた。

「私も……惣が、好き。過去の情でも、セフレでも、一緒にいられるならよかったの。でも、いつの間にかそれだけじゃ足りなくなってた。惣にもう一度好きになってほしくて。だから、今日……ちゃんと告白しようって思って、おかしな態度を取ってごめん」

「あぁ、それでか。俺はまた振られるのかと」

「そんなわけない！」

志穂は泣くのをこらえたような顔で叫んだ。

「惣が好きなの……惣しか好きじゃない……っ」

「あぁ、俺もだよ。もう二度と離してたまるか」

そのまま頭を引き寄せられ、彼の胸に顔が埋まる。

普段ではあり得ないような声を出したからか、小さく咳き込む。すると惣が、機嫌よさそうに笑いながら、志穂の頭に顎《あご》をのせた。

「なぁ、腹減ってる？」

「ううん、そこまでは」

早く食事にしようということだろうか。志穂は突然の話題転換についていけず、惣の背中に腕を回しながら答えた。

「よかった。なら、飯はあとな」

脇に手を差し入れられ、立たされると、腕を引かれてどこかに連れていかれる。廊下の途中にあるドアはバスルームだったようで、志穂は困惑したままその場に立ち尽くしていた。

「お風呂に入るなら、私はあっちで待ってるよ？」

「一緒に入るんだよ。これから、お前を抱くんだから」

「ここで？」

「ははっ、いや……バスルームでするつもりはなかったんだけどな。まぁ、汚れたら洗えばいいし、効率的でいいかもな」

惣は噴き出しながら口にした。

てきぱきと自分の服を脱ぐと、まだぼんやりしたままの志穂の服にも手をかけた。

「あの、自分で……っ」

「だめ。俺がやりたい。じっとしてて」

惣は志穂のシャツを頭から引き抜き、デニムのボタンを外す。デニムと一緒に下着を脱がされると、すべてを洗濯機の中に放り込んだ。

「私、着替え持ってきてないよ」

「乾燥機にかければ明日には乾く」

今日は泊まって行けと言っているように聞こえるのだが。志穂の聞きたいことを察した惣が、にっこりと微笑んだ。

「このままずっとここにいてもいいぞ」

離れがたい――惣のそんな気持ちが伝わってくる。志穂も同じ思いだった。

「私も……惣と一緒にいたい。惣が、好きだから」

志穂が素直に想いを伝えると、苦しいほど強く抱き締められた。裸で触れ合った胸から彼の速い鼓動が伝わり、志穂の胸の音も跳ね上がる。

志穂は彼の首に腕を回し、自分から口づけた。早く触れ合いたくて、抱いてほしくて、たまらなかった。もどかしさを埋めるように何度も口づけ合う。

「俺が、好き？」

口づけの合間に聞かれる。その問いに答えながらも、深いキスをねだるように身体を預けた。

「うん、好き。惣が好き」

彼は安心しきった様子で深く息を吐き、志穂の背中に回した手をぐっと引き寄せた。惣の不安や安堵、喜びが触れ合ったところから伝わってきて、愛されている実感が湧く。

「これからは、いっぱい、好きって言うね」

自分のどんなところを好ましく思ってくれるのかはわからないが、これからはせめて、彼の隣に立つのに恥じない自分でありたい。卑屈《ひくつ》にならず前を向き、誰になにを言われても、彼の愛情を信じる自分でいたいのだ。もう、弱い心になど負けたくない。

「あと……不安になったら、ちゃんと言う」

「そうしてくれ。二度と、すれ違いたくない。お前の気持ちを察するのは得意だが、全部、わかるわけじゃないから」

名残《なご》惜《り》しそうに唇が離され、腕を引かれてバスルームに足を踏み入れた。

シャワーの湯が降り注《そそ》ぎ、肌を伝い流れ落ちる。そしてふたたび腰を引き寄せられ唇を塞がれた。

身体だけではなく頭の芯まで火照《ほて》りそうなキスを贈られる。

「は……っ、ん」

付き合ってからキスは何度もしたのに、今までのどのキスよりも甘く、満たされた心地がする。

「ん、ふ……ぅっ、はぁ」

舌を搦《から》め捕られて、溢《あふ》れる唾液ごとじゅっと啜《すす》られた。これ以上ないほど深く唇が重なり、熱い舌が口腔《こうこう》を這《は》い回ると、腰がじんと甘く痺《しび》れて中心が切なく疼《うず》く。

壊れそうなほど激しく胸が高鳴る。触れた胸から心臓の音が伝わってしまいそうで、志穂はうっすらと目を開けて、彼の胸にそっと手を押し当てた。

手のひらから自分と同じくらい速い彼の心臓の音が伝わってくる。もしかしたら彼も余裕はないのかもしれない。そう思ったら惣との距離がぐっと縮まった気がした。

初めてのときも、二度目も、彼に任せきりにしてしまったから、今度は自分も自分の気持ちに正直になってみてもいいかもしれない。

「触っても、いい？」

志穂はそっと手を伸ばし、すでにいきり勃つ彼のものに触れた。下腹部につきそうなほどそそり勃つ肉棒は、小さな志穂の手のひらにあまるほど大きくて硬い。

「……っ、志穂の、好きなようにしていい」

どうすればいいかわからない、などと言うほど初心《うぶ》ではない。包み込むように肉棒を握りしめ、緩く上下に扱《しご》くと、手の中にあるものがますます大きさを増していく。

「俺も、好きなようにするから」

惣は志穂の太腿を撫で、足の間に手を差し入れた。蜜を垂らす秘部に指を沿わせて、前後に擦る。シャワーの湯の音に混じり、ぬちぬちと卑猥《ひわい》な音が響いた。

「あっ、ん、待って」

包皮を捲《めく》られ露《あら》わになった淫芽を、愛液をまぶしながら指で押し回されて、腰が砕けてしまったように力が入らず惣の胸にもたれかかる。

惣を気持ち良くしてあげたいのに、拙《つたな》い動きでしか快感を与えられない。それでも必死に手を動かすと、惣の口から艶《なま》めかしい吐息が漏れた。

「はぁ……っ、いいな、それ……気持ちいい。志穂も、いい？」

「あっ、んぁっ、あっ……んんっ、いい、それ……好き」

花芽を優しく擦られると、気持ち良くて堪《たま》らない。

惣と一緒に気持ち良くなりたくて、志穂は夢中で怒張《どちょう》を扱《しご》き上げる。手のひらでぬるぬると滑る亀頭を指先で撫で回しながら、惣の首筋にちゅっと吸いついた。

「志穂、それ……すぐ、出そうだ……っ」

興奮しきった声がバスルームに響く。彼が感じてくれることが嬉しくて、ますます手の動きを速めると手の中のものが脈動し大きく膨らんだ。

「出して、いいよ」

シャワーに流されてしまわないように身体を密着させて、ぬるついた手で亀頭の丸みを撫でた。先走りにまみれた手のひらを血管の浮きでた陰茎に沿わせる。

「くっ……はぁ……っ」

つるりとした亀頭の表面も、血管の浮きでた陰茎もその色合いもグロテスクなのに、少しの忌避《きひ》感《かん》もない。むしろ、触れれば触れるほど愛おしさが増していくようだ。

「こら……っ、俺にもさせろよ」

荒々しい息遣いが耳のすぐそばで聞こえる。赤く腫《は》れ上がった淫芽を弄《いじ》る指遣いが激しくなると、下腹部の奥がきゅうっと痛いほどに疼《うず》き、みだりがわしい声が止められなくなる。

「あ、あぁっ、だめ……っ、そんなの、すぐ」

「ほら、達《い》って」

クリトリスを捏《こ》ねられ、くちゅ、くちゅと愛液の泡立つ音が立つ。全身が小刻みに震え、波のように快感が押し寄せてくる。

無意識に肉棒を擦る手の動きが速まり、彼の息遣いも荒くなっていく。一心不乱に手を動かしていると、食らいつくように唇が塞がれた。

「んん――っ」

淫芽を爪弾くように指の腹で擦り上げられて、強烈な快感に襲われる。腰がびくんと大きく震えて、四肢が強張《こわば》った。軽く達してしまい縋《すが》りつくように彼の腕を掴むと、陰茎を握る志穂の手をそっと外して、彼はその場に膝をついた。

「惣……？」

「してもらうのもいいが、今日は中で達《い》きたい。久しぶりだし、ちゃんと慣らしてやるから、じっとしてろよ？」

片足を肩にかけられて、不安定な体勢に驚き、思わず壁に寄りかかった。すると惣が足の間に顔を寄せ、シャワーの湯と汗で濡れた下腹部にキスをした。

突き出した舌で、志穂に見せつけるようにゆっくりと秘裂をなぞられる。

「あ、あぁっ、待って、それ」

志穂はびくんと腰を震わせながら、慌てて彼の頭を掴んだ。尖らせた舌先で真っ赤に腫《は》れ上がった淫芽をちろちろと舐《な》められる。

舌が前後に行き来するたびに、新たな愛液がとろとろと溢《あふ》れ出し、それを美味《おい》しそうに啜《すす》られた。散々指で快感を与えられ、敏感になったそこをぬるついた舌で舐《な》められると、呆気なく絶頂に達してしまう。

「——っ！」

首を仰《の》け反《ぞ》らしながら、びくびくと小刻みに身体を震わせた。ぴゅ、ぴゅっと迸《ほとばし》る愛液を丁寧に舌で舐《な》められて、さらなる刺激に敏感な身体が追い詰められる。志穂は腰をくねらせて身悶《みもだ》えた。

「はぁ、あぁっ、今、触っちゃ、だめぇっ」

「そうか？　物欲しそうに腰が揺れてるぞ」

からかうような眼差しで真下から見つめられて、かっと頬が火照《ほて》る。

空《から》っぽの隘路《あいろ》が彼を欲してうねる。舌の動きが速さを増すと、舌に恥部を押しつけるように無意識にかくかくと腰を揺らしてしまう。止めようにも止められない。じゅうっと卑猥《ひわい》な音が立ち、蜜穴から噴きこぼれる愛液を啜《すす》られ、腫《は》れ上がったクリトリスを舐《な》めしゃぶられる。

「ほら、ココ、早く俺が欲しいってヒクついてる」

惣は花芽にねっとりと舌を這《は》わせながら、指の先で蜜穴を突いた。指の先で浅瀬を弄《いじ》られると、ちゅぷ、ちゅぷっと蜜が弾ける音が立つ。

「何度も達《い》ってるからな。もう、とろっとろだ」

興奮しきった息を吐き出しながら、惣はさらに激しく舌を動かした。舌の上で花芽をころころと転がすと、浅瀬を弄《いじ》っていた指をより深く沈ませ、陰唇を押し広げていく。

「はぁ……あぁっ、あ、もうっ」

身体の力を抜けば、なにかが漏れてしまいそうな予感がする。志穂は彼の指を締めつけるように膣に力を入れて引っ切りなしに押し寄せてくる快感に耐えた。

いやいやと首を振るたびにシャワーの湯と汗で濡れた髪が顔に張りつく。今の自分の姿は鏡で見るまでもない。綺麗とは言いがたいほど乱れているはずだ。それなのに、真下からこちらを見上げる彼は愛おしそうにうっとりと目を細める。

「可愛いな……早くここに入りたくて、たまらない」

「も……挿《い》れて、いいからぁっ」

これ以上されたらおかしくなってしまいそうだ。

けれど、そんな志穂をさらに追い詰めるべく、指が奥へ奥へと進んでいく。根元まで入った指をいたずらに揺らされ、ぴんとそそり勃つ小さな芽を舌で小刻みに弾かれた。

「もう少しだけ」

惣はそう言いながら、指の抜き差しを速めていく。

蜜襞を激しく擦り上げられ、粘ついた愛液をぐちゅ、ぬちゅっと音を立て、かき回される。気持ち良くてたまらず、指の動きに合わせて腰がびく、びくっと震えてしまう。

「ん、あぁっ、はぁ、なんか、変に、なりそ……だから」

志穂は身を捩《よじ》りながら、助けを求めるように彼の髪に指を差し入れた。だが、それが抵抗になるはずもなく、むしろ誘っているように見えるとは本人だけが気づいていない。

「たくさん感じて、全部、俺に見せてくれ」

秘部に吹きかけられる息にさえ感じてしまう。蜜襞が指に絡まり、美味《おい》しそうにしゃぶり尽くす。綻《ほころ》んだ蜜口が彼の指を締めつけ、うねる蜜襞が奥へと誘《いざな》う。きゅうっと痛いほどに下腹部が張り詰めて、限界はすぐそこまで近づいていた。

ちゅっと強くクリトリスを吸われた瞬間、脳天にまで快感が突き抜け、大きな奔流《ほんりゅう》に流される。

「ひぁぁぁっ！」

目の前で火花が散り、張り詰めていたものがぷつりと切れるような感覚と共に絶頂に達すると、身体の奥からどっとなにかが噴き出てきた。ぴしゃ、ぴしゃと床を塗らした淫水に驚き、志穂は肩で息をしながら呆然と荒々しい息を吐いた。

「たくさん出たな」

彼はぐっしょりと濡れた口元を腕で拭った。

「な、に……やだ」

自分が粗相をしてしまったのではないかと、志穂の目に涙が浮かぶ。好きな人にそれを見られてしまった動揺に耐えきれず、ぽろぽろと涙をこぼす。

「あぁ、もう、泣くな。気持ち良くなってくれただけだろ」

「でも……でも」

恥ずかしさで唇を噛みしめていると、嬉しそうにはにかんだ目を向けられた。

「潮吹くの初めてだった？」

志穂が頷くと、惣がさらに目を細めて笑った。

自分の身体に起こった変化を理解すると、どうして惣がそこまで嬉しそうにするのかもわかってしまい、複雑な気分になった。

(井出さんに、張り合ってた……とか？)

まさか、と思いつつも、自分がどれだけ大切にされているかを知った今は、それを否定できない。

「こんなに、気持ちいいと思うのは、惣だけだよ」

「嫉妬深くてごめんな。あいつにもこんなに可愛い顔を見せてたのかって考えると、どうしても余裕がなくなる」

惣は苦笑を浮かべて、立ち上がった。

「惣がね、嫉妬してくれるの、すごく嬉しい。いやとか思ってないよ。安心するの。自分が愛されてるって確かめられるから」

「心が狭いって思わないか？」

志穂が首を横に振ると、惣が安心したように息を吐いた。

「自分から、こんな風に触るのも、初めてだったの」

彼の胸にもたれかかり、腹につくほどにそそり勃つ肉棒にそっと触れた。自分から男性の身体に触れたいと思ったのも初めてだったし、手を伸ばしたのも初めてだった。

「そうか」

「やっぱり、触りたい……してもいい？　下手かも、しれないけど」

肯定するように額に口づけられて、陰茎を握るように彼の手が重ねられる。

彼の手の動きに合わせて、亀頭を擦り上げた。先端からとろとろと溢《あふ》れる先走りで手のひらが滑り、手の中にあるものの硬さが増した。

「……っ、志穂、もっと……すぐ、出る」

「ん」

気づけば夢中になって手を動かしていた。耳元で聞こえる彼の息遣いが荒くなっていく。

どくどくと脈打つ怒張《どちょう》がこれ以上ないほどに張り詰め、手を前後に動かすたびにくちゅ、くちゅっと音が立つ。

「は……っ」

彼の息が耳にかかり全身が快感に総毛立つと、下腹部がきゅっと切なく疼《うず》いた。

（また、気持ち良く、なっちゃいそう）

何度も達して満ち足りているはずなのに、彼に触れていると不思議なほどに志穂の身体が昂《たかぶ》っていく。彼と繋がったら、どれほど気持ちいいかをもう知っている。志穂は太腿を擦り合わせながら、必死に手を動かした。

「志穂、も……出る……っ」

惣が呻《うめ》くような声を漏らした瞬間、手の中にある怒張《どちょう》がことさら大きく膨らみ、熱い白濁が迸《ほとばし》る。耳元で彼の心臓の音がどくどくと激しく鳴っているのが聞こえた。

「……っ、可愛すぎて、困る」

ぎゅっと抱き締められて、濡れた髪に口づけられた。

シャワーの湯で汚れた手と身体を洗い流しながら、先ほどの彼の息遣いや声を思い出してしまい、甘い疼《うず》きに全身が火照《ほて》った。

（したいって……言っても、いいのかな）

もっとしてほしい。彼のもので貫いてほしい。そんな欲求が収まらない志穂は、喉を鳴らして甘えるように惣の胸に顔を押しつけた。蕩《とろ》けきった目で彼を見上げて、首に鼻先を擦り寄せる。

「あぁ、もう……ほんと勘弁してくれ。そんな顔されたら我慢できなくなるだろ」

「そんな、顔って？」

自分ではわからず聞き返すと、額や目尻に口づけられた。

「物足りないって顔だよ。もっとしたい？」

志穂は小さく頷いた。離れると寂しくて、抱かれるたびに彼を欲する気持ちが強くなる。隆史に抱《いだ》いていた想いがひどくちっぽけなものに思えてくるほど、惣に抱く想いは大きかった。

「私ね……惣に抱かれるの、好き。惣が、好き。どうしよう……すごく、好きなの」

感情が溢《あふ》れて言葉にならない。

惣の胸に縋《すが》りつくと、背中を引き寄せられ身体が密着する。

自分がどれだけ惣を大事に思っているかを伝えたいのに、何一つ上手い言葉が出てこない。ただ「好き」と繰り返すしかなくて、もどかしくなる。

「俺もだよ。志穂を想わない日はなかった」

「昔はね……惣は果穂と付き合うんだろうって思ったら、怖くて……向き合えなかった。そこまで自分を愛してくれてるって、信じられなかった」

「あぁ」

惣はシャワーを止めて、志穂の身体を引き寄せて、額を押し当ててくる。濡れた髪を撫でられ、気持ち良さに目を細める。

「今は、もう二度と惣を諦めたくない。惣にずっと愛してもらえるように、強くなりたい」

「そうか」

惣は嬉しそうに微笑むと、触れるだけの口づけをした。

後頭部を引き寄せられ、徐々にキスが深まっていく。彼の唾液が口腔《こうこう》に溢《あふ》れ、舌を絡められる。

ふたたび身体に熱が灯るまでにそう時間はかからなかった。

「はっ……ん」

惣の舌が口腔《こうこう》を縦横無尽に這《は》い回り、くちゅ、ぬちゅっと唾液がかき混ぜられる音が響く。

ざらついた舌で口腔《こうこう》を擦られると、背筋が震えるような快感が漣《さざなみ》のようにやってきて、隘路《あいろ》が痛いほどに疼《うず》きだす。

「ふぅ、は、んっ」

何度も達した身体は呆気なく快感に流され、こらえきれないもどかしさに襲われる。後頭部を押さえていた手が背中を辿《たど》り、腰の括《くび》れをなぞるように臀部《でんぶ》に辿《たど》り着く。

「はぁ、あ、あっん」

両手で尻の肉を揉みしだかれて、滾《たぎ》った肉棒を下腹部で擦られた。柔らかい肉を上下左右に揺らされると、ますます隘路《あいろ》の奥が切なくきゅっと疼《うず》き、熱い吐息が漏れる。とろりと蜜を垂らすそこを弄《いじ》ってほしくてたまらなくなり、ねだるように彼の肩に舌を這《は》わせた。

「……っ」

惣の身体がぴくりと震える。反応してくれたことが嬉しくて、彼の小さな乳首を指の腹で擦り上げた。首や鎖骨に舌を這《は》わせると、彼の喉が上下に動いた。

「そういうのどこで覚えたんだって考えると複雑なんだが……俺から余裕をなくして困るのはお前だぞ」

言葉の意味がわからず惣を見つめると、ふいに足の間に肉棒が入ってくる。軽く前後に揺らされて、硬く張った亀頭の尖りで蕩《とろ》けきった秘裂を擦られた。

「ひぁっ、ん」

じゅわっと溢《あふ》れた愛液のぬめりで摩擦なく陰茎が滑る。膨らんだ芽を亀頭でこりこりと撫でられると、強烈な快感が腰から迫《せ》り上がり脳天を突く。

指がめり込むほど強く臀部《でんぶ》を揉みしだかれて、蜜穴を亀頭で突かれる。粘ついた愛液が陰茎を濡らし、腰の動きが速まっていった。

「あぁぁっ、ン、あぁ、はっ、そこ、入っちゃ……っ」

亀頭が蜜穴を突くたびに、隘路《あいろ》がヒクつき吸いつくような動きを見せる。噴き出した愛液がちゅぽ、ちゅぽっと卑猥《ひわい》な音を立て、太い竿を濡らす。

「入りそう、だな」

惣の汗がぽたぽたと流れ落ちる。彼の興奮が触れ合った肌から伝わってきて、煽《あお》られるように気分が高揚していく。丸みを帯びた先端がクリトリスを擦りながら、浅瀬を抜き差しする。ぬるりぬるりと撫でられるだけで軽く達してしまい、蜜襞が彼のものを欲していやらしく蠢《うごめ》いた。

「はぁっ、だめぇっ、そこ、も、して、お願い」

「どうしてほしい？」

「これ、擦って……奥、いっぱい、して」

はぁはぁと荒々しい息を吐き出しながら腰を淫《みだ》らに揺らし、熱に浮かされた目で彼を見上げる。もっと奥を突いてほしくてたまらない。隘路《あいろ》を激しく擦り上げて、最奥《さいおう》を貫いてほしい。焦燥感《しょうそうかん》にも似たもどかしさが下腹部に広がり、全身が火照《ほて》り汗ばんだ。

「もっと奥、突いてほしい？」

「ん、あっ……早く、ほし……っ」

首を縦に振り、甘えるように彼の唇を舐《な》めた。

惣は嬉しそうに志穂の唇を受け止めると、志穂の片足を抱え、腰をずんと叩きつけた。

「ひぁぁっ！」

志穂は全身を激しく震わせながら、呆気なく達してしまう。

「はぁ、あ、あ……待って、達《い》っちゃった、から」

全身がぶるぶると震え、足の間からはおびただしい量の愛液が飛び散った。

けれど彼の腰の動きは止まらず、最奥《さいおう》を抉《えぐ》るように穿《うが》たれる。腰を揺らされると、ぐちゅ、ぬちゅっと愛液が攪拌《かくはん》される音が響き、頭の奥が痺《しび》れるような鋭い快感が突き抜ける。

「あぁぁっ、んっ、あ、あぁっ、も」

ぎりぎりまで引きずり出された陰茎を一気に最奥《さいおう》まで突き挿《い》れられ、激しく身体を揺さぶられる。

志穂の気持ちのいい部分を探るように違った角度で穿《うが》たれると、達したばかりなのにふたたび快感の波がやってきて、絶頂の予感に全身が激しく高揚する。

「んん～っ」

貪《むさぼ》るようなキスを贈られて、よがり声が彼の口の中に消えていく。乳房をぐいぐいと持ち上げられ、指の腹で乳首を捏《こ》ねられる。口も胸も、全部が心地好くて堪《たま》らず、このままどうにかなってしまいそうだ。

「はぁ、ふぅっ、ン、は」

瞬《まばた》きのたびに意識が遠くなっていく。美味《おい》しそうにくちゅ、くちゅっと舌をしゃぶられて、溢《あふ》れる唾液を飲み干された。乳首をきゅっと引っ張り上げられると、隘路《あいろ》がうねりいきり勃つ怒張《どちょう》を締めつけてしまう。ぽたぽたと流れた愛液が床に小さな水たまりを作り、突き上げられるたびに新たな蜜が飛び散った。

「もう二度と……ほかの誰にも、渡さない」

眉を寄せて苦しそうな声で囁《ささや》かれると、胸が苦しくなった。隆史に抱かれても、これほど幸せだと思ったことはない。自分を満たせるのは惣だけなのだと、言葉で上手く伝えられないなら、自分の気持ちごと明け渡せばいい。

「もう、惣以外の人になんて、抱かれたくないよ」

自分から彼に口づけると、ますます腰の動きが激しさを増していく。蜜襞をごりごりと擦り上げながら、最奥《さいおう》を貫かれる。

「あぁ、あぁっ、あ、ん、はぁ」

身体を揺さぶる動きに合わせて、途切れがちの喘《あえ》ぎ声が響いた。快感を追うように腰を振り立てられ、何度となく身体を震わせて達してしまう。

惣は自分の快感を追うようにずん、ずんと激しく腰を叩きつける。汗で肌が滑るのも構わず、志穂の身体を浴室の壁に押さえつけ、その肉体を貪《むさぼ》る。

「はぁ、あ、もぅ……っ」

臀部《でんぶ》を両手で持ち上げるように掴まれて、蜜穴に陰茎を押し込まれる。下半身からは引っ切りなしに、ぬちゅ、ぐちゅっと淫音が響いた。足先がわずかに床を滑り、膝から崩れ落ちそうになる。

志穂は彼の首に両腕を回ししがみつくと、肌がより密着し汗で滑った。彼の胸板で乳首をぬるぬると擦られ、どこもかしこも気持ち良くなってしまう。

「あ、あぁっ、はっ……も、だめぇっ」

「……っ、まだ、達《い》けるだろ」

意識が遠くなるたびに最奥《さいおう》をずんずん貫かれ、現実に引き戻された。脈動する屹立《きつりつ》がさらに大きさを増し、隘路《あいろ》を埋め尽くす。

激しい絶頂の波が近づいてきている予感に襲われ、志穂は全身をぶるぶると震わせた。背筋が強張《こわば》り、惣にぎゅっとしがみつく。頭の奥が真っ白に染まり、息が詰まる。すると惣は、子宮口を押し上げるような動きでさらに激しく腰を叩きつけてきた。

「ひぁ――っ！」

全身ががくがくと小刻みに震えて、力が抜ける。凄絶《せいぜつ》な脱力感に襲われる身体を、がっしりと掴まれ、容赦のない抜き差しで追い詰められた。

「俺も、もう……達《い》く……っ」

恍惚《こうこつ》と目を細めた惣が荒々しい息を吐き出しながら言った。そして唐突にその動きを止め、臀部《でんぶ》の肉を鷲掴《わしづか》みにする。惣はぶるりと腰を震わせ、勢いよく屹立《きつりつ》を引き抜くと、志穂の下腹部に生温かい精を吐き出した。

「……はぁ」

志穂は、彼にもたれかかり弛緩《しかん》した身体を預けた。身体を繋げたあとの余韻のままに、啄《ついば》むようなキスを繰り返す。

たがが外れたようにこんな場所で盛り上がってしまった恥ずかしさはあるものの、彼の気持ちを知り、幸福感で胸がいっぱいだった。

しかし、徐々にその熱が引いてくると、濡れた身体が寒さを感じるようになる。

「……っ、くしゅ」

さすがにこの時期にいつまでも裸でいるものじゃない。志穂がぶるりと身体を震わせてくしゃみをすると、慌てたように熱めのシャワーの湯をかけられた。

「悪い。これじゃ風邪引かせるな。出よう」

「お腹、空《す》いたね」

「たしかにな」

互いに身体を拭いてバスルームを出ると、惣が貸してくれた部屋着に袖《そで》を通した。案の定ぶかぶかだったけれど、スエットの腰紐《ひも》をこれでもかと引っ張り腰で結んだ。薄手のトレーナーは肘のところで何回か折る。

「材料はほとんど切り終わってるか？」

「うん、向こうに持っていってくれる？」

「あぁ」

惣が大皿に切った野菜を並べてくれるのを横目に、冷蔵庫からパックに入った肉を取り出した。

テーブルにはすでにコンロと鍋がセットされている。

ダイニングテーブルで向かい合わせに座り、自分がと申し出てくれた惣にあとは任せた。料理はあまりしないようだが、鍋奉行《なべぶぎょう》なのかもしれない。

「ほら」

「ありがとう。いただきます」

鍋の具をよそった皿を手渡される。両手を合わせて箸《はし》を手に取ると、目の前からじっと見つめられていることに気づいた。

「食べないの？」

「いや、食べるけど、なあ……」

「なに？」

「やっぱり、ここで俺と一緒に暮らさないか？　こういう二人の生活を当たり前にしたい」

「もしかして……この前言ってた話ってそれ？」

「あぁ。一緒にいる時間がもっと増えれば、俺を好きになってくれるかもって下心があったんだけど。で、どう思う？」

彼の提案は嬉しかった。帰る惣を見送るのは寂しかったし、次に二人きりになれるのはいつかと待ち遠しく感じていたから。

「そ、だね……うん」

仕事の都合で一緒に食事を取れない日があったとしても、家で待っていれば惣が帰ってくる。朝起きればすぐそこに彼がいて、そんな生活が当たり前になる。

「嬉しい、かも」

「かも、なのか？」

手を合わせて箸《はし》を取りながら、惣が聞いた。その顔が拗《す》ねているように見えて、思わず噴き出してしまう。

「いやってわけじゃないよ。嬉しいけど、ちょっと緊張するってこと。私、男の人と一緒に暮らしたことないし、家族と離れて暮らしてだいぶ経つから」

「そうだな、一緒に暮らしてれば、ケンカすることもあるだろうしなぁ」

「ケンカ……するかな」

自分と惣がケンカするところが想像つかなかった。

「意見が合わないことくらいいくらでもあるだろ。感情的になることだってある。そのたびに話し合って解決すればいいんだよ。一生一緒にいるんだから、我慢はするなよ」

「なんか、その言い方プロポーズみたい」

「まだ指輪もプロポーズの言葉も準備してないから、予約だけどな」

まさか本当にその意図があったとは思わず、志穂は驚いて固まってしまう。

じわじわと嬉しさが胸に広がっていくと、自分でも頬が緩んでいるのがわかった。

「プロポーズの言葉は、わかりやすく簡潔に言うから楽しみに待っていてくれ」

頬が赤く染まり、彼の顔を見ていられなくなる。

「ん……待ってる」

緩みきっている顔を見られたくなくて、手のひらで覆い隠した。指の隙間から彼をちらりと覗き見ると目が合い、惣の頬が微かに赤く染まる。

「お前なぁ～」

参ったと言わんばかりに惣が手のひらを顔に押し当て天を仰ぐ。

「可愛い顔ばっかり見せるなっての。あ～早く一緒に暮らしたい。で、いつ頃、越してくる？　本当にこのままここにいるか？」

彼はテーブルに肘をつき、前のめりに迫った。

「ここにいたいけど、荷物なにもないし、そんなにすぐは無理だよ。部屋の解約手続きとか、引っ越し準備とかしないといけないから」

「手伝うから、来月にはここに来いよ」

「仕事もあるのに？」

「荷造りは全部業者に頼めばいいだろ」

「お金が余計にかかるからやだ」

首を横に振りながら言うと、肉を口に運んでいた惣がぷっと噴き出した。

「なに？」

なにか笑われるようなことを言っただろうかと訝《いぶか》しげに眉を寄せると、「そうそう、それでいい」と意味不明な言葉を返された。

「早く一緒に暮らしたいのは俺のわがままだから、手続きは全部、俺がやる」

「いや、それは」

「いいんだよ、これは決定。じゃ、片付けしてくるからちょっと休んでろ」

いつの間にか、すっかり鍋は空《から》になり、惣が食器類を手に立ち上がる。一緒に洗おうと立つのを手で制されて、ソファーに座らされた。

水の流れる音と食器の音をぼんやりとソファーに座り聞いているうちに、バスルームでの行為に疲れていたのか、志穂はそのまま寝入ってしまった。


目が覚めたときにはすでに朝で、志穂はベッドに寝かされていた。隣にはぐっすりと寝入っている惣がいる。

誰かと一緒に暮らすなんて、自分にはできないと思っていた。一人が好きだし、自分の時間を邪魔されたくなかった。それなのに、不思議と惣といる時間だけはいつも心地好かった。

（そっか、これが普通になるんだ）

休日をこうして一緒に過ごしてしまったら、引っ越しの準備はまったく捗《はかど》らなそうだ。

志穂はベッドから身体を起こし、惣を起こさないように寝室を出た。キッチンに立ち、鍋で残った野菜を使い、簡単なスープを作る。

目玉焼きとウィンナーを焼いて皿に載せてラップをかけておく。志穂は、朝食はだいたいパンだが、彼の好みはわからない。

(そういうのも、これから知っていけるかな)

自分と惣の交際期間は短い。上司としての仕事ぶりは知っていても、プライベートの彼を知る機会はまだ数えるほどしかないのだ。

しばらくすると、慌てたように寝室から彼が出てきた。

「おはよう」

「……はよ、帰ったのかと思った」

安心したように抱き締められて、彼の胸に顔が埋まる。

「帰るわけないよ」

「一人で起きるのは寂しいんだって」

彼は志穂の頭の上に顎《あご》をのせ、拗《す》ねたように言った。

「子どもみたい」

「子どもで結構。だから俺が起きるまではベッドにいてくれ」

たしかに、自分が遅く起きて彼が隣にいなかったら寂しいかもしれない。志穂は惣の胸にぎゅっとくっついた。

「わかった。でも、お腹空《す》いたら起こしてもいい？」

「いいよ」

十分に眠ったはずなのに髪を撫でられると、その心地好さに瞼《まぶた》が重くなる。また眠ってしまったら夜眠れなくなってしまう。

志穂は、すんと鼻を鳴らし、少しだけ汗の入り混じったような彼の体臭を吸い込んだ。抱き締められることにも慣れて、だんだんと彼の匂いがあって当然になっていく。

自分の当たり前の日常に彼がいる、それが嬉しくて、ふんふんと鼻を鳴らしながら笑ってしまう。

「なんで俺の匂い嗅いで笑ってるんだよ」

「朝から、一緒にいられるの、嬉しいなって」

「あぁ～もう、可愛い」

「く、るしい……っ」

骨がぎしぎし音を立てるほど強く抱き締められて、なんとか彼の腕の中から抜け出した。

「悪い悪い。そういや、これ美味《うま》そうだな、飯作ってくれたのか」

カウンターに並べた皿を見て、惣が感動しきった声を出す。大袈裟《おおげさ》なと思わないでもなかったが、好きな人がすぐそばにいる幸せを志穂も噛み締めていたところだ。どちらもどちらだろう。

「ご飯とパン、どっちにする？」

「その質問も可愛い。志穂は？」

過去、付き合っているときも甘ったるい男だと思っていたが、今はそれ以上に志穂への愛情を隠そうとしない。胸がくすぐったいけれど、愛情を伝えられているようで嬉しかった。

「私はいつもパンだよ」

「じゃあ俺もそうする」

「いいの？」

「もちろん。俺が準備するから、志穂は飲み物用意してくれるか？」

「うん。コーヒー？　紅茶？」

目につくところにあったのはコーヒーメーカーだ。コーヒー派だろうなと思いつつも聞くと、やはり答えはコーヒーだった。

惣がコーヒー豆をセットしてくれたため、志穂はただ水を入れて待つだけだ。美味《おい》しそうな香りがキッチンに漂《ただよ》い、二つのマグカップにコーヒーを注《そそ》ぎ入れる。

ちょうどパンが焼けたようで、バスケットに盛りつけたパンを惣がテーブルに運んだ。

「じゃあ食うか」

「うん、いただきます」

手を合わせてスープと一緒にパンを食べる。いつも自宅で食べている料理と大差ないはずなのに、惣と一緒にいるからか、いつもよりも楽しく美味《おい》しく感じるのが不思議だ。

「今日の予定は？」

惣に聞かれて、首を傾げる。

今日は家に帰って、家事をしなければならない。洗濯ものも溜まっているし、風呂掃除にトイレ掃除とやることはたくさんあった。

「家に帰る、だけ？」

「何時までいられる？」

家に帰したくない、という彼の思いが伝わってくる。

昨日から、彼の言葉一つで自分の中にある幸福度がぐんぐんと上がっていく。惣は言葉にしてくれるけれど、自分も同じように想いを返せているだろうか。

「昼頃、までなら」

「なら、昼は外に食べに行こう。そのついでに送っていくから」

仕方ないか、と言わんばかりに嘆息する彼を見ていると、もどかしくなる。彼と長く一緒にいたい気持ちは志穂も同じだった。

「ありがとう。あのね、なるべく早めに引っ越すから」

志穂が伝えると、満面の笑みが返された。

朝食の片付けを二人でして、乾燥機に入った自分の服に着替えた。ソファーでまったりと過ごしていると、どこからか振動音が聞こえてくる。

「電話？」

「俺じゃない。志穂のじゃないか？」

惣は志穂のバッグをたぐり寄せた。

振動音が自分のバッグから聞こえてくる。志穂はスマートフォンを手に取り、着信相手を確認した。出ようかどうしようか迷っていると、隣に座った惣が首を傾げた。

「出ないのか？」

「あ、ううん、出る……はい、もしもし、果穂？」

思わずため息をつきそうになったのは、いまだに根強く残る果穂への苦手意識からだ。過去の件を引きずっているわけではないのに、関わりたくないという思いが強い。

『志穂？　久しぶり。あのね、志穂……お正月も家に帰ってこなかったから、どうしてるのかと思って電話したの』

久しぶりに声を聞く果穂は、以前のような勝ち気な態度ではなく、どこか決まりの悪そうな様子でぼそぼそと話した。本当に果穂だろうかとスマートフォンを耳から離し、画面の表示を見た。

(なにか、あったのかな？)

隣に座る惣が席を外そうとしたけれど、志穂は首を横に振り、彼の手を掴んだ。惣にもたれかかると、頭を引き寄せられて頬を擦り寄せられる。

『最近、どう？』

「別に、変わりはないよ。ちょっと忙しいだけ」

電話の向こうに沈黙が落ちる。

すると、か細く震える声が耳に届いた。

『……私が、いるから……帰らないんじゃなくて？』

そう聞かれて、言葉を失う。これだけ顔を合わせないようにしていれば避けているると気づくのも当然だが、まさか正面切って言われるとは思わなかった。

志穂の無言の肯定に驚く様子もなく、果穂は『ごめん』と謝罪を口にした。

『ずっと……あのときのこと、謝ろうと、思ってて』

果穂の言う〝あのとき〟が、大学時代に惣と別れたときのことだと、わからないはずがなかった。たしかにきっかけは果穂の言葉だったが、どうして今さら、という気持ちが大きい。

『私……あのとき、宮川先輩に振られて、それが悔しくて……だから、うそついたの。ごめん。先輩が賭けで志穂と付き合ったなんてうそなの』

「そうなんだ」

志穂はすべてを知っていたけれど、果穂の懺悔《ざんげ》を黙って聞いていた。

果穂が惣を好きなことも知っていたし、果穂に奪われるなら仕方がないとも思っていた。ただ、謝罪されたところで、すべてを水に流して仲良し姉妹になれるほど寛大でもない。過去を蒸し返して責めるつもりもないが。

『何度も言おうと思ったけど、言えなかった。ちょっと意地悪してやろうって、ほとぼりが冷めた頃に冗談だったたって言えば許されるって思ってた。先輩にも、忠告されてたのに……志穂に、嫌われるまで……気づかなかった』

「もう、終わったことだから」

許すとも許さないとも言わない志穂に、果穂は諦めたような息を吐く。

『……わかってる。今さら許されるって思ってない。謝りたいって私の気持ちも……自己満足だって、彼にも言われたから』

「彼？」

『うん……私ね、結婚するの。こんな性格の私のこと、それでも好きって言ってくれる人。それで、一生そばにいたいって思える人』

「そっか」

『私ね、こんなに誰かを愛したの、初めてだった。いろいろあって、誤解したりケンカしたりして、何回も彼に怒られて。自分が、志穂にどんなにひどいことをしたのか、やっとわかった。わがままで、傲慢《ごうまん》で……志穂に嫌われて当然だったね』

後悔に満ちた口調で果穂は訥々《とつとつ》と話す。

償いたいという気持ちは伝わってくるが、志穂が言えることはなにもなかった。果穂への恨みなどない。残っているのは、家族としてのわずかな情だけだ。

「果穂……」

あのとき別れを選んだのは、結局は自分自身の弱さが原因だ。果穂の件がなくても、いずれなにかのきっかけで惣から逃げていただろう。

『あの、それで……こんなこと言えた義理ではないと思うんだけど……よければ、結婚式に来てほしくて。もし……いやだったら、無理しなくていいんだ、あの、ダメ元っていうか』

「家族なんだから、出席して当たり前だよ。結婚、おめでとう」

志穂が祝福すると、電話口から果穂の泣き声が聞こえてきた。

消え入りそうな声で謝罪と感謝が伝えられる。

「なぁ、それ俺も出席していいか？　志穂の婚約者として。果穂も知らない仲じゃないしな」

惣が言うと、突然耳に入ってきた男の声に驚いたのか、果穂が訝《いぶか》しげに言った。

『志穂……今、誰かと一緒にいるの？』

「えぇと、あの、宮川先輩」

懐《なつ》かしい呼び方に、隣の惣が噴き出した。

言うべきタイミングを失ってしまったが、ちょうどよかった。きっと、志穂が惣とよりを戻したと知れば、果穂の気持ちも少しは楽になるはずだ。

惣にもよく聞こえるようにスピーカーにすると、先ほどと打って変わった昔の果穂を思わせる口調で驚きの声が返ってくる。

『う、うそっ!?　まだ付き合ってたの!?』

もう終わっていたとばかり思っていた相手と志穂が一緒にいるのだから、果穂が驚くのも当然だ。

これで少しくらいは意趣返しになったのではないか、と笑みが漏れる。

「違うよ。偶然再会して、また付き合い始めたの。惣とは今、同じ会社で働いてる。それで、果穂の結婚式は二人で行きたいから、惣の分も招待状を送ってくれる？」

果穂は自分を落ち着かせるように何度か深呼吸をして「わかった」と答えた。

『なんか……安心した。私が許されるわけじゃないけど、二人がまた恋人になってよかった。本当に、ごめん。あのね、私……宮川先輩にもうそついたんだ』

「うん、聞いた。でも、悪いのは果穂だけじゃない。……そのうち実家に帰るから、そのとき二人分の招待状を受け取ってもいい？」

すべてを許せるわけではないけれど、あの別れもきっと無駄ではなかったと、今は思える。惣に対しての愛情がどれほど深いか、確認できたのだから。

『うん……うんっ』

ふたたび果穂の啜《すす》り泣くような声が電話口から聞こえてくる。

惣と目を見合わせて、微笑んだ。

あの頃のわだかまりは自分たちの中にはもうなかった。

第四章

三月の半ば、桜の開花宣言もちらほら聞こえてきた頃。

志穂は惣のマンションで暮らし始めた。一緒に暮らそうとプロポーズの予約をされてから、およそ一ヶ月後には引っ越しを終えていた。

結局、手続きも支払いもなにもかもを惣に任せてしまったため、志穂がやったことといえば、下着を段ボールに詰めることと、当日に貴重品をまとめたことくらいだった。

ちょうど昼休憩の時間となり、パソコンを見つめたままの奈々に声をかけた。

「上園さん、お昼だからキリのいいところで終わらせて休憩取ってきたら？　疲れるでしょ？」

「あ……はい、すみません」

志穂が隣の奈々に話しかけると、彼女は決まりが悪そうな小さな声で返事をし立ち上がった。ストーカーだと思われていた頃よりはマシだが、態度が硬いのは相変わらずだ。

奈々は財布を手に持ち、なにやら迷うように視線を彷徨《さまよ》わせる。

「どうかしたの？」

志穂が聞くと、奈々は泣きそうに目を潤《うる》ませて、唇を噛んだ。

「お昼……ご一緒して、いいですか？」

まさか彼女からお昼に誘われるとは思ってもみず、志穂は一瞬反応ができずに固まった。それを拒絶と取ったのか、奈々が背を向ける。

「すみません……やっぱりいいです」

「待って。大丈夫だから、私もお昼行くところだし。外でいい？」

なにか話があるのかもしれない。志穂はそう判断し、奈々を外へ誘った。奈々は小さく頷き、志穂のあとについてきた。

「ファミレスでいい？」

「はい、どこでも」

志穂は会社から少し離れたファミリーレストランに入り、周囲を見回した。

ここは近くに幼稚園があるため、子連れの利用客が多く、静かな雰囲気を好むビジネスマンにはあまり人気がない。志穂は店内に見知った顔がいないことにほっとして、奈々にメニューを渡した。

「なににする？　ここなら食べられるものがあるかなって思ったんだけど」

ここ最近、奈々は昼休憩の時間に社内にいない。不思議に思っていたのだが、つわりのせいで食べ物の匂いを嗅ぐだけで気持ちが悪くなるらしいと、噂好きの女性社員が話していた。

「……知ってたんですか？」

「ご飯食べに会議室に来なかったから、気になってただけ」

「小島さんって……そういうところ、ほんとずるいです」

奈々はそう言って頬を膨らませながら、メニューに視線を落とした。奈々が指差したのは、フルーツが載ったサラダとフライドポテトだ。

「ドリンクバーも頼む？」

「はい」

志穂は店員を呼び、自分の分のパスタと共に注文を済ませた。

「なに飲む？　取ってくる」

志穂が聞くと、奈々は先ほどと同じように決まりが悪そうに小さな声で言う。

「オレンジジュースか、野菜ジュースをお願いします」

「わかった」

志穂は席を立ち、ドリンクバーコーナーへ向かう。

グラスに氷は入れずオレンジジュースを入れる。余計なこととは思ったが、女性は身体を冷やしたらダメよ、という母の口癖を思い出したのだ。コーヒーカップに白湯《さゆ》を入れて、自分の飲み物と一緒にトレイに乗せて、テーブルに運んだ。

「これ……」

「カフェインレスはなさそうだったから。白湯《さゆ》とオレンジジュース。いらなかったら私が飲む」

「いえ……ありがとうございます」

奈々の目元がほんのりと赤く染まった。

目の下に涙が浮かび、それを恥じるように俯《うつむ》き、白湯《さゆ》を一口飲んだ。

(急にどうしたんだろう……私を詰《なじ》りたい……って雰囲気じゃないけど)

ただ、人の機微《きび》に鈍い自覚はあるので、自信はなかった。とりあえず奈々が話し始めるのを待つかと黙っていると、五分も経たないうちに注文した料理が運ばれてくる。

「ありがとうございます」

店員に礼を言う志穂を奈々は黙って見つめていた。

奈々にフォークを渡し、いただきますと手を合わせる。奈々も小さな声で「いただきます」と呟いた。彼女の食べ方はいつも綺麗で、そういえば隆史とのことを知る前はそんなところにも感心していたのだと思い出した。

手作りのお弁当も、全部自分で作っていると言っていた。玉子焼きの形は綺麗だったし、夕飯の残りを小分けにして冷凍している……となにかの話の折に聞いたことがあった。志穂も弁当を作る際は同じようにしているからわかる。自分で作っていなければそういう話は出てこない。

そんなことをぼんやりと考えていると、フライドポテトを摘《つま》んでいる奈々がぼそりと言った。

「どうして、責めないんですか？」

奈々は綺麗な顔を歪《ゆが》ませて、ひたすらポテトを口に運んでいる。

「責める？　上園さんを？」

志穂が首を傾げると、奈々は音を立ててポテトを呑み込み、白湯《さゆ》を口にした。必死に涙を我慢していたのかきつく眉を寄せているが、残念ながらぼろぼろと頬を伝って流れている。

鼻水まで出ていて、志穂は黙って紙ナプキンを差し出した。

「私……ひどいことばっかり、したじゃないですか」

「あぁ。もしかしてそれを謝ろうと思ってお昼に誘ってくれたの？」

「ちがっ……違わない、ですけど……そうじゃなくて」

奈々はまたずびっと洟《はな》を啜《すす》った。

「小島さん、なに言われても全然態度が変わらないし。こっちが意識してるの、バカみたいになって。体調大丈夫とか……なんで、私の心配してんですか、アホみたい」

「性格、悪いね」

思わず、心の声が漏れてしまうと、目を吊り上げた奈々がテーブルを叩く。

「そんなの言われなくてもわかってます！」

この子は本当に果穂に似ている、と苦笑した。自尊心が強く、自分に確固たる自信があるのだ。

どうして奈々を責めなかったかと言われても、自信がなかったからとしか返せない。

隆史を奪い返したいとも、奪い返せるとも思わなかった。やり方は褒《ほ》められたものではないし、許せるものでもないが、あのときの自分には諦めることしかできなかった。

「……罰が当たったたって、思いました」

奈々は皿の上にフォークを置いて、目を伏せた。ため息まじりの声は後悔にまみれていて、惣に別れを告げたときの自分を思い出させる。

「罰？」

「優越感に浸《ひた》ってたんです。小島さんが、井出さんのストーカーだって聞いて、勝ったって。クリスマスに高いレストランを予約してもらったたって、わざと小島さんの前で話したのも、正義感なんかじゃなくて、せいぜい悔しがればいいいと思ってました」

「ストーカーじゃないんだけど……」

「それも、結婚したあとになんとなく気づきました。あの男と付き合ってたんですよね」

奈々がストーカーの話をしなくなったのは、志穂が隆史の元恋人だと気づいたからのようだ。隆史をあの男呼ばわりする奈々に驚きつつも、最近の傲慢《ごうまん》な隆史の態度を思えば言わずもがなだろう。

「うん、まぁ」

「私……小島さんの鈍いところが、大っ嫌いでした」

面と向かって人から大嫌いと言われたことはなく、志穂は衝撃を受けた。同時に、そうか、やはり自分は鈍いのか、とため息をつきたくなる。

「みんなから頼りにされてて、モテるのにお高くとまってなくて、アイディールシステムの癒《い》やし系とか言われてて。それなのに、本人はまるでそれに気づいてないんですから」

「待って、それ……誰の話？」

「小島さんに決まってるじゃないですか」

奈々は行儀悪くフォークをこちらに向けて、ふんっと鼻を鳴らした。先ほどまでの涙はいったいなんだったのだろう。

「だから、ストーカーだって広まって評判が落ちればいいって思ったし、彼を奪ってやったらどんな顔するだろうって。ただ……それだけだったのに、あいつ……中出しするし、妊娠したから仕方なく責任取るって感じだし。妊婦のこと、全然わかろうともしないで、毎日飲み歩いてるし……っ。自業自得だってわかってるけど、なんか……悔しくてっ」

妊娠中だからか、感情の制御ができないのかもしれない。ここは吐き出させてあげた方がいいだろうと、志穂は相槌《あいづち》を打ちながら、気になったことを尋ねた。

「中って……あの」

避妊をしなかったのかと唖然とする。

隆史は志穂とするとき、必ず避妊をしていた。もちろん、大事にされていたのは自分だ、などとは思わない。隆史は初めから志穂と結婚するつもりがなかったから、万が一にも妊娠するような真似をしたくなかった、というだけだ。

だからといって、今の話からは奈々を大事にしていたとも、結婚する覚悟があったとも思えない。

「最低でしょ？」

奈々は潤《うる》んだ目を鋭くして、宙を睨《にら》みながら吐き捨てた。

「うん、最低だね」

「……ずっと、態度悪くてごめんなさい。小島さんにあたるのは筋違いだってわかってたけど、止められなかったんです。それなのに……身体のこと、いつも、心配してくれて、ありがとうございます。それだけ言いたくて」

奈々はふたたび涙をこぼすと、それをおしぼりで拭い、勝ち気そうに笑った。その顔はすでに子を守ろうとする母親のものだった。なんの根拠もないが、この子は大丈夫だ……そう思えた。

ファミリーレストランを出て職場に戻ると、十三時を過ぎていた。思ったより長く話し込んでしまったようで、歯を磨く時間はない。

志穂はペットボトルのお茶で口をゆすぎ、手鏡を見て化粧が崩れていないかをチェックした。これからすぐにマナビゼミナールとの会議の準備をしなければならない。

「上園さん、会議室の準備をしてくるから、大城さんが来たら案内だけお願い。体調が悪かったら無理をしなくていいけど、誰かに引き継いでくれる？」

席に戻ってからの奈々の顔色は悪い。妊娠の経験がないため、つわりの辛さはわからないが、奈々を見ていると子を身籠《みごも》る大変さに触れた気がする。

「わかりました……すみません」

奈々はハンカチで口元を押さえながら呻《うめ》くように言った。先ほどファミレスで聞いたのだが、どうやらつわりには、なにかを食べていないと気持ちが悪くなるという症状もあるらしく、奈々はデスクの引き出しから酢昆布を取り出し口に入れた。

「謝ることじゃないから。じゃあ、よろしくね」

途中報告で大城にはデザインの承諾をもらっているが、UXテストをクリアしなければ次の段階に進めない。

以前の大城の反応でさすがに隆史も反省したのか、相変わらず嫌味っぽくはあるものの、仕事上のやりとりはなんとかできている。

志穂にとって隆史はすでに同僚の一人でしかない。気持ちの上でもケリはついているし、仕事が円滑に進めば思うところはなにもなかった。

ただ、志穂の気のせいかもしれないが、なぜか最近、隆史とよく目が合うのだ。それだけと言ってしまえばそれだけのことだが、見られている気がして落ち着かなかった。

奈々から隆史の話を聞いたからか、余計に気持ち悪いと思ってしまう。

(もう私には関係ない人だし、なにもないとは思うけど)

志穂は大城を迎えるため、会議室の机を拭き、プロジェクターの準備を進めた。

このプロジェクトにおいて会議室の準備は志穂の仕事となっている。志穂が忙しいときは松浦も手伝ってくれるため、奈々の穴はなんとか埋められていた。

「大城さんの出迎えに上園……って、いないのか。席にもいなかったが、どこに行った？」

会議室のドアを開けて、隆史が入ってきた。どうやら大城が着いたようだ。

「上園さんはお手洗いに行くって聞いたんで、俺が行ってきますよ」

奈々は松浦に言伝《ことづて》を頼んだらしい。

隆史のあとを追うように会議室に入ってきた松浦が手を挙げた。

「あ、いや……出迎えは女の方がいいだろ。小島、行ってくれ」

「わかりました。松浦くん、悪いんだけど……」

松浦に声をかけると、承知したとばかりに会議室の準備を代わってくれた。

「あとはやっておくんで。出迎えをお願いします」

「うん、よろしくね」

松浦にあとを任せて、エレベーターで一階に降りた。

受付にいた大城を伴《ともな》い、開発部のある十階に戻ると、会議室に向かう途中でまだ青白い顔をした奈々と会った。

「上園さん、会議を始めるけど、もう行ける？」

「はい、行きます」

奈々は横を歩く大城を見て、申し訳なさそうに眉を下げた。この場で謝らないだけ、ちゃんと空気が読める女性なのだと志穂は思う。

「大城さんをご案内しました」

奈々と大城を伴《ともな》い会議室に入ると、すぐに隆史と松浦が立ち上がった。

「本日もよろしくお願いします」

「こちらこそ」

何度も顔を合わせていれば互いに慣れたもので、大城は挨拶《あいさつ》を終えると無駄な話は不要とばかりに口を開いた。

「そういえば、この間小島さんにいただいたデザインイメージ、こちらが思い浮かべていたデザインイメージにとても近くなってました。今日のテストも楽しみにしていたんです」

志穂が礼を言おうと口を開きかけたとき、遮《さえぎ》るように隆史が口を開いた。

「前のデザインについては、こちらでも行き違いがあり大変申し訳ありませんでした。小島には二度とああいうミスがないようによく言い聞かせておきますので」

大城は、交互に隆史と志穂に視線を送り、微かに眉を顰《ひそ》めた。会議に同席している奈々も、不快感を隠そうともせず隆史を睨《にら》んだ。

（この人、なにを言ってるの？）

この場で反論するわけにはいかないが、さすがに彼のこの発言には唖然とさせられた。チームのまとめ役として不安はあったが、ここまで責任感のない人だとは思わなかった。

プロジェクトリーダーとしての隆史には、依頼通りのシステムを作るという責任がある。だが、今の発言は、ミスの責任をすべて志穂一人に押しつけようとするものだ。

顧客に対して、自分のリーダーとしての責任能力のなさを露呈《ろてい》しているわけだが、それを恥ずかしいとは思わないのだろうか。

「あの、小島さんが会議に出るようになったのは、ここ二ヶ月くらいですよね。デザイナーのとりまとめはそちらにいらっしゃる上園さんがされていると伺っていたのですが」

「あ、それは……しかし、上園はまだ二年目の新人でして……」

「それを承知の上で、井出さんは上園さんを窓口と紹介されたのでしょう？　私が言うことではないかもしれませんが、新人の彼女に任せたのなら、その責任はあなたにあるのでは？」

大城に言われて、隆史は目を泳がせた。新人の教育になるからと、志穂を外して奈々だけを会議に参加させたのは隆史だ。

大城は呆れた様子でため息をつくと、志穂に目を向けた。

「小島さんは一ヶ月ほど前『実際に現場の様子を見て、デザインの参考にしたい』とわざわざ弊社に足を運んでくださいました。その際、現在使用している保護者への連絡ツールやその課題についてもお話しさせていただいたのですが……ご存じですよね？」

隆史は驚いたように目を見開き、忌々《いまいま》しそうに志穂を睨《にら》んだ。

当然、志穂はリーダーの隆史にも書面で報告をしている。それに彼が目を通したかどうかは自分の知るところではないが。

デザインの変更が出た時点で、志穂は惣に許可をもらい、マナビゼミナールを訪れていた。実際に現場を見るのと、書面だけを見るのでは仕事への理解度が大きく変わる。

生徒によっては、勉強はできるのに文章を読むのが苦手な子もいた。エンジニア業界にある「KISSの法則」は、「短く、シンプルに」というものだが、デザインにおいてもシンプルさは重要である。今回のデザインでは、文字を少なくして、アイコンを大きくするなど、子どもにわかりやすくを心がけて奈々と手直しをしていった。

「え、えぇ、それがなにか？」

「小島さんは、うちの仕事を理解しようとしてくれましたよ。部下に責任のすべてを押しつけようとしているあなたよりもよほど。それに、作り直してもらったデータを見て、十分信頼の置ける方だと私は確信しております」

まさか大城に庇《かば》われるとは思わず、志穂は軽く頭を下げた。隆史と志穂の間に座っている奈々も、志穂と同様に頭を下げる。

「そうですか……ならば、あとは小島に任せますので」

隆史は必死に怒りを抑えるように肩で息をして、大きな音を立てて立ち上がった。椅子ががたんと後ろに倒れたのにも構わずに会議室を出ていく。

「えっ、井出さん!?」

志穂は会議室を出ていった隆史を目で追うが、必死に動揺を顔に出さないようにした。

仕事を途中で放り出すような真似をすれば会社の信用に傷がつくとは考えないのか。彼の常識のなさにほとほと失望するが、今はそれどころではない。

松浦も奈々も、唖然とした様子で隆史の出ていったドアを見つめていた。

「大城さん、申し訳ありません」

志穂が頭を下げると、それを手で制しながら大城が頷いた。

「こちらこそ出すぎた真似をしました。御社のことに口を出すつもりはなかったのですが。続きはどうしましょうか。日を改めます？」

「あぁ、いえ……じゃあ、代わりの進行は俺、じゃなくて私が……早速始めましょうか」

「えぇ、お願いします」

隆史の代わりは松浦が務めた。

幸か不幸か隆史がいなくともテストは無事に終わり、いくつかのUX不良があったが、それを修正すれば、あとは大城の上役も交えての最終的な受け入れテストを待つだけとなった。

エンジニアの仕事は、保守点検などの業務もありまだ続くが、デザイナーの仕事はこの時点でほとんど終わりだ。

志穂は、エレベーターホールまで大城を見送り、胸を撫で下ろした。会議内容よりも、あり得ない隆史の行動に疲れ果てた志穂は、気分を落ち着かせるために洗面所に寄ってからフロアに戻る。

さすがに先ほどの話は見過ごせず、隆史の元に向かった。

「井出さん、少しいいですか？」

志穂が声をかけても、隆史は振り返りもしなかった。責任をなすりつけられるのは、腹は立っても、プロジェクトに影響がなければまだ我慢できる。

だが、大事な顧客との会議を途中で放棄するのはあり得ない。大城が丸く収めてくれなければ、先方の信用をなくしプロジェクト自体が途中で頓挫《とんざ》する可能性だってあったのだ。

「なんだ」

隆史は見るからに不機嫌そうな声色で、視線はパソコンに固定したまま答えた。

「私に思うところがあるのは理解しています。ですが、あのように会議を途中で放棄されるのは困ります」

誰に聞かれているかもわからないところで過去の交際に触れるつもりはない。あれはもう終わったことだ。だがこれ以上、仕事に影響が出るのは困る。

「は？　思うところってなんだよ、俺になにか問題があるような言い方だな」

「問題がないと思っているのですか？」

まさか志穂にそう返されるとは思っていなかったのか、隆史が鼻白む。

「話し中に悪い。井出、ちょっといいか」

「は、はいっ」

そのとき、惣が隆史の名前を呼んだことで、会話が一時中断する。惣の呼び出しを無視はできなかったのか、隆史は勢いよく立ち上がった。

「小島と松浦も来てくれるか？」

「はい」

惣のあとに続いて、誰もいない会議室に入った。惣は電気を点《つ》けると、全員に座るように促《うなが》す。

隆史は落ち着きのない様子で机の上でそわそわと指を組み合わせている。先ほどの件がバレたのかと気が気じゃないのだろう。

隆史の隣に松浦が座り、志穂はその隣に座った。

「ついさっき、ロビーでマナビゼミナールの大城さんに会った。テストは上手くいったようだな。

修正もわずかだと聞いたよ。ご苦労さん」

惣はため息まじりに口を開いた。

「は、はい」

隆史の肩がびくりと震える。椅子に座る隆史が貧乏揺すりをしているため、会議室内にはとんとんというリズミカルな音が響いている。

「それで、話の内容は察していると思うが、井出はリーダーとして自分の行動を省《かえり》みてどう思う?」

「……っ、申し訳、ありませんでした」

「俺は謝ってほしいわけじゃない。仕事でのミスならいくらでもチームでフォローできる。だが、部下に信頼されない者にリーダーを任せるわけにはいかない」

「私は……信頼されてない、と?」

「ミスを部下に押しつけるような上司に誰がついていくんだ。チームに不和をもたらしているのは、お前自身の個人的な事情だろう」

「個人的な事情なんてっ！　私は……」

惣の言葉で、志穂との過去の関係を知られていると思ったのか、見る見るうちに隆史の顔が青ざめる。

「以前にも忠告はしたはずだ。このプロジェクトに小島の存在は欠かせないと。それがわかっていて、どうして彼女を貶《おとし》めるような発言ばかりする?」

「それは……あの、申し訳ございません」

隆史の声はどんどん小さくなっていく。

志穂に対して高圧的な態度を取っていたのがうそのようだ。

「謝罪はいらん。だが、けじめは必要だ。井出には今回のプロジェクトから外れてもらう。幸い、あとはシステムテストと受け入れテストだけだ。次のリーダーは松浦とするが、小島はそのサポートについてくれ」

「わかりました」

「はい」

松浦の返事のあと、志穂が続けた。

このタイミングで隆史が外されるとは思っていなかったが、このまま隆史と同じチームで仕事を続けるよりも、その方がいいだろう。

「話は以上だ。井出、二人への引き継ぎは終えておくように。あと、これ以上プライベートでの問題を会社に持ち込んでくれるなよ」

惣が含んだ言い方をすると、隆史は観念したように返事をした。

「……はい」

志穂は会議室をあとにして、席に戻った。

隆史は席に戻ってからというもの荒々しい手つきでパソコンを叩いている。苛立っているのが周囲にも伝わり、話しかけようとする人は誰もいない。一区切りつくと、がたんと大きな音を立てて立ち上がりフロアを出ていった。

「ねぇねぇ、井出さん、会議ブッチしたってマジ？」

「そうだって。それでリーダー外されたみたい」

隆史と奈々が席を外したのを見計らったように、志穂の後ろの島で仕事をしている噂好きの女性社員の声が耳に入ってきた。

先ほどの件がすでに噂になっているとは思わなかった。いったい誰が話したのだろうと思っていると答えはすぐに出た。

「さっき奈々ちゃんが言ってたよ。将来性ありそうだから結婚したのにがっかり～って」

「あぁ……」

志穂は耳を澄ましながらも、さもありなん、と心の中で頷いた。

隆史に浮気されて悔しかったし悲しかったが、彼が不幸になればいいとまでは思わない。奈々の話を聞いた今となっては、ちゃんと責任を取り二人で幸せになってほしいと思うばかりだ。

(ちょっと集中力が切れちゃったな。私も休憩しよう)

志穂が財布とスマートフォンを手にして立ち上がったところで、背後から声をかけられた。

「お、小島さん、休憩？　ならついでにこの書類、経理に出してきてくんない？」

志穂に声をかけてきたのは瀬尾だった。

手渡されたのは経費の精算書だ。経費の精算はデータでのやりとりだが、経理部で領収証の原本と照らし合わせてチェックをするため、週に一度部内でまとめて提出している。精算書を一枚だけ渡されたということは、週に一度の提出の期限に間に合わなかったのだろう。

「それ、ご自分で持っていかれた方がいいですよ。経理課長はかなり厳しい人なので、内容に不備があれば突き返されますから」

「あ……いや、それは知ってるけど……」

知った上で頼んでいるのなら、叱責《しっせき》を受けたくないから志穂に声をかけたということだろう。雑用がいやなわけではないが、瀬尾の代わりに怒られるのはもう御免だ。

マナビゼミナールの件を惣に相談したとき、事情を聞いた彼はすぐさま志穂の背中を押してくれた。惣が信じてくれる自分に、ちゃんと胸を張りたかった。

志穂が悲しんだり我慢したりすることを惣がよしとしない以上、志穂は自分を大事にしないといけない。とはいえ、雑用自体は嫌いじゃないから、きっとまた引き受けてしまうだろうが。

「じゃあ、そういうことで。松浦くん、ちょっと飲み物買ってくるね」

志穂は瀬尾に会釈《えしゃく》をし、松浦に向き直った。

「なら、俺も一緒に休憩いいっすか？」

「うん、いいけど？」

エレベーターホールへ向かっていると、隣を歩く松浦が耐えきれないとでも言うように笑いだす。

「どうしたの？」

「いや……さっきの志穂さん、最高だったなと思って」

「さっきの？」

エレベーターの下のボタンを押しながら、首を傾げる。

「いつも瀬尾さんの代わりに書類持っていって、志穂さんが課長に怒られてたんでしょ？」

「あ〜まぁ……そうかな。一階の自販機でも平気？」

「もちろんっす」

誰も乗っていないエレベーターに松浦と乗り込み、一階のボタンを押す。近いのは休憩室だが、席を外した隆史と鉢合わせるかもしれない。顔を合わせれば嫌味の一つや二つ言われそうだ。

「なにか心境の変化でもあったんすか？」

「お使いを断っただけだよ？」

松浦の言葉にドキッとする。たしかに心境の変化はあったのだろう。

ずっと一人でいるのが好きだったのは、一人でいれば他人と比べずに済むからだ。人と話すのも苦手だったけれど、一歩踏み込んで話してみると、いろいろな考えに触れられて興味深い。

視野を少し広げただけで、惣だけでなく、自分を心配してくれる人がいることに気づけた。自分の仕事を見てくれている人にも。きっと松浦もその一人だ。

「最近、志穂さん変わりましたよね」

一階のロビーに置かれた自販機で飲み物を買った松浦がソファーに腰かけながら言った。志穂も飲み物を買い、彼の隣に腰かける。

「そう？」

「それって、取締役のおかげっすよね」

「うん」

志穂が頷くと、松浦は参ったと言わんばかりに両手で顔を覆い、項垂《うなだ》れる。いったいどうしたのかと志穂が顔を覗き込もうとすると、ちょっと待ってと手で制された。

「その顔、反則なんすけど。つか……こんな顔させられる人に敵《かな》うわけねぇじゃん」

「え？」

松浦がなにを言っているのか理解できず眉を顰《ひそ》めると、なぜか呆れたように肩を竦《すく》められた。

「いや、すんません、気にしないでください。なんでもないっす」

「そう？」

「そういや、なんか噂になってるんすけど、取締役と同棲してるんですか？」

松浦は買ったホットコーヒーを傾けながら口にした。

また噂か、とうんざりしそうだ。だが、下手に隠しているから余計に話のネタになってしまうのかもしれない。

「うん、最近一緒に暮らし始めたの。でも誰にも話してないのに、どうしてそういう話って広まるんだろうね？」

志穂が首を傾げると、松浦は信じがたいような顔をして目を見開く。

「え、マジで気づいてなかったんすか？　わざとやってたんじゃなくて!?」

「気づいてないってなに？」

「あいつに見せつけてるのかと思ってました」

「あいつ？」

「あ、いや……それはいいっす。ほら、志穂さん、たまに取締役と会議室でランチしてるじゃないっすか。そんとき、夕飯の話とか、今日は早く帰れるとか、話してますよね？　噂が広まった原因はそれっすよ」

小さな声で話しているつもりだったのだが、それをしっかり聞かれていたということだろうか。昼食時なのに、やけに静かだなと思ってはいたのだが。

「話、聞かれてたんだ……」

「そりゃそうでしょ。話題の二人だし。つか、会議室中が聞き耳立ててますって。でも……志穂さんが気づいてないのをわかっててやってんだろうなぁ、あの人……牽制《けんせい》かよ」

「取締役はモテるから、みんな、気になるんだろうね」

ぼそぼそと話す松浦の声はよく聞こえなかった。志穂が注目されるはずはないから、きっと皆、惣の話に聞き耳を立てているのだろう。惣がモテるのなんて今に始まったことでもないのに、それを少しだけおもしろくないと思ってしまう自分がいて驚いた。

「いや、取締役だけじゃなくて……」

松浦がそう口にしたとき、ふいに目の前が陰った。松浦も言葉を止めて顔を上げると、目の前に能面のような顔をした惣が立っている。

ビジネスバッグを持っているから、出かけるところなのだろう。

「うわっ、びっくりしたっ。驚かせないでくださいよ」

松浦が大袈裟《おおげさ》なほど驚いた声を出す。

「お疲れ様です」

「二人で休憩か？」

「はい」

志穂が頷くと、どうしてか惣はますます不機嫌そうに眉を顰《ひそ》める。

「近すぎる」

惣は手に持っていたビジネスバッグを志穂と松浦が座るソファーの間に差し込んだ。もしかして疲れているのだろうかと志穂が惣のために真ん中を空《あ》けて横にずれると、満足そうな顔をする。

「狭量すぎません？」

「悪かったな。恋人に近づく男がいれば、余裕もなくなるだろ」

「いやいや……俺、志穂さんから惚気《のろけ》話を聞かされてただけっすよ」

松浦がからかうような口調で言うが、惚気《のろけ》話をしていたつもりのない志穂はたまったものではなかった。

「の、惚気《のろけ》話なんてしてないよ」

「え～志穂さん、さっき取締役のこと思い出して、めっちゃ嬉しそうに笑ってたくせに」

「へぇ～」

上司……しかも恋人と後輩に囲まれて、ニヤニヤしていたことを指摘された志穂は頬を真っ赤に染めながら、首を横に振った。

「違い……違います」

恥ずかしすぎて目まで潤《うる》んでくると、もう顔を手で覆うしかない。

するとなぜか向かいに立っていた惣が、松浦の頭を掴みぐいっと横を向かせる。

「なにするんすかっ、せっかく今チャンスだったのに！　失恋が決定した俺にも少しは幸せのお裾《すそ》分けしてくださいよっ」

松浦がふてくされたように言った。どうやら彼は失恋をしたらしい。

そんな中、志穂の心配までしてくれていたのかと感動を覚える。

「お前には見せたくない。俺たちの結婚式には呼んでやるから、それまでは我慢しとけ」

惣の言葉に志穂の頬がますます真っ赤に染まっていく。一緒に暮らしてからというもの、彼は将来を匂わせるようなことを三日に上げず口にする。

プロポーズの予約はされたものの、具体的な入籍の話はまだされていないのだ。

彼はわかりやすく伝えると言っていたから、その日を待てばいいだけなのに、その日はいつ来るのだろうかと志穂はそわそわしている。

「……胸焼けしそうなんで仕事に戻ります」

「あ、じゃあ私も」

松浦は、げんなりした顔をしてコーヒーを飲み干すと、ソファーから立ち上がった。一緒に立ち上がりかけた志穂を手で止めたのは惣だった。

「取締役？」

「志穂さんは……あと五分くらい休んでいいっすよ。一緒に戻ったら恨まれそうだし」

そう言って背を向けてエレベーターホールに向かう松浦を見送ると、惣が隣に座った。

「お時間はいいんですか？」

惣にちらりと視線を向ける。

「まぁ、小島の休憩が終わるくらいならな。それ、残ってるか？」

志穂が手にしていたココアの缶を指差される。

「はい、飲みますか？」

「あぁ」

惣は三分の一ほど残ったココアを一口飲み、志穂に返す。

「もういいの？」

「甘い」

「ふふ、甘いって……わかってたでしょ」

志穂が笑みを漏らすと、隣からスマートフォンを差し出される。

「？」

惣が指でとんと画面を叩いた。どうやらスマートフォンを見ろ、ということらしい。開かれているメモ帳アプリを見ていると、そこに惣が文章を入力していく。

(ま、つうら……に？　松浦に可愛い顔を見せるなよ……って！)

スマートフォンに視線を向けたまま、志穂は顔を上げられなくなってしまった。

自分がどんな顔をしているのかなんてわかるはずもない。けれど、可愛い顔をしているとしたら、きっとそれは。

志穂は、惣のスマートフォンを借りて文字を打っていく。隣から画面を覗き込んでいた惣を窺うように、視線を上げた。

『惣のこと、考えてたから』

惣は深くため息をつくと、両手で口元を覆った。

彼の耳が微かに赤いのは、もしかして照れているからだろうか。そうだったらいいな、と志穂は残ったココアを飲み干したのだった。


「お先に失礼します」

「お疲れ様」

志穂は帰宅する同僚に挨拶《あいさつ》を返すと、凝《こ》った肩をぐるぐると回しながら、斜め向かいで仕事をする隆史に視線を送った。

奈々は座ってパソコンを見ているのが限界だったようで、真っ青な顔をしていた。それでも本人は定時まではと頑張っていたのを、惣に相談し早退させたところだ。

隆史はそんな奈々を心配する様子も見せない。それどころか、一週間前にリーダーを外されてから、ますます態度が悪くなったと評判は地に落ちている。

惣と相談し、奈々の仕事を在宅のデザイナーに割り振って進めてもらっているため、多少の残業は増えるが仕事のカバーはなんとかなっている。

ただ、会社で一言も話さなくなった隆史と奈々が心配だった。

（上園さんとは和解したけど、井出さんとの関係に私が口を出すわけにはいかないしね）

隆史と奈々の関係など、志穂が気にする必要はない。しかし、中途半端に関わってしまっただけに気にかかるのだ。

（惣は……まだ会議室だよね。キリもいいし、先に帰ろうかな）

志穂はパソコンの電源を落とし、帰り支度をする。一緒に帰れたらと思っていたが、人事部長との打ち合わせに時間がかかっているようだ。

「松浦くんはまだ帰らないの？　大丈夫？」

向かいに座る松浦に声をかけると、感動したように目を輝かせる。

だが、ずっとパソコンを見続けていたからか疲れた顔をしていて、半分ほど目が閉じていた。

「志穂さんが労《ねぎら》ってくれるだけで疲れが吹き飛ぶんで平気っす」

「いや、冗談言ってないで」

「大丈夫っすよ。いつものことなんで。この仕事が終わったら、有休取って寝だめするし。もう遅い時間ですから、志穂さんも帰り道に気をつけてくださいね。なんなら取締役が戻るのを待って一緒に帰ったらどうっすか」

「そう思ってたんだけど、まだ時間がかかりそうだから。ご飯でも作って待ってるよ」

「うわぁ、志穂さんのご飯、羨《うらや》ましい～。つか、その言葉で残業よりダメージ受ける……」

「じゃあ、帰るね。お先に」

「お疲れ～っす」

松浦に手を振り、十階のフロアを出てエレベーターに乗り込んだ。さすがに二十一時を過ぎて残業している社員は少ないのか、誰も乗ってこないまま一階に着く。

駅に向かい、間違えないように電車を乗り換える。疲れていると、つい前のアパートに帰ろうとしてしまうのだ。惣のマンションは駅から徒歩一分の立地のため、残業で遅くなっても夜道を歩かずに済むのがありがたい。

マンションの前に着いて、ほっと肩から力を抜いた瞬間、突然背後から腕を掴まれた。

「……っ」

驚きと恐怖で声も出せずにいると、引きずられるように暗い方へと連れていかれる。

エントランスの明かりに照らされて相手の顔が見えて、志穂は愕然《がくぜん》と呟いた。

「井出さん……どうして、ここに」

腕を掴むのが知り合いとわかり、恐怖心はやや小さくなった。だが、警戒心が湧いてくる。志穂を尾行したのでもなければ、隆史がここにいるはずがないのだ。

「手を離してください」

「だめだ」

腕を振り払おうとするが、強い力で掴まれていて敵《かな》わない。

「お前、引っ越したんだな」

「質問に答えてません。どうして、ここにいるんですか？　私をつけてきたんですか？」

毅然《きぜん》として返すと、舌打ちが聞こえる。

「なんでもいいだろ。なぁ、志穂……俺とよりを戻そう。冷たくしたのは悪かったよ。でも、お前が悪いんだぞ。俺に構ってほしくて、うそをついたんだから」

「なにを言ってるんですか。井出さんは、上園さんと結婚したんでしょう！」

叫ぶように言うと、ため息まじりの言葉が返された。

「あんな女、もういいよ」

「あんな女って……」

壁に追い詰められて、荒々しく息を吐く隆史の顔が近づいてくる。

志穂がさっと顔を背《そむ》けると、隆史は苛立たしげに壁にどんっと手を突いた。志穂がびくりと肩を揺らすのを見て、にやりと笑う。

「取締役と付き合ってるなんてうそだよな？」

「うそじゃありません」

志穂がはっきり言うと、ふたたび舌打ちが聞こえてくる。

「俺は最初からあんな女、本気じゃなかったんだ。わかるだろ？　あいつ、全然言うこと聞かねぇし、わがままだし。妊娠したって言うから、仕方なく結婚したんだ。やっぱり女は従順なのが一番だよ。俺はお前がいい。お前もだろ、志穂……わざわざほかの男といるのを見せつけて、俺を嫉妬させるんだから。悪かったって。謝るから、戻ってこい」

隆史は壁に肘をつき、志穂を抱き締めながら顔を近づけてきた。

「やめてくださいっ！」

志穂が叫ぶように言うと、耳のすぐ近くでまたもや舌打ちされる。

以前、付き合っていたとは思えないほど、隆史の体温や匂いを悍《おぞ》ましく感じた。

「私が好きなのは惣だけです！　あなたとはもうとっくに終わってる！」

「……お前まで俺に逆らうのか」

ぞっとするほど低い声だった。触れられた腕が総毛立ち、なにをされるかわからない恐怖で足ががくがくと震える。

もともと強引な人だったけれど、こんな犯罪紛いのことをするような人ではないと思っていた。けれどそれは、志穂がずっと隆史の前で従順な態度を崩さなかったからかもしれない。

そのとき、バッグの中でスマートフォンが振動する音が響く。驚いたのか隆史の腕の力が一瞬だけ緩み、志穂はその隙に隆史めがけて持っていたバッグを振り回した。

「……っ、いってぇ」

運良くバッグの金具が頬を掠めたようで隆史がたじろぎ、志穂と距離を取った。

「おいっ！」

志穂は急いでマンションの入り口に走り出した。後ろから隆史が追いかけてきているような気がするが、怖くて振り返れない。

自動ドアを通り、震える手でバッグの中から鍵を取り出そうとする。けれど、振り返ったら隆史がいるかもしれないと思うと、余計に焦ってしまい鍵がなかなか見つからない。

すると突然、後ろから肩を掴まれ、志穂はパニックになる。やみくもにバッグを振り回す腕を掴まれて、どうしたらいいのかわからなくなった。

「やっ……いやっ！」

「志穂？　ちょっと待て！　どうした？」

馴染みのある落ち着いた声が聞こえて手を止めると、志穂は肩で息をしながら恐る恐る後ろを振り返る。そこにいたのは帰宅してきた惣だった。

「……っ」

安堵と恐怖で声も出せず、志穂はその場に座り込んでしまう。みっともないとわかっていながらも、惣の足に縋《すが》りついてぼろぼろと涙をこぼした。

「志穂？　なにがあった？」

惣は床に膝をつき、志穂を抱き締める。ぐずぐずと泣く志穂に困り切っているだろうに、なにも言わずに胸に抱き寄せ、落ち着かせるように背中を叩いてくれた。

「も、平気……ごめん」

涙の跡の残る頬をそっと撫でられ、痛ましそうに見つめられる。抱きかかえられるようにして立たされて、ロビーを通った。

「部屋で話そう」

「うん」

玄関の鍵を開け中に入ると、志穂は靴も脱がずに惣に抱きついた。惣の体温が伝わってくると、それだけで安心する。

なにがあったのか気になっているはずなのに、惣はなにも言わずに志穂の身体に腕を回し、抱き締めてくれた。髪を撫でて、宥《なだ》めるように背中を叩かれる。

しばらくして落ち着いた志穂は、子どもみたいに惣に甘えていた自分が恥ずかしくなり、おずおずと彼の胸の中から顔を上げた。

「落ち着いたか？」

「……うん、ありがとう」

「中に入ろう。手が冷たい。冷えただろ」

惣は志穂の手を取り、リビングのドアを開けた。いつもなら洗面所で手を洗ってから行くのに、不安そうにする自分を心配してくれているのか、ソファーに腰かけると志穂をひょいと抱き上げて膝の上に座らせた。

今は惣と離れていたくなくて、また甘えるように彼の胸に顔を押し当てる。

「惣は、私を甘やかしすぎ」

「お前が甘えてくれることなんて滅多にないからいいだろ。で、なにがあったか、話せそうか？」

志穂は小さく頷き、先ほど隆史に会ったことを伝えた。あとをつけられ、強引によりを戻そうと迫られたことを伝えると、惣の目が鋭くなる。腕を掴まれ、襲われそうになったと話すと、抱き締める彼の腕の力が強まり、怒りを抑えるように深く息を吐くのが聞こえた。

「怖かっただろ。一緒に帰ればよかった」

惣が後悔を滲《にじ》ませた口調で呟いた。

「うん……でも、惣と一緒に暮らしてて、よかった。前のアパートだったら……」

想像して志穂は身体を震わせた。もし、志穂が前のアパートに住んでいたら、無理矢理家に押し入られていたかもしれない。その後どうなっていたかを考えると、胃をぐっと強く押されたように、吐き気が込み上げてくる。

「これからは、会社の行き帰りは一緒にしよう」

「うん」

「でもきっと、明日には解決する。遅くなって……怖い目に遭わせてごめんな。今回の件だけじゃなく、俺はあいつが志穂にしたことを許していない。お前の憂《うれ》いは、俺が全部取り除いてやるから」

惣は宥《なだ》めるように志穂の髪を撫で、額に口づけた。

「……明日？」

「明日になればわかる。今はこのまま眠っていい。おやすみ」

額に彼の唇が触れると、志穂の瞼《まぶた》が自然と閉じた。力強い腕の中で、志穂は安心して眠りに落ちたのだった。

＊　＊　＊

人事部との打ち合わせが終わり、惣は会議室を出た。

打ち合わせの内容は、部下数名から相談を受けていた件について調査結果が出たため、本人からの聞き取りを経て、処分を決定する……ということだった。

聞き取りは名目だけですでに証拠も揃っている。

惣はようやくか、と胸を撫で下ろしながら、志穂を想った。真綿で包むように大事にしたいと思っているのに、志穂はなかなか守らせてはくれない。

とんでもなく自己評価が低いものの、志穂は昔から芯が強かった。井出の裏切りがわかったときも、惣の心配を余所《よそ》に、上園や井出を責める言葉は何一つ吐かず淡々と仕事をしていたのを覚えている。本当は惣の助けなんてまったく必要としていないのもわかっていた。

守りたいと思うのも、憂《うれ》いを取り除きたいと思うのも、自分のためだ。志穂に、自分以外のことに目を向けてほしくなかった。

惣は開発事業本部のフロアに戻り、志穂の席に視線を送った。

「志穂さん、ついさっき帰りましたよ」

「お前はまだいたのか」

志穂の向かいの席に座る松浦から声をかけられ、目を向ける。

「もうちょっとだけ。今出れば、同じ電車に乗れるんじゃないっすか」

軽薄な口調だが、松浦はこれで案外チームワークを大事にしている。それを志穂から学んだと、外せない飲み会で酔っ払った松浦に絡まれ聞かされた。

新人の頃、先輩エンジニアからあれこれと雑用を押しつけられ、いっぱいいっぱいになっていた松浦のフォローを買って出たのが志穂らしい。

決して恩着せがましくなく世話を焼かれた松浦が志穂に懐《なつ》くのは当然で、仕事をそれなりにこなせるようになった今では、恩返しとばかりに志穂一人に負担が集中しすぎないように動いている。

「お前はもういいのか？　志穂のこと、好きだよな？」

「あぁ、やっぱり気づきますよね。つか、志穂さん、鈍すぎません？」

ため息まじりに呆れたように言うくせに、松浦は志穂への恋愛感情を隠そうともしない。これでよく気づかないものだ。

「つか、志穂さんのあんな幸せそうな顔を見せられたら、勝ち目なんてないじゃないっすか。しかも、本人無自覚っすよ」

「だから可愛いんじゃないか」

「もう、惚気《のろけ》は勘弁してください」

松浦は顔を歪《ゆが》めながら、肩を竦《すく》めた。

「惚気《のろけ》られたくないなら、志穂に構うなよ」

「恋人は無理でも、友人にはなれると思ってるんで。無理っす」

「お前な……」

諦めるつもりがあるのかないのかわからない松浦に「お先に」と声をかけ、フロアを出た。

年甲斐もなく五つも下の後輩を牽制《けんせい》している自覚はあり、恋人関係であっても余裕のない自分に苦笑が漏れる。

（まだ、ホームにいればいいが）

腕時計を見て、早歩きで駅に向かった。ホームで志穂を捜すが、一本前の電車に乗ってしまったのか、彼女の姿はない。

ようやく最寄り駅に着き、惣は足早にマンションに向かった。少し離れた場所からエントランスにいる女性の姿が目に入る。志穂の姿を間違えるはずもなく、自動ドアを抜けて彼女の肩に触れた。

「志穂？」

すると志穂は、大袈裟《おおげさ》なほどに驚き、過呼吸になったかのように呼吸を乱す。もしかして驚かせてしまったかと思うも、慌て方が尋常ではない。

「やっ……いやっ！」

「志穂？　ちょっと待て！　どうした？」

惣が声をかけると、ようやくこちらに気づいたように志穂が振り返った。そして膝から崩れ落ちるように座り込んでしまう。見る見るうちに彼女の目に涙が溜まり、ぼろぼろとこぼれ落ちる。

「……っ」

「志穂？　なにがあった？」

怯《おび》えるようななにかがあったのかと気が急《せ》く。志穂の状態は普通ではなかった。

さっと志穂の全身に目をやり、けがなどをしていないか確認する。志穂は腕の中で震えており、なにかあったのは間違いなかった。

「も、平気……ごめん」

惣は志穂の身体を支えながら立たせると、オートロックを解除してエントランスを通った。

部屋に着いてからも、不安そうにする志穂から離れる気にはなれなかった。

話を聞くと、元恋人である井出が彼女に乱暴を働こうとしたらしい。惣は、志穂に触れる権利を自ら手放した愚かな男に対して、言いようのない怒りを覚える。

「これからは、会社の行き帰りは一緒にしよう」

惣は志穂の髪を撫でながら、囁《ささや》くような声で伝えた。志穂の呼吸が次第に深く長くなっていく。

「うん」

自分のそばにいることで安堵してくれたのかもしれない。

「でもきっと、明日には解決する。遅くなって……怖い目に遭わせてごめんな。今回の件だけじゃなく、俺はあいつが志穂にしたことを許していない。お前の憂《うれ》いは、俺が全部取り除いてやるから」

「……明日？」

「明日になればわかる。今はこのまま眠っていい。おやすみ」

惣は志穂が寝入ったのを確認すると、額に口づけ、彼女の身体をそっと持ち上げた。

志穂を寝室のベッドに連れていき、コートとシャツを脱がして、起こさないようにスカートとストッキングを足から引き抜く。さすがにパジャマを着せるのは難しかった。

惣は風邪を引かないように志穂にふとんを掛けると、寝室を出た。


そして翌日。

志穂と出社した惣は、席に着いていた井出を二十階にある重役用の会議室へ呼び出した。

会議室に入ってきた井出は、そこに居並ぶ面々を見て、顔色をなくした。

開発事業本部長であり取締役でもある惣を始めとして、副社長、人事部長、ハラスメント対策室長とくれば、青ざめるのもわからないでもない。

「開発事業本部の井出……です。あの、お呼びと伺いましたが……」

「そこに座りなさい」

井出は人事部長の言葉で「はひ」と情けない声を出し、椅子をがたつかせながら席に着いた。

おそらく頭の中では、なんの件で呼び出されたのか、そしてどうすれば言い逃れできるのかと言い訳を考えていることだろうが、会社としても彼の愚行を見逃すわけにはいかなかった。

このご時世、どの企業もハラスメント対策は徹底的に取られているというのに、井出の行為は時代錯誤も甚《はなは》だしい。

しんとした会議室が落ち着かないのか、井出は額に滲《にじ》む汗を手の甲で何度も拭いていた。しばらくすると、ノックが聞こえて上園が姿を現した。

「あの～ここに来るようにと言われたんですけど」

ドアを開けてそっと顔を覗かせた上園は、井出の姿を見て顔を顰《しか》めた。まるで毛虫でも見たかのように嫌悪を滲《にじ》ませている。とても夫に向ける表情とは思えなかった。

「上園も座ってくれ。では、説明は私から」

惣が軽く頭を下げながら言うと、横並びに座る男性たちが頷いた。

「井出が、複数の女性社員に対してセクハラ行為を行っていたと、ハラスメント対策室に訴えがあった。ちょうど上園さんとの結婚を公表した頃だ」

「は?」

上園が間の抜けた声を上げる。

椅子を一つ空《あ》けて隣に座る井出が、勢いよく首をぶんぶんと横に振った。

「俺……わ、私は、そんなことはしていませんっ」

「証拠はあるし、それをここにいる全員がすでに確認している」

惣がボイスレコーダーをテーブルに置くと、井出は一転して眦《まなじり》を吊り上げた。

「誰が、録音を?」

わなわなと肩を震わせて、自分を陥《おとし》いれた女性に怒りを募《つの》らせているようだ。セクハラに対して罪悪感の欠片《かけら》すら持っていないらしく、今まで女性にどう接してきたかが見て取れる。

「私の指示で録音してもらった。聞きたいなら、ここで流そうか?」

惣が上園にちらりと視線を向けながら言うと、井出は悔しそうに唇を噛みしめ、短く「いえ」と答えた。とても妻に聞かせられる内容ではないと自分でもよくわかっているのだ。

井出からセクハラ被害を受けていた女性社員たちは、皆、志穂のように強く出られないタイプばかりだった。井出は従順でおとなしい女性を狙い、結婚を囁《ささや》きかけ、言いなりにさせていた。

恋人だと思っていた女性らは井出の結婚に驚き、騙《だま》されていたと知ったという。そして志穂が井出のストーカーをしているという噂を聞き、自分も同じ目に遭うのではと危機感を覚えて惣に相談してきた。

惣は調査を進めることを約束し、可能であれば井出との会話を録音しておいてほしいと頼んだ。

「ねぇ、ちょっと待って……小島さんだけじゃなかったの？」

上園は怒りに顔を歪《ゆが》ませながら、隣を見つめた。井出は決まりが悪そうに目を逸らすと、先ほどまでの勢いをなくし、しどろもどろになる。

「いや、あの……それはさ」

「しかもなにセクハラって。キモ！　あり得ないんですけど！」

とっくに井出への愛情などないのだろう。冷え切った声だった。

「あり得ないって……夫に対してなんだよっ」

「はぁ？　まだ夫のつもりでいるわけ？　やめてよ。私の見る目を疑われちゃうでしょ。帰ったら離婚届ちゃっちゃと書いて。あと、この子の養育費は一括でもらうから」

「い、一括って……」

井出がなにかを言えば、百倍返しとばかりに上園がやり込める。本命は上園だったかもしれないが、井出がなぜおとなしいタイプの女性ばかりを狙ってハラスメント行為をしていたのかを全員が察したところで、惣が割って入った。

「夫婦の話はあとで二人でしてくれ。話を進めるぞ。井出は本来ならば懲戒解雇処分となるが、身重の妻もいるということで、子会社となる関連企業への辞令を出すことにした。場所はフィリピンにある工場だ。受けるなら、五月の頭には移動できるように諸々《もろもろ》の準備をしておくように」

惣のあとを引き継ぎ、人事部長が口を開く。

「当然、君には断る権利があるが、そうなると解雇は免《まぬが》れない。会社として譲歩できるのはそこまでだ。よく考えて結論を出すことだ」

話は終わりだとばかりに、人事部長が立ち上がった。

「ちなみに、海外への転勤で夫が単身赴任の場合、手当という形で別に給与が支払われるぞ」

惣は上園に向けて伝えた。

するとー転して彼女が顔を輝かせる。

「え、そうなんですか！　やった！」

離婚か結婚の継続か、どちらが幸せなのかは惣が考えることではない。井出に対しての愛情はないだろうが、どちらにしても彼女なら上手くやりそうだ。どこまでもしたたかな女性である。

「今日から来月までは転勤までの準備期間として休んで構わない。フロアには顔を出さなくていいから、そのまま帰れ」

「……わかり、ました」

井出は座り込んだままぐったりしたようにテーブルに肘をつき、俯《うつむ》いていた。「なんでこんなことに」という呟きが聞こえて、惣は井出の肩に手を置いた。

「それと、別件で私の恋人にしたことについては、昨夜のうちに警察に連絡は済んでいる。お前がしたことが簡単に許されると思うなよ」

井出の額からぽたりと冷や汗が流れ落ちた。弱々しく肩を縮こまらせ、真っ赤な目をして唇を震わせている。

志穂が被害届を出すことになっているから警察の事情聴取はあるだろうが、おそらく罪には問われない。上園が上手く井出の手綱を握ってくれるように祈るばかりだ。

惣が会議室を出て十階のフロアに戻ると、心配そうにこちらを見る志穂と目が合った。

志穂には朝起きてすぐに事情を説明してある。井出の罪状を聞いた志穂は、同情するでも喜ぶでもなく淡々と頷いた。どうでもいい、とでも言うように。

もうすっかり井出とのことは過去になったのだと思うと、ほっとした。


そして一ヶ月後の五月初旬。

井出はフィリピンへの単身赴任が決まり、一人で旅立っていった。離婚はしないことにしたようだが、上園は見送りにも行かず普通に出勤していたらしい。

なお、上園からの異動願いを受け、彼女は産休に入るまでの期間、営業部で補佐として勤務することとなった。営業部に同行した際、自分にはこちらの方が向いていると思ったようだ。

もともとデザイナーの仕事に、まったくこだわりはなかったと聞く。

本格的に担当を持つのは育休後になるだろうが、明るく物怖じしない性格はクリエイターよりも営業向きで、案外楽しくやっているという。

第五章

立秋が過ぎても、秋の気配はまったく感じない。今年は猛暑と言われていたが、人の体温を超える気温を連日叩き出すのだから、参ってしまう。

志穂はようやく迎えた夏季休暇のこの日、下ろしたばかりのノースリーブワンピースとボレロ風の薄手ジャケットを合わせ、しっかり目に化粧をした。

美容室で髪をセットしてもらうと、迎えに来た惣の車に乗り込んだ。エアコンの冷えた空気で汗が引きほっとする。

「迎えに来てくれてありがとう」

「髪、似合ってるよ」

「ありがと。惣もね」

志穂は巻いた髪を首の上でシニヨンにして、パールのヘアアクセサリーで留めていた。イヤリングも同じパールで合わせている。

運転席に座る惣は、ブラックスーツに身を包み、ジャケットはしわにならないように後部座席のハンガーに掛けてあった。髪はきっちりとワックスでセットされており、いつも以上に目を引く。

「時間、間に合うよね？」

「あぁ、余裕だろ」

果穂の結婚披露宴《ひろうえん》のため、都内にあるホテルへ向かっている。志穂は親族としての列席だが、惣も同じ時間に行くことになったのだ。

「晴れてよかったな」

「うん、ドレスも楽しみ」

「そういえば、ホテルも取っておいてくれたって？」

「そうなんだよね。そんな遠方じゃないから私たちの分はいいって言ったんだけど。あの……せっかくだから泊まったらって」

次は志穂の番なんだから下見できるでしょ、と果穂に言われたことは伝えなかった。プロポーズの予約はされているとしても、自分から結婚の話題を口に出すのは恥ずかしすぎる。

(だって、贅沢《ぜいたく》な悩みだよね……早く結婚したい、なんて)

惣と一緒にいられるだけで幸せだと思っていたのに、日に日に惣と結婚したい思いは高まっていて、実家に帰った際、果穂とその夫となる人と顔を合わせ、その気持ちはより強くなった。

果穂の夫は、落ち着いた話しぶりの面倒見の良さそうな人だった。

優しげな面立《おもだ》ちのせいか、小学校の先生を思わせる。その夫の隣で笑う果穂を見ていると、恋愛で人はこうまで変わるのかと驚いたし、幸せそうなことにほっとした。

なにもかもをなかったことにするのは難しいが、嫌味のない果穂の笑顔を見ていたら幼い頃を思い出したのだ。久しぶりに家族全員が揃ったことで両親も喜んでおり、早めに帰るつもりだったのに結局夕方まで空白の期間を埋めるように果穂と話をした。

「そうだな。せっかくの果穂の厚意だ。俺たちが式場やホテルを選ぶときの参考になるし、ありがたく受け取っておこう」

ハンドルを握る惣が当たり前のように頷いてくれることにほっとする。

自分たちはどんな場所で結婚式を挙げるのだろうか。惣の立場を考えると、それなりに格式高いホテルを選ぶべきだろう。そんな想像を巡《めぐ》らせているうちに、車はホテルに到着した。

両親は着付けのため早めにホテルに到着しているはずだ。親族は写真撮影や両家親族の紹介の時間があり、空《あ》いた時間で両親に彼を紹介するつもりでいる。

志穂はフロントに荷物を預けて、親族控え室に向かった。

室内にはすでに着付けを終えた両親がいて、久しぶりに会う親戚の姿もある。惣を連れていくことは両親には伝えていたが、控え室に入ってきた惣を見て、年下のいとこたちが色めき立った。

「お父さん、お母さん、こちら宮川惣さん」

「この度は果穂さんのご結婚、おめでとうございます。初めまして、宮川と申します。志穂さんと、結婚を前提としたお付き合いをさせていただいております」

彼が挨拶《あいさつ》をすると、ぽかんと惣を見ていた母が「あらまぁ」と口に出した。

「ご丁寧にありがとうございます。志穂の母です。こっちは主人」

「親族でもないのに、お邪魔して申し訳ありません」

「志穂から聞いてたし、果穂のことも知ってるんでしょう。それに結婚を考えてるなら親族も同然だからいいのよ。あ、どうせなら写真撮影も一緒に入っちゃって。お父さん、いいわよね？」

母はウキウキとした口調で父に同意を求めた。

「うん、いいんじゃないか」

惣は礼を言って、志穂の隣に腰かけた。惣は、志穂とは大学時代に知り合い、職場で再会し同棲に至るという話を、言葉巧みに両親に伝えた。大学時代に一ヶ月だけ交際していたという話はぼかしていた。

志穂は母と惣に挟まれながら、時々相槌《あいづち》を打つくらいで、話していたのはほとんど惣だ。

(こういうところ、本当に頼りになるよね)

どんな相手でもすっと懐《ふところ》に入ってしまう惣を両親が気に入らないはずがないと思っていたけれど、こうなってくると自分が彼の両親に挨拶《あいさつ》をするときが心配だ。

特に志穂は初対面の人と話をすると、愛想がないと思われることが多い。今のうちから笑顔の練習をしておこうかと考えて、まだプロポーズもされていないのにと我に返る。

写真撮影のため控え室からスタジオに移動すると、ウェディングドレスに身を包んだ果穂が先に待っていた。

「果穂、綺麗」

「志穂～どうしよう。すごく緊張する。あ、宮川先輩、お久しぶりです」

果穂は志穂の肩に手を置くと、何度も深呼吸をしていた。挙式の流れを説明されたらしいが、時間が経つうちにすっぽり抜けそうでハラハラしているらしい。

惣と果穂が会うのは、大学以来だ。果穂に昔の恋心が戻るのでは、という心配はしていなかったが、ウェディングドレス姿の果穂に惣が見蕩れたらいやだなと思う気持ちはほんの少しあった。

「久しぶり。今日はおめでとう。楽しみにしてる」

「ありがとうございます」

一歩引いたような二人の態度に懸念はあっさり払われる。サークルでそれなりに親交はあったはずだが、親しげな様子はまったくなかった。そして惣は果穂の夫となにやら楽しそうに話し始めた。

すると、果穂が志穂に身体を寄せて、内緒話でもするように手を耳に当てた。

「そうそう、志穂。ここね、チャペルがガラス張りになってて、ロケーションが最高なの。披露宴《ひろうえん》の料理にもこだわったから、楽しみにしてて。ほら、これから式場の見学とか行くでしょ？　ぜひ、参考にしてね」

「え、いや、私たちはまだ具体的には決まってないから」

「同い年の子どもが生まれたらいいよね」

果穂は目を輝かせながら語るが、子どももなにもまだ志穂は結婚すらしていない。それなのに果穂にそう言われて、その気になりかけてしまう自分がいた。

妊娠や出産の不安を分かち合える人がいたら心強いな、と。惣と上手くいっているからか、自分の妄想が本当にひどい。

「そうできたらいいなって私も思うけど」

「でしょ。じゃあ、先輩と頑張ってね」

果穂は声を弾ませながら楽しげに笑った。

「頑張ってってなにを！」

「そりゃ、たくさんイチャイチャしてねってことだよ」

志穂は頬を真っ赤に染め、声にならない声で叫んだ。隣にいる惣には聞こえないように声量は控えているが、まさか自分たち姉妹が下ネタに花を咲かせているとは思ってもいないだろう。

果穂にからかわれているうちに、カメラマンの準備が整ったのか果穂が呼ばれる。親族がぞろぞろと並びだし、志穂と惣も指定された位置についた。

そのあとは慌ただしくまた会場を移動することとなり、親族の紹介、挙式と、果穂と話す暇もないまま進んでいった。

果穂に聞いていた通り、チャペルは高い天井《てんじょう》と大きなガラス窓が開放的で、新郎新婦が前に立つとまるで海に浮かんでいるような幻想的な光景となる。

披露宴《ひろうえん》も無事に終わり、果穂が予約してくれた部屋に入ると、デスクの上に果穂が持っていたブーケが置かれていることに気づいた。

「あ、これ」

志穂はベッドに座りながら、ブーケとカードを手に取った。

メッセージカードには、「次は志穂の番。今日はありがとう」と書かれていた。今日の結婚式を思い出し、胸が熱くなる。

「そうだな。次は俺たちの番だ」

隣に座りカードを覗き込んだ惣が、ポケットからなにかを取り出した。左手を取られて、薬指に指輪が嵌《は》められると、ときが止まったかのように身動きできなくなる。

「志穂、結婚しよう」

「は、はいっ」

ひっくり返った声で返すと、楽しそうに惣が笑った。

結婚式の余韻から抜け出せず夢見心地でいたせいで、もしかして本当に夢なのかもしれない、と思ってしまった。

「わかりやすいプロポーズをするって言っただろ」

聞き間違いでも夢でもなかった。惣が自分を好きでいることは態度や言葉から伝わってくる。自分なんか、とは思わないが、惣のような人がどうしてここまで、とは思ってしまう。そんな胸の内を見透かしたように惣が言葉を続けた。

「ずっと、お前を忘れられなかった。でも志穂と添い遂《と》げたいと思ったのは、過去の気持ちだけじゃない。井出や上園のことで悩みながらも、二人への態度に私情を決して挟まなかった。あいつらを責めたかっただろうに、仕事は仕事だと割り切っていた。そういう志穂の芯の強さを見ていて、俺が幸せにしたいと思うようになったんだ」

「……私は、そんなにできた人間じゃないよ。ただ単に、上手く感情を表に出せなかっただけで。

知ってるでしょ？　果穂の言うことを真に受けて、逃げたときと同じだよ」

美化してくれているが、隆史のことも同じように諦めただけだ。惣に救われていなければ、退職していただろう。あのとき、その決断をしなくてよかったと思う。惣のそばにいられないなんて、もう考えられない。

「お前のそれは欠点じゃない。妊娠中の上園の心配までするんだから、むしろ美徳だろう。俺の方がよほど大人げなかったぞ。なにせ、志穂との交際を井出に見せつけてやりたいと思っていたくらいだからな」

志穂が思わず笑うと、耳元で笑った惣に両頬を包まれ、額に額を押し当てられる。

彼は真剣な目をして、言葉を重ねる。

「結婚しよう」

「はい」

志穂は幸せを噛みしめるように唇を引き締め、頷いた。瞬《まばた》きと同時に膜の張った目から一滴の涙が溢《あふ》れてこぼれ落ちた。

彼からのプロポーズを今か今かと期待して待っていたが、いざとなると驚きのあまり嬉しさを上手く言葉にできなかった。

ただ、リングの光る指を見つめると、胸が湧き立つほどの幸福感でいっぱいになる。惣もまた幸せそうに頬を緩めていた。

「嬉しい？」

「嬉しすぎて……なんて言っていいのか、わからないくらい」

志穂はふふっと笑いを漏らす。

「私も、惣と結婚したい」

志穂は惣の手を取り、指を絡めた。彼にもたれかかり頭を肩に載せると、繋いだ手を強く握られる。

「本当はもっと早く言いたかったんだけどな。一緒に暮らしてるからこそ、特別な日にプロポーズしたかった」

志穂は目を見開いた。

果穂が結婚式を挙げた今日は、志穂と果穂が生まれた日だ。

昔、別れたのは誕生日の前日だった。本当は一緒に祝えたらと思っていたが、言えなかった。それをずっと後悔していた。

当日、果穂と二人で過ごしているのではないかと想像しては泣き、自分の行動を悔やんだ。彼と果穂は一緒に過ごしてなどいなかったのに。

「この日なら忘れないだろ？　誕生日おめでとう、志穂」

志穂の手をシーツに縫《ぬ》い止めるように惣に覆い被さられ、啄《ついば》むような口づけを贈られた。下唇を軽く食《は》まれ、心地好さに目を細めると、口づけの合間に笑い声が漏れる。

「うん、ありがとう。プロポーズの日、絶対に忘れないね」

惣はベッドに膝立ちになりジャケットを脱ぎ捨てると、志穂の腕をバンザイをするように持ち上げてボレロを脱がした。

志穂も腕を伸ばし惣のネクタイを解き、ドレスシャツのボタンを上から外していく。

「志穂、ドレス脱がしたいから、うつぶせになって」

言われるまま横に転がりうつ伏せになると、首の後ろの小さなボタンが外され、ファスナーが下ろされていく。

「……っ」

彼の指先がうなじや背中に触れるたびに、くすぐったさであられもない声が漏れそうになる。見えないから余計に惣の指の動きを意識してしまい、ぴくぴくと肌が震えた。自分がそれだけ惣との行為を期待しているのだと気づくと、なかなか恥ずかしい。

わざとなのか、ことさらゆっくりとワンピースを肩からずらされて、手のひらが背中を這《は》い、下着の線を辿《たど》りながらブラジャーのホックを外す。

惣はベッドに膝をつくと、志穂に覆い被さるように四つん這《ば》いになり、焦《じ》らすように、楽しむように手のひらを背中の上に滑らせる。

「も……惣……っ」

肩甲骨や脇腹の近くを指が掠めるたびに、肌が震えて息が荒くなっていく。それをわかっているのかいないのか、掠めるようにうなじに口づけられる。

「ん、なに？」

「くすぐったい」

「感じてるのかと思った」

図星を突かれて、ぴくりと反応してしまう。背後から含み笑いのような吐息が聞こえると、惣の手のひらが前に回された。シーツにつぶされた乳房を左右から揉みしだかれると、全身が粟立《あわだ》つような心地好さに包まれ高揚していく。

「あっ、ん」

「腕ついて」

志穂が胸を持ち上げるように腕をつくと、中央に寄せるように乳房を押し回された。ふるりと揺れる柔肉を包まれ、つんと張り出た乳嘴《にゅうし》を指の腹で捏《こ》ねられる。

触りやすくなったとでも言うように、上へ下へと揺らされ、うなじに触れていた唇が肩や肩甲骨を辿《たど》り、背中にいくつもの赤い痕《あと》を残した。ちりちりと痛いようなくすぐったいような感覚がして身を捩《よじ》ると、その勢いのまま転がされ、舌が乳房の上を這《は》う。

「ひゃ、ぅ……っ、ふ……あっ」

飴玉でも転がすように乳首を口の中に含まれ、舐《な》めしゃぶられた。ちゅ、ちゅっと肌を吸う音を立てながら、乳輪をくるくると舌でなぞられ、硬くなった乳嘴《にゅうし》を弾くように動かされる。胸にかかる彼の吐息にさえ感じてしまい、下腹部がきゅっと切なく疼《うず》く。

「あっ、あぁっん」

唾液にまみれた乳首が淫《みだ》らに濡れ光り、ますます勃ち上がっていく。じっとしていられず腰を捩《よじ》ると、ファスナーを下ろされたワンピースがブラジャーと共に足から引き抜かれた。

明るい場所で裸を見られることには慣れたが、だからといって羞恥心《しゅうちしん》がなくなるわけではない。触れ合い程度のキスと胸への愛撫《あいぶ》だけで、尻に伝うほどの愛液がすでに溢《あふ》れてしまっている。

「や……っ」

じっとりと濡れて肌に張りついたショーツを見られまいと咄嗟《とっさ》に太腿を擦り合わせるが、膝を押さえられて足を開かれてしまう。

「今日はまた一段と濡れてるな。ストッキングにまで染みてる」

足の間をまじまじと見つめた惣は、感心したような声で言った。

彼はからかっているわけでも、バカにしているわけでもない。隠し事など不可能だとわかってはいても、プロポーズで昂《たかぶ》ってしまったと知られるのはいたたまれなかった。

「もう、脱がして」

彼の視線からは逃れられず、観念したように力を抜く。すると、ストッキングだけを丁寧に脱がされ、ベッドの横に落とされた。

「惣？」

惣は、いたずらを思いついたかのような顔をして、ふたたび膝を割り開いた。そして、肌に張りついたクロッチに指を這《は》わせると、秘裂に沿うように指を上下に動かす。

「はっ……あぁっ」

急に与えられた強烈な快感に驚き、背中が波打つ。ぐっしょりと濡れた蜜口は待ちわびた快感を悦《よろこ》び、さらに大量の愛液を溢《あふ》れさせる。

「ははっ、すげぇな、これ」

惣は胸元に顔を埋《うず》め、乳首をちゅっと吸いながら、ショーツ越しに谷間を擦り続けた。やがて指先が谷間の行きつく先に辿《たど》り着くと、包皮を捲《めく》るように指で押し回される。

「あ、アッ、んっ、ん、そこ」

「布越しでも勃ってる。ほら、わかる？」

囁《ささや》くように言われ、全身がかっと火照《ほて》った。

「わかるわけ、な……あっ、ん」

勃起するクリトリスがショーツの薄い生地《きじ》を押し上げている。淫芽の先端をくりくりと捏《こ》ねられ、隘路《あいろ》の奥がきゅうっと痛いほどに疼《うず》く。全身が蕩《とろ》けてしまうような心地好さに襲われて、志穂は腰を浮き上がらせながら身悶《みもだ》えた。

まるで肌と一体になったようにショーツがぴたりと肌に張りつき、溢《あふ》れる愛液を吸った。爪の先で花芽を弾かれ、蜜口を突《つつ》かれる。

彼はべろりと乳首を舐《な》めると、ますます楽しげに淫芽を捏《こ》ね回した。指の腹で押しつぶし、くるくると撫でる。そのたびに腰がびくびくと跳ね上がり、隘路《あいろ》が物欲しげに収縮した。

「や、も……っ、ちゃんと、して」

「なら、してほしいこと言わないと」

彼のセリフに頬が燃えるように熱くなった。その間も勃ち上がった淫芽をこりこりと擦られ、我慢も限界だった志穂は髪を振り乱しながらも願いを口に出す。

「直接、触って」

「触るだけでいいのか？」

彼は目だけを細めて笑みを浮かべると、ショーツの隙間から手を差し入れて、クリトリスを撫で上げた。

「ひ、ぁっ」

びくんと腰が跳ね、粘着性のある愛液がとろりと溢《あふ》れて惣の指を濡らした。感じすぎてしまう自分が恥ずかしいのに、自分の知らない自分をもっと暴《あば》いてほしいとも思う。

「指……と」

「ん？」

楽しげに惣の口角が上がる。志穂は乾いた唇を舐《な》めて唾を嚥下《えんげ》し、彼の頬に触れた。どんな痴態を晒《さら》しても、惣ならばきっと丸ごと愛してくれる、そんな自信があったから。

「いつもみたいに、舌で……してほしい」

志穂は腰を上げて、自らショーツを下ろすと、露《あら》わになった秘部を見せつけるように足を開いた。

すると惣の喉が上下に動き、興奮しきった息を吐き出した。

「志穂は、舐《な》めるとすぐ達《い》っちゃうもんな」

愛おしそうに額に額を押し当てられて、唇が塞がれた。突き出した舌の周りをくるくると舐《な》められ、溢《あふ》れる唾液を美味《おい》しそうに飲み干される。

角度をつけながら口づけが深まり、唾液の絡まる音がくちゅ、くちゅっと響いた。舌を強く啜《すす》られ、歯茎や頬裏を舐《な》められると、腰から甘い痺《しび》れが駆け上がる。キスだけでこうまで昂《たかぶ》ってしまう身体はどうしたらいいのか。

「ん……ふっ、う」

キスをしながらも彼の手の動きは止まらず、愛液にまみれた指で陰唇を上下に擦りながら薄い恥毛をかき分け、腫《は》れ上がった淫芽をくるくると撫で回した。

「はぁ、ぅ……んっ」

下半身からは引きも切らずにくちゅ、ぬちゅっと卑猥《ひわい》な蜜音が響く。

志穂はたまらずに腕を伸ばし、彼の背中に縋《すが》りついた。だが、キスと指の心地好さに意識が陶然《とうぜん》としてきたところで、唇が離される。

惣は身体を起こし、濡れた指で志穂の唇を軽く突《つつ》いた。そうしろと言われているわけでもないのに、そうするのが当然のように志穂は指を口に含む。

「ん……っ、むぅ」

二本の指で口腔《こうこう》をかき混ぜられた。志穂は指に舌を這《は》わせながら、ちゃぷちゃぷと音を立て、太い指を舐《な》めしゃぶる。この指が自分の蜜口をめちゃくちゃにかき回す想像に駆られると、彼を欲するように空《から》っぽの隘路《あいろ》がうねった。

「美味《おい》しい？」

「ふっ、う……ん、ん……しゅき」

惣は指で舌を優しく擦りながら、興奮で赤らんだ目で志穂を見つめた。見られていると思うと余計に興奮が高まり、下腹部が痛いほどに疼《うず》いた。無意識に惣の指をちゅうっと啜《すす》っていると、欲を孕《はら》んだ目を細めた彼が、はっと短く息を吐き出した。

「俺のを舐《な》めてるときと、おんなじ顔してる」

唇から唾液が溢《あふ》れて、顎《あご》を伝う。彼はそれを美味《おい》しそうに舌で舐《な》め取ると、唾液でふやけそうな指を引き抜いた。

「志穂、ズボン脱がして」

彼は濡れた手を翳《かざ》しながら言った。言われた通りにベルトを引き抜き、スラックスのホックを外す。スラックスとボクサーパンツを下に引っ張ると、すでにいきり勃った肉棒がぶるりと飛び出し、腹につきそうなほど反《そ》り返った。惣は羽織っていただけのワイシャツを脱ぎ、ズボンや下着と一緒にベッドの脇へ落とす。

「できる？」

「うん」

志穂は、ベッドに寝転んだ彼の上に跨《またが》り、足の方に顔を向けた。何度見られても、顔を跨《また》ぐように足を開くのは慣れない。けれど、そのあとには志穂が望んだ通りに何度も何度も気持ち良くしてくれるのだ。

口に入りきらないほどの太い肉棒を手で包み、笠の開いた先端に舌を這《は》わせた。ちゅっと軽く吸い上げると、口の中に苦味が広がる。丸みを帯びた亀頭を口に含み、舌を這《は》わせながら顔を上下に動かし、同時に手で扱《しご》くと、血管の浮き出た陰茎が手の中で脈打ちますます硬くなっていく。

「……っ、上手くなったよな」

惣は志穂の太腿や臀部《でんぶ》を撫でながら、荒々しく息を吐き出した。

「惣が……教えたんでしょ」

「あぁ、そうだな」

声に喜色が交じり、蜜口に息を吹きかけられた。期待に震える蜜穴はそれだけの刺激でとろりと新たな愛液を溢《あふ》れさせる。下腹部がきゅんきゅんと甘く疼《うず》き、早く早くと彼を急《せ》かす。臀部《でんぶ》を揉みしだきながら下に引き寄せられると、突き出した舌で陰唇をねっとりと舐《ねぶ》られる。

「あぁっ」

志穂は背中を仰《の》け反《ぞ》らせながら、凄絶《せいぜつ》な快感に全身を震わせた。谷間に沿って濡れそぼった秘裂をれろれろと舐《な》められ、溢《あふ》れる愛液をすくい取られる。甘やかな快感が腰から迫《せ》り上がり、頭の奥まで駆け抜ける。待ちわびた快感に隘路《あいろ》が悦《よろこ》び、目眩《めまい》がするほどの心地好さが広がっていく。

「ん、あ……はぁっ……あぁ、んっ」

「志穂、気持ちいい？」

淫芽を舌の先で転がすように舐《な》められ、引っ切りなしに溢《あふ》れる愛液はその都度啜《すす》られる。

クリトリスを根元から舌で扱《しご》き、先端を幾度となく吸い、志穂の唾液で濡れた指で浅瀬をかき回した。

「あぁぁっ、や……それ、すぐ……っ」

志穂は肉棒から口を離し、腰をがくがくと震わせながら甲高い声を上げた。下肢からは、惣が舌を動かすたびに、くちゅ、ぬちゅっと愛液の泡立つ音が立つ。迫りくる絶頂感に襲われて、隘路（あいろ）がきつく収縮を繰り返し、物欲しげに指を締めつける。

「い、あっ、もう」

舌を小刻みに動かされ、硬い芽をちろちろと舐《な》められると、もうたまらなかった。全身が強張《こわば》り、大きな波のような快感がやってくる。ひときわ強くクリトリスを吸われて、指でその裏側をなぞられると、息が止まるほどの凄絶《せいぜつ》な愉悦《ゆえつ》に襲われる。

「ひぁぁぁっ！」

首を仰《の》け反《ぞ》らせながら、みだりがわしい声を上げ、達する。

全身からどっと汗が噴き出て、足の間からさらりとした愛液が太腿を伝い流れ落ちていく。それを舌で舐《な》め取られて、その刺激にさえ腰が震えてしまう。

「はっ、あ、あっ……だめ、今、舐《な》めちゃ」

「志穂が出したのは、全部、俺のだろ」

恥ずかしいことを言われているのに、絶頂の余韻から抜け出せない志穂には言い返す気力もなかった。身体がぐらりと揺れて、彼の上にぐったりと体重を乗せる。目の前にそそり勃った彼のものがあり、言い返す代わりに顔を寝かせたまま陰茎に舌をぺろりと這《は》わせると、入ったままの指がゆらゆらと動かされる。

「あっ、んっ……なんで」

「ゆっくり中弄《いじ》ってやるから、続きして」

まるで焦《じ》らすように浅瀬をくちゃ、くちゃとかき混ぜられ、指の動きに反応して腰がびくびくと震えてしまう。

「少し擦るだけで、エッチな蜜がどんどん溢《あふ》れてくる。ほら、俺も達《い》かせてくれるんだろう？」

彼は楽しそうに声を弾ませながら、音を立てて中を解してくる。

「はぁ、ン、ん……むぅ……っ」

志穂は、陰茎の根元から先端に向かい、舌を這《は》わせた。唾液を絡ませ、上へ下へと動かしながら、濡れた亀頭を指で擦る。

「手も動かして……あぁ、いいな」

志穂は先走りと唾液にまみれた陰茎を扱《しご》き、大きく口を開け雁首を含む。膨れた男根を喉奥まで呑み込み、鼻で息をしながら必死に顔と手を動かした。開けっぱなしの口からは絶えず唾液が流れ落ち、淫靡《いんび》な音が立つ。唾液と先走りで手の滑りがよくなり、動きを徐々に速めていくと、惣の口から艶《なま》めかしい吐息が漏れた。

「ん……っ、飲まなくて、いいから」

彼は腰を引き、それを戻す。そして、志穂の口を使い自慰をしているように素早く腰を動かし始めた。ぐちゅ、ぐちゅっと口の中で唾液が泡立つ。

「んんっ、ぅ……はぁっ」

志穂は喉を貫かれるような苦しさに眉を寄せた。それでも、彼が感じてくれることが嬉しくて、自分まで釣られるように昂《たかぶ》っていく。志穂が口に力を入れれば、手の中にある男根がますます硬くなり、惣の腰がぶるりと震えた。もう少しといったところで、惣が勢いよく腰を引き抜く。

蜜穴から白濁が噴き出し、志穂の胸や腹にまで飛び散った。

「はっ……志穂……よかったよ」

惣は自身のものを緩く扱《しご》き上げ最後の一滴まで吐き出すと、手近にあったティッシュで後処理を済ませた。そして、疲れて身体をシーツに投げ出している志穂の足を持ち上げ、左右に開いた。

「あっ、なに……っ」

仰向けに寝転んだ状態でぱかりと足を開かれ、太腿まで蜜にまみれた股間を凝視される。萎《な》えた肉塊を足の間に擦りつけられ、徐々に硬さを取り戻していく様を見ていると、期待に喉が鳴る。

「ほんと、感じやすくなったよな。やらしくて、可愛いよ」

惣は興奮しきった息遣いで綻《ほころ》んだ蜜穴を肉棒の先端で軽く突き、淫芽を親指で押しつぶしたり、捏《こ》ね回したりする。

「あぁっん」

志穂はたまらずに首を仰《の》け反《ぞ》らせ、甘く喘《あえ》ぐ。時折、張り出した先端でぐっぐっと蜜穴を突かれると、気持ち良くていてもたってもいられず腰を揺らしてしまう。

弄《いじ》られてもいないのに乳首はつんと尖って上を向き、ふるりふるりと肉を揺らす。

「たまらないな。そんなに俺が欲しかったのか?」

惣は、勃起する淫芽をくにくにと優しく捏《こ》ねながら、濡れそぼる陰唇を擦り上げた。

隆起した肉塊で秘裂をなぞり、ぬちゃぬちゃと愛液を泡立てると、空《あ》いた手で勃起した乳首を掠めるように爪弾く。

「ひぁ、あぁっ、は、んんっ」

蜜穴を突かれるたびに、このまま貫かれるのではという期待に胸が高鳴る。同時にクリトリスや乳首を責められ、気持ち良くてたまらない。粘ついた音を立てながら雁首が抜き差しされると、蕩《とろ》けそうになるほどの喜悦《きえつ》が下腹部から生まれ、離すまいと隘路《あいろ》が蠕動《せんどう》する。

「物欲しそうに、吸いついてくる」

「はあっ、も……お願い、挿《い》れて」

口戯《こうざ》に耽《ふけ》り、昂《たかぶ》ってしまった身体は、飢《う》えたように惣を求めていた。早く彼の太いものを挿《い》れてほしくて、それを想像するだけで達してしまいそうになる。太い陰茎でなぞられるだけで耐えがたいほどの情欲に襲われ、腰がかくかくと揺れる。

「ちょっと待て」

彼はベッドの脇に落としたスラックスのポケットから避妊具を取り出すと、自身の欲望にするすると被せていく。綻《ほころ》んだ蜜穴に硬く張り出した亀頭を押し当て、一気に最奥《さいおう》まで突き立てた。

「あぁぁっ！」

目の前がチカチカして、息が詰まる。隘路《あいろ》を埋め尽くす肉塊で最奥《さいおう》をごんごんと穿《うが》たれ、得も言われぬほどの心地好さに包まれた。全身がびくびくと小刻みに痙攣《けいれん》し、滴《したた》り落ちてくる彼の汗にすら肌を震わせてしまう。

「はぁ、あぁぁっ、ん、あっ」

全身を揺さぶられて、ずんずんと激しく貫かれた。これ以上ないほどの快感に満たされて、口から出る言葉はすでに意味をなさない。

「あぅ……っ、ん、あぁ……は、あっ」

何度となく達して身体は疲れ果てているのに、欲望には際限がなく、ずるりと引きずり出されるたびにうねる媚肉が彼を引き留めようと蠢《うごめ》く。

「あー、気持ちいい」

惣は感に堪《た》えない声を漏らし、さらに突き上げのスピードを速めていく。志穂の腰をしっかりと掴み、腰を叩きつけるように陰茎を押し込んだ。縋《すが》りつく志穂の手を握り、身体を前方に倒す。

「んん〜っ、あ、ふぁっ、は、あぁぁっ……んっ」

彼のものがさらに奥に入ってくる。唇を貪《むさぼ》られ、喘《あえ》ぎ声さえも塞がれる。舌をぬるぬると舐《な》められると心地好さが全身に広がり、うねる蜜襞が肉棒に絡みつき締めつける。

「ほら、一緒にするの、好きだろ」

惣は軽く口づけながら、激しく腰を振り立てた。

「ん、んっ、ふ……うっ」

中央に寄せた胸をぎゅうぎゅうと揉みしだかれ、乳首を捏《こ》ねられる。指の腹で掠めるように優しく擦り、上下に弾く。もうどこもかしこも気持ち良くてたまらない。

彼が腰を揺らすたびに、ぬちゅ、ぬちゅんと粘着性のある淫靡《いんび》な音が響く。結合部で愛液が糸を引き、肌と肌を濡らしている。

「はぁ、あぁ、す、き……っ、そこ、ん、ひゃぁ」

容赦のない律動で追い詰められて、気が遠くなるほどの心地好さが波のようにやってくる。髪を振り乱しながら、背中を弓なりにしならせ悲鳴のような嬌声《きょうせい》を上げた。

「はっ、あ……すごいな、中、ぐちゃぐちゃだ」

興奮した惣の声にさらに煽《あお》られる。じゅっと強く乳首を吸われ、親指と人差し指で摘《つま》み上げられ、こりこりと捏《こ》ねられる。すると、おびただしいほどの愛液が溢《あふ》れて、うねる媚肉がさらに怒張《どちょう》を扱《しご》き上げた。

「あぁっ、乳首……もっと、ん、気持ち、いっ」

「……っ、そんなに締めつけたら、もたない」

荒々しい息を吐き出しながら惣が言った。唾液にまみれた乳首が濡れて光り、ふるりと揺れる魅惑的な様《さま》に誘われる。

舌で志穂の乳首を転がし、指が食い込むほどの強さで乳房を上下左右に揉みしだくと、玉のような汗が志穂の首筋に浮かんでくる。それをべろりと舌で舐《な》め取り、さらに腰の動きを速めていった。

「はぁ、だって、ぐちゅぐちゅ、すごいの、あぁぁっ……もぅっ」

志穂は縋《すが》りつくように惣の背中に腕を回した。もはや自分でもなにを言っているのかわからず、頭の奥が痺《しび》れたようになにも考えられなくなる。

「ははっ、えろ」

楽しげな惣の声すらも耳に入ってこない。

腰を押し回すようにして、あらゆるところをぐりぐりと抉《えぐ》られた。腹の底から迫《せ》り上がってくる快感が脳天を突き、目の前が真っ白に染まっていく。

ちゅぱちゅぱと乳首をしゃぶりながら、真上からずんずんと腰を突き立てられる。すると、また違った角度で蜜襞を擦り上げられ、絶頂の予感に目眩《めまい》がしてくる。

「あぁっ、もう、も……っ、ん、達《い》くぅ……っ」

志穂は背中を波打たせながら、息を詰まらせた。全身がぞわりと震え腰が跳ねた瞬間、足の間から蜜が弾け飛び、四肢からどっと力が抜けた。それなのに、惣の動きは止まらず、さらに追い詰めるべく容赦のない抜き差しがされる。

「はぁ、あっ、ん、達《い》ったの、もうっ、あぁっ、だめぇっ」

「俺も、達《い》きたい」

そう言って惣はさらに遠慮のないスピードで最奥《さいおう》を穿《うが》つ。激しく腰を叩きつけられると、ずっと達しているような感覚から抜け出せなくなる。泡立った愛液がぐちゅん、ぐちゅんと飛沫《ひまつ》を上げて、結合部をぐっしょりと濡らす。

「達《い》く、また……達《い》っちゃう……ん、あっ、ね……一緒、がいい」

「あぁ……っ」

脈動する彼のものがさらに大きく膨らんだ。

汗と体液で肌が滑り、ぴたりと密着した身体が溶けて混ざり合うような感覚に陥《おちい》る。このまま一つになってしまえたらいいのに。そんな幸福感に満たされ、自然と涙が溢《あふ》れ出る。

「はぁっ、好き、惣……好き、もっと」

志穂は惣の腰に足を絡ませ、彼の動きに合わせて腰を振っていた。

「俺も、好きだ。愛してる」

貪《むさぼ》るような動きで抜き差しされ、媚肉をぐちゃぐちゃにかき混ぜられる。

「あぁ、いっぱい、達《い》っちゃう……あぁっ、また……達《い》くぅっ」

蕩《とろ》けきった蜜口をさらに嵩《かさ》の増した肉棒で勢いよく突かれ、張り出した亀頭の尖りで弱い部分を擦り上げられる。

「ひぁあっ」

絶頂感が引っ切りなしにやってくる。絶頂の最中に強烈な突き上げを繰り返されると、あまりに深い快感に意識が攫《さら》われそうになる。そのたびに彼のキスで意識が戻り、また達してしまう。

「く……っ」

惣が呻《うめ》くような声を漏らし、腰を激しく震わせた。彼は耐えるように眉間にしわを寄せ、小刻みに腰を振り立て、志穂の弱い部分をごりごりと抉《えぐ》ってくる。

「もう……出すぞ……っ」

惣は子宮口を押し込むような動きでひときわ強く腰をずんっと穿《うが》つ。

「――っ！」

志穂はなにもかもが限界に達してしまい、朦朧《もうろう》とする意識の中、声も出せずに深く大きな波に攫《さら》われる。体内で脈打つ怒張《どちょう》をぎゅうっと締めつけると、彼もまた荒く息を吐き出し動きを止めた。

避妊具越しに白濁が注《そそ》がれ、触れ合った胸元からどちらのものかわからない鼓動が響いてくる。

汗ばんだ身体を抱き締められると、自然とほぅっと息が漏れる。愛される心地好さに満たされながら呼吸を整える。この時間が志穂はなによりも好きだった。

「はぁ……」

もはや四肢がシーツと一体になったかのようで、指の一本さえ上げられる気がしない。志穂は重い瞼《まぶた》を閉じて、惣の胸元に頬を擦り寄せた。

「惣……好き」

すると、頭ごと引き寄せられ、腕にのせられる。

「あぁ、もう眠い？」

惣は志穂を抱き締めながら、小さく笑った。こうしているときだけは、志穂が素直に甘えられると知っているからだろう。

「ん……」

額に唇が触れて、このまま眠るのはもったいないと思うのに睡魔に抗《あらが》えない。

自分たちの結婚式はどうしようか。

そんなことを考えながら眠りに落ちたからだろうか。夢の中で、ウェディングドレスに身を包んだ自分と、タキシード姿の惣が海の見えるチャペルで永遠の愛を誓い合っていた。

エピローグ

惣が志穂と初めて出会ったのは、友人が作ったインカレサークルだった。

人を集めたいからと強引に誘われたのだが、案外居心地がよかったのは交流を目的としながらも、好きなときに集まりたい奴だけが自由に集まるという緩いサークルだったからかもしれない。

活動内容は多岐にわたるが、皆、わりと自由に好きなことをしていた。公共施設を活動場所として好きな本を持ち寄り、皆で回し読みすることもあれば、博物館や美術館の見学に行くこともある。ときには、バーベキューをしたり、カラオケに行ったりすることもあった。

集まりは月に二、三度と緩く、参加も自由だ。読書好きな人との出会いを目的としながらも、アットホームで和気あいあいとしている。

その日は新歓の集まりだった。車で川の近くにあるキャンプ場に行き、バーベキューをする。コンロやタープはレンタルし、食材などは新入生以外で分担して持ち寄った。

初めて見る顔は三人で、全員が同じ大学の一年だ。自己紹介から始まり、サークルに馴染んでもらうために三年が中心となり、あってないような活動内容を説明する。

惣はこのときすでに四年だったが、友人に誘われ時々顔を出していた。この日も調子のいい後輩に頼まれ友人と共に車を出した。自分が顔を出すと女性の集まりがいいから、というくだらない理由での誘いではあるものの、残り少ない活動期間を友人と過ごすのも悪くないと思っていたのだ。

「新入生、もう一人いなかったか？」

隣の椅子で肉を頬張っている友人に聞くと、友人は首を傾げて周囲を見回した。

参加メンバーは二十人ほど。一時間も経てば皆、なんとなくグループができて、それぞれ趣味の合うメンバーで話し始める。新入生は新入生同士で固まり話をしている、と思っていたのだが、そこには女性二人しかおらず、もう一人の姿がなかった。

だが、あまり印象に残っておらず、話した覚えもない。顔はおぼろげだし、モスグリーンのTシャツを着ていたことしか記憶になかった。

「そうだっけ？　えぇと、爽子《さわこ》ちゃんと恵《めぐ》ちゃんと。なんだっけ……志穂ちゃん？　そういえば三人だったね……あ、あれじゃない？　緑のTシャツ着てる」

友人も惣と同じで彼女を服の色で覚えていたらしい。彼が指を差した先に惣も目を向けた。

座って食事を楽しんでいるメンバーから離れ、荷物置き場にしているテーブルで一人野菜を切っている女性がいた。

もしかしたらずっとそこにいたのだろうか。そういえば自己紹介以降、志穂の姿を見ていない。

誰か代わってやればいいのに、と自分を棚に上げて思った。

「声かけるついでに、飲み物、車から持ってくるわ」

惣は友人に軽く手を振り、立ち上がった。

（たしか、小島……志穂、だったよな）

志穂は、つまらなそうな顔をして黙々と野菜を切っていた。レストランのアルバイトのように、切った野菜をプラスチック容器に綺麗に盛りつけている。

網の上に載っている野菜がずいぶんと均等に切られているとは思っていたのだが、どうやら彼女のおかげだったらしい。

惣は皿に適当に肉と野菜を盛りつけ、彼女のもとへ歩いていく。

「小島さん？」

惣が話しかけると、志穂が驚いたように手を止めて、びくりと肩を揺らした。

「はい」

「それ、もういいから、あっちに座れば？　全然、食べてないだろ」

テーブルの脇には真空パックのとうもろこしが何本も置いてある。

トレイにはすでに焼きやすいような形に切られたとうもろこしが載っているが、残っている分も切ってしまおうと思っていたようで、彼女は迷ったように目を彷徨《さまよ》わせた。

「小島さ〜ん、とうもろこし切れた？」

すると、女性何人かがこちらに近づいてきて、志穂に声をかけた。

「はい、切れました。どうぞ」

「ありがと〜！」

志穂はテーブルに置いたトレイを女性に差し出すと、残りの分をまな板に載せた。それを止めようとした惣に、女性たちが声をかけてくる。

「ねぇ惣さん！　あっちで一緒に食べましょうよ〜みんな待ってますよ！」

「あとで行くから」

惣は女性に掴まれた腕をそっと解いて、笑みを浮かべた。志穂は惣のことなどまったく見ておらず、当然のように包丁を手にすると、真空パックを開けてとうもろこしを切った。

本人がやりたくてやっているなら、惣が気にする必要もない。それなのに無性にもやもやするのはどうしてだろう。

「え～絶対ですよ！　待ってますからね！」

「はいはい」

惣は軽く手を振り輪の中に戻っていく女性の背を見送ると、志穂に声をかけた。

「周りにいいように使われてるなよ。ほら」

惣は彼女の手に強引に皿を押しつけて言った。

苛ついていたからかもしれない。自分でも驚くほど低い声が出た。

しまった、傷つけてしまったかと彼女を見ると、志穂は首を傾げながら惣から皿を受け取った。

その表情は、驚きでも喜びでもなく、困惑だ。

「ありがとうございます？」

けれど、切りかけの野菜が気になるのか、志穂はちらちらとまな板に目を向けた。中途半端にしておくのがいやなタイプなのかもしれない。

「料理が好きなのか？」

「いえ、別にそういうわけじゃないんですけど。やりかけとか気になるし、ほかの人の包丁の使い方を見ていたら、手を出さずにはいられなくて、つい」

志穂はぼそぼそと弁解した。

ほかのメンバーの包丁を持つ手つきが危なっかしくて見ていられなくなったらしい。気づくと一人で食材を切る担当になっていたという。どうやら無理矢理押しつけられたわけではないようで、そのことに不思議なほど安堵している自分がいた。

「ははっ、自分がやった方がマシだって？　損するタイプだな」

「そうですか？」

志穂は首を捻《ひね》って、頬を掻いた。

「じゃあ、待っててやるから、それだけ切って」

「はい？」

志穂はどうして自分を待つのか意味がわからない、という顔をしながらも、それを尋ねず素直に残りを切っていった。

自己紹介のときはあまり印象に残らなかったが、案外はっきりとした口調で話すようだ。惣の見た目にも態度を変えず接してくるし、距離を詰めようとする気配さえなかった。

ようやくトレイに綺麗に盛りつけると、達成感があったのか、志穂はわずかに嬉しそうな顔をする。彼女のその顔を見ていると、なぜかほかの誰も知らない宝物を一番に発見したような嬉しさがあり、つい惣の顔が緩んだ。

「終わったか？」

「はい」

「じゃあ、飲み物取りにいくから、一緒に来てくれるか？　どうせなにも飲んでないんだろ？　なくなる前に選ばせてやるよ」

志穂になにかを頼めば断らないだろうことは、今までの少しのやりとりでわかった。飲み物を運ばせるつもりなんてまったくなかった。ただ、もう少しだけ一緒にいたいと思っただけで。

「わかりました」

駐車場は川辺のすぐ近くだ。今回はレンタカー四台で来ており、食材や飲み物を大量に積んでいる。後方部分の荷台を開けて、クーラーボックスから冷えたペットボトルを数本取り出した。

「どれがいい？」

「じゃあ、お茶を。ありがとうございます」

緑茶のペットボトルを差し出し、惣はクーラーボックスを下に置いた。空《あ》いたスペースに腰かけると、志穂が首を傾げた。

「あの、戻らないんですか？」

「ずっと立ってたんだから疲れただろ？　それに向こうは座るところがないからな、ここで食っていけばいい」

惣は隣のスペースに目を向け、皿を持って立ち尽くしている志穂を手招きした。

「私だけ、いいんでしょうか」

志穂は申し訳なさそうに言いながら、惣の隣に腰かける。惣が割り箸《ばし》を割って志穂に手渡すと、彼女は軽く頭を下げた。

「みんな、お前が野菜を切りまくっている間にもう食ってるよ」

「あぁ、そうですよね……じゃあ、いただきます」

惣は、自分用に取り出した炭酸を開けて飲み、川のせせらぎに耳を澄ませた。

その間も、志穂はどんどん口に肉や野菜を入れていく。食べるのが速いのかと思っていたが、必死に顎《あご》を動かしているのを見ていると、待っている自分に気を遣っているのだと気づく。

(別にいいのに。なんか、見てるともどかしいっつーか、必死すぎるっつーか)

普通はもっと自分本位になるものだろう。誰だって自分が一番大事だし、損をしたくない。もちろんそれなりに周囲を気遣いはするが、頼めるところは人の手を借りて上手くやればいいのに。

「ゆっくり食っていいから。俺もちょっと休憩する」

惣は後部座席のシートを横にスライドさせ畳むと、ごろりと寝転がった。ワゴン車は後部座席をずらしてしまえば、膝から下ははみ出るが寝られるほどの広いスペースになる。

目を瞑《つぶ》ると、ふわりとあくびが漏れる。暑くもなく寒くもない陽気は眠気を誘った。

「そう、ですか」

一瞬、惣、と名前を呼ばれたのかと思い、どきっとした。サークルに入ったばかりの彼女が自分の名前を知っているわけもないのに。

うっすらと目を開けると、こちらを見ていた志穂と目が合う。志穂の頬は日に当たり赤くなっており、汗で首に張りついた髪がやたらと色っぽかった。

「あの？」

惣が目を離さなかったからか、志穂が動揺したように目を泳がせた。

お茶を飲んでいた志穂の唇は濡れており、薄く開いた唇からは赤い舌が見えている。突然、口づけたら驚くだろうか。そんな考えに陥《おちい》る自分に驚いた。

急に彼女に触れたい衝動に駆られて、それを誤魔化すため、惣は冷えた炭酸のペットボトルを志穂の頬に押し当てる。

「つめたっ……急になにするんですか」

怒ったような低い声で言われて、笑いが漏れた。

あまり表情は変わらないのに喜怒哀楽ははっきりしていて、それを知った自分が優越感に浸《ひた》っているなんて、志穂は思わないだろう。

先ほどまで感じていた下心はなくなったものの、ますます彼女から目が離せなくなり困る。

「なんで笑うの？」

「可愛かったから？」

「私みたいなのが可愛いとか、あり得ません」

志穂はひどく冷めた顔をして、ため息まじりにぼそりと呟いた。

「あり得ない？　なんだそれ」

志穂からはなんの答えも返ってこなかった。

ただ、つまらなそうな顔に戻ってしまったことが気にかかる。

「おい」

「なんでもないです」

彼女にそんな顔をさせるなにかを知りたくて聞き返すも、誤魔化された。なんとなく壁を感じて、どうしてだかその距離を詰めたくなる。

惣は自分に芽生えた不可思議な感情をコントロールできず、ふたたび腕を伸ばした。

意地悪をして興味を引かせたいなんて小学生かと思いつつも、先ほどと同じようにペットボトルを向けると、志穂に取り上げられた。

「何度も同じ手は食いませんよ」

志穂は炭酸を取り上げて脇に置くと、自分のペットボトルを惣の頬に押し当ててきた。水滴が頬に当たりひんやりとして心地いい。

「志穂、そのまま。気持ちいい」

志穂と呼んだのが無意識だったのか意図的だったのか、あとから考えてもわからない。ただ、志穂が離れていってしまうのがいやだった。惣はペットボトルを握る彼女の手に自分の手を重ねた。

「わ、私のお茶で涼を取らないでくださいっ」

からかわれていると思ったのか、手を握ったことに驚いたのか、下から見上げた志穂の頬が微かに赤らんでいる。

「いいだろ、別に。先輩命令だよ」

「なんですか、それ……もう」

不本意だという顔をしながらも、志穂は惣の手を振り払うような真似はしなかった。もしかしたら少しは意識してくれているのかもしれない、そんな期待に喜びを感じた。

「なぁ」

「はい？」

「サークル、辞めるなよ。また来い。楽しいことを、俺がたくさん教えてやるから」

「え……」

驚いたような志穂の顔を見て、彼女が次の集まりに顔を出すつもりはなかったことが窺えた。やっぱりな、と思いながらも、釘を刺しておいてよかったと惣は胸を撫で下ろす。

「さっきみたいな、つまらなさそうな顔はさせない。だからまず、俺と友人から始めないか？」

「本気ですか？」

「冗談でこんな小っ恥ずかしいこと言うかよ」

まずは友人になりたい、だなんて誰にも言ったことはない。志穂は気づいていないようだが、惣は友人で終わらせるつもりはなかった。

「そう、ですか」

志穂が嬉しそうに口元を緩めた。自分の提案は迷惑でなかったと安堵しながらも、彼女との細い繋がりができたことに浮き立つ。

「そういう顔、もっとしろよ」

「それ、どんな顔ですか？」

志穂はふっと息を吐くように笑った。その笑顔が綺麗で、惣の胸に言いようのない衝撃が走った。もしかしたら彼女のこの顔を知っているのは自分だけかもしれない。ほかの誰にもこの顔を見せたくない。そんな独占欲めいた自分の感情にいよいよ恋心を自覚した。


志穂と付き合って一ヶ月ほど経った頃。

惣は自宅でスマートフォンに保存した写真を見ながら、口元を緩めた。

つい先日のデートで志穂とホテルに泊まったのだ。

そのときの志穂があまりに可愛くて、デートの写真を見るたびににやける始末だ。恋に浮かれている惣を見た友人が気味悪がるほどだった。

ツーショットを壁紙にするのはさすがに周囲にも志穂にも引かれそうだ、と悩んでいたとき、手にしているスマートフォンがメッセージの受信音を響かせた。

『会いたいです。私の気持ち、気づいてますよね？』

メッセージは果穂からだった。こんな内容のメッセージが来るのは初めてではなく、浮き立っていた気持ちがすんと萎《しぼ》んでいく。

(しつこい……自分の姉の恋人に、こんなメッセージ入れるか、普通)

志穂と惣が付き合っていることは、果穂を含めてサークルメンバーなら知っている。それなのに、志穂の気持ちなど慮《おもんぱか》る必要もないとばかりに、惣へのアピールをやめない。押しつけがましく独善的な彼女の恋愛感情にいい加減に辟易《へきえき》としていた。

直接的な言葉で想いを伝えられたわけではないし、志穂の妹だからと遠慮していた部分はあるが、もしそのせいで志穂に距離を置かれることになったらと考えると我慢ならない。

（いい加減、はっきりさせなきゃな。志穂に誤解されたくない）

話の内容を察した惣は、サークルの定期会が始まる前に果穂と会う約束をした。メッセージに返信すると、果穂は惣とデートだと喜んだ。『デートじゃない』とわざわざ否定するのも億劫《おっくう》で、仕方なく『あとで』とだけ返した。

それが志穂を誤解させることになるとは、露《つゆ》ほどにも思わず。

＊　＊　＊

「サークルで初めて会ったとき？　ぼっちで料理の下拵《したごしら》えをしてる私に一目惚れしたの？」

「とうもろこしを切ってるところに惚れたわけじゃねぇって」

驚いて聞くと、ソファーの前に座った惣が、志穂の足の爪をぱちんと切りながら答えた。志穂の足は惣の膝の上にのせられていて、彼の視線は爪に固定されたままだ。

片方の爪を切り終えると、冷えないように分厚い靴下を穿かせる。室内は床暖と空調で温度管理されているため寒くはないのだが、足に触れている惣は冷えているように感じたらしい。

果穂の結婚式から遅れて一年。

志穂は誕生日に結婚式を挙げた。結婚式が終わった直後に妊娠が発覚し、さらに双子であることもわかり、二倍、三倍のおめでたがやってきた。

予定日は四月だが、双子だからなのか七ヶ月にしてすでに妊娠後期のような体型である。

多胎の場合、妊娠高血圧症や切迫早産、そのほかの合併症になりやすいらしく、特に早産のリスクも増えるため、出産前から入院を勧められる場合もあるという。

志穂は妊娠初期からつわりがかなり重く、仕事に行くどころではなかった。幸い入院するほどではなかったが、一時期の奈々の気持ちがわかったのだ。

早々にリモートワークの手続きをしたものの、吐き気が治まらず、食欲もまったくなく、心配した惣もリモートワークをして夫婦で家に引きこもっていた時期があったくらいだ。

多胎の場合、産休は産前十四週間取れるため、有休を消化しつつ、志穂は出産まで家で安静にしていることにした。今はようやくつわりも落ち着き、自分では切れない足の爪を、惣に切ってもらっているところだ。

「最初は、孤立しているようで放っておけなかっただけだった。せっかくサークルに入ってくれたのに、失敗したって顔してたからな」

「だって、ああいうイベントは苦手だったから。惣は私みたいなの、放っておけないタイプだよね」

「俺が、一人でいる奴全員に声をかけてると思ってるのか？」

「違うの？」

サークルの新歓でバーベキューなんて、志穂にはかなりハードルが高かった。自分をサークルに誘った教養ゼミの知り合いは、そこで仲のいい相手を見つけて、志穂は早々に用なしになった。誰かに話しかける勇気もなく、女子グループに入っていけるとも思えなかったから、料理の下拵《したごしら》えという仕事があったことにほっとしたくらいだ。みんなが楽しそうにしている中、一人つまらなそうにしているのが志穂じゃなかったとしても、惣は話しかけていたと思う。

「そりゃ気遣うくらいはするさ。でも二人きりにはならない。勘違いされたらいやだろ」

「え……でもあのとき」

「だから、そういうことだ」

惣は爪を切る手を止めて、顔を上げて言った。

志穂とは二人きりになりたかった、という意味なのだろう。見る見るうちに頬が染まり、ニヤニヤしてしまいそうになるのを押さえるために口元を引き締める。

ゴミ箱の中に爪をぱらぱらと捨てた惣が、爪切りをテーブルに置き、志穂の隣に座った。

「爪、ありがとう」

「いや、志穂は辛いかもしれないけど、俺はお前の世話を焼くのをそれなりに楽しんでるからな。あとは出産後に母子共に無事であってくれればいいさ」

「疲れてるときは無理しないでね」

「わかってる」

買い出しや、風呂トイレ掃除は惣の担当になっている。申し訳ないと思う気持ちはあるものの非常に助かっている。しゃがんだり屈《かが》んだりするのが今はとても辛いから。

妊婦のことを全然わかろうともしないで、と隆史に怒っていた奈々の気持ちがわかるようになった今、どれだけ自分が幸福か身に沁《し》みている。

「俺も、お義父《とう》さんに聞いてなきゃ、失敗してたかもな」

惣は志穂の腹部を撫でながら、ぽつりと口に出した。

「お父さんに？　なにか話したっけ？」

「ほら、結婚の挨拶《あいさつ》に行ったときさ。お義母《かあ》さんと志穂は先に寝ただろ？　そのあと、二人で酒を飲んだんだよ」

「ふぅん、なにを話したの？」

「お義父《とう》さんたちが離婚危機に陥《おちい》ったときの話を聞いてた」

「えぇ？　離婚危機って……そんなことあったんだ」

惣から詳しい話を聞くと、どうやら母が志穂と果穂を身籠《みごも》ったとき、父の非協力的な態度に母がぶち切れたらしい。双子だったせいか、母もつわりがひどく、切迫早産の恐れがあったのに、専業主婦が家のことをやるべきと思い込んでいた父は、妊婦の母になにもかもを任せきりだったそうだ。

母が父に離婚を切り出し実家に帰ったあと、母の両親に父はこっぴどく叱られたという。そこで気づきを得た父は、どうにか離婚回避に至り、今では母の尻に敷かれているわけだ。

「自分と同じ失敗はするなよってことだろうな」

惣は笑いながら父から聞いた話をしているが、志穂としては母の気持ちがわかるだけに父親に対して複雑な感情を覚えた。

「そのとき、仕事の話になって、聞かれたんだよ。年末年始や夏季休暇もまともに取れないみたいだけど……そんなに忙しくて大丈夫かって。子どもができたときのことを心配してくれたんだろう」

惣はそのとき初めて、志穂があまり実家に帰っていないことを聞いたと言った。大学時代の志穂と果穂の関係や、自分たちに起こったことを顧《かえり》みて、その事情をうっすらと察したと話を続ける。

今でこそ、果穂との関係も修復したが、実家に帰る頻度《ひんど》はそこまで変わっていない。

「お義母《かあ》さんは、志穂が果穂を避けてることに気づいてたらしいぞ」

「……だよね」

果穂は結婚するまで実家住まいだった。果穂が家にいるときを避けて帰省していたのだから、気づくのも当然だ。

「でも、志穂がそうなったのは、自分のせいだと責めていたと。友人があまりできないことを心配するあまり、つい果穂と比べるようなことばかり言ってしまったから、子どもたちの仲が悪くなったと泣いていたらしい。志穂と果穂が普通に話せるようになって、安心したんだろうな……お義父《とう》さんもほっとしてる様子だった」

惣がそのときの父の様子を教えてくれた。父は姉妹の仲が悪いとは思ってもいなかったようで、母にその話を聞いて驚いたらしい。

「そんなに気にしてたんだ……」

たしかに、ずっと果穂と比べられてきて辛くはあった。一人でいる方が楽しいのに、どうしてたくさん友人がいる方がいいと言われるのかがわからず、それができない自分はだめなのだと思うようになった。

けれど、大人になり母の言わんとするところもわかるようになった。積極的に人と関わる必要はないけれど、ある程度の社交性は仕事をする上で必要だ。

「子どもはいくつになっても子どもだってことだろう。愛されてるな、志穂」

「私たちも、この子たちのこと、そんな風に心配するのかな」

「するんだろうな、親だから」

そんな話をしているうちに、湯張りが完了したメロディーがリモコンから流れる。

「ほら、志穂。風呂入ろう」

「うん」

惣と二人で風呂に入るのも慣れたものだ。初めのうちは恥ずかしくて、自分で脱ぐこともできなかったのに、靴下や下着を脱がされることを当たり前のように感じるなんて。

シャワーで身体を洗い流し、惣と向かい合って湯船に浸《つ》かると、志穂の足首を掴んだ惣がゆっくりと手を動かしてマッサージをしてくれる。これも毎日のことで、今の自分たちに色事めいた触れ合いはない。それを寂しいと思ってしまうのは贅沢《ぜいたく》なのだろう。

「痛くないか？」

「うん、気持ちいい」

志穂はバスタブの縁に頭をのせて、ほぅっと深い息を吐き出す。

足首をゆっくりと回し、足首からふくらはぎにかけて少し強めに揉まれると、溜まっていた血が心臓に向かって流れていく心地好さを感じる。

「私も、惣の足をマッサージする」

「俺はいい。今、志穂に触られるのはなぁ」

ため息まじりに断られると、まるで触れられたくないと言われているようでショックだ。惣がそんなことを言うわけがないと思っていても、妊娠中は感情の起伏が激しくなるのか、ぽろぽろと涙が出てきてしまう。

「志穂？　どうした？」

声も出さずに泣いている志穂に気づいたのか、惣が足から手を離した。

「私に、触られるのがいや？」

「そんなわけないだろう。あぁ、違う。さっきのはそういう意味じゃないよ」

「じゃあ、どういう意味？」

濡れた頬を指先で拭われて、湯船の中の手を取られた。手のひらをくすぐるように撫でられ、指先を弄《もてあそ》ぶように弄《いじ》られる。ただ手と手を触れ合わせているだけなのに、まるで愛撫《あいぶ》をされている気分になると、もう慣れたはずなのに裸でいることがひどく恥ずかしく思える。

「あの……惣？」

「裸の志穂が目の前にいて、俺がなにも感じないと思うか？」

惣の言わんとすることがわかると、照れくささと、お腹の大きくなった自分にも欲情してくれる嬉しさで、抱きつきたい衝動に駆られる。手を伸ばすと、体勢を変えて背後から抱き締められた。

本当は正面から抱き合いたいけれど、今は難しい。

志穂は惣にもたれかかり、彼の首に軽くキスをした。ぴくりと彼の身体が震えて、吐息が口から漏れる。

「私だって、同じだよ」

「なにかあったら怖いからキスだけで我慢してるけど、本当は毎日、お前に欲情してる」

髪に目尻に口づけられて、最後に唇が塞がれた。いやらしさの欠片《かけら》もない手つきで腹部を撫でているのは、自分を制するためだろうか。

「だから、あまり可愛く、俺を誘うなよ」

惣はそう言って、もう一度軽いキスをした。


三月、志穂は双子の女児を出産した。少し早く生まれたものの経過は順調で、惣が育休を取ってくれたので、休める時間がかなりあったためか回復も早かった。

夜は二人で寝不足だ。交代で仮眠を取りながらなんとか三ヶ月が過ぎると、子どもたちは少しずつ長く寝るようになり、ようやく志穂と惣もまとまった睡眠を取れるようになった。

惣いわく、この三ヶ月は自分が手がけてきたどの仕事よりもきつかったらしい。志穂も同じ思いである。なにせこの三ヶ月間の記憶がほとんどないのだから相当だ。

そうしているうちにあっという間に結婚から二年が経っていた。

今日は志穂の誕生日で、久しぶりに惣とデートの約束をしている。子どもたちは朝から惣の両親に預かってもらっているが、夜になる前に帰るつもりだ。

惣はスーツに身を包み、志穂も箪笥《たんす》の肥やしになっていたワンピースに袖《そで》を通した。

「ほら」

「うん」

惣の実家を出ると、ドキドキしながら彼の手に自分の手を重ねた。手を繋ぐだけでこれほど胸が高鳴るのは、ずいぶんと久しぶりに二人きりだからだろう。

「今日は、俺のお任せコースな」

「なにお任せコースって」

笑いながら聞くと、誕生日プレゼントだと惣は言う。最初に連れていかれたのはエステだ。しばらくの間手入れできなかった肌を徹底的に磨かれた。驚きつつも、化粧台の鏡を見ながらつやつやになった肌に満足していると、別のスタッフがやってきて髪と顔を整えられる。

(結婚式の日を思い出すな。これ全部、誕生日プレゼントなのかな)

するといったんスタッフが退室し、入れ替わりに惣が部屋に入ってきた。

「惣？　あの、ありがとう。誕生日プレゼント嬉しかった」

出産を終えても、自分に時間をかけられる暇はなかった。毎日が瞬《また》く間に過ぎていき、一日中パジャマでいることも珍しくなく、化粧をする余裕もなかった。仕方がないと思いつつも、好きな人の前で綺麗でいたい気持ちは常にある。

「まだ終わりじゃないぞ。次はこれに着替えて」

「え？」

紙袋を持った惣が、袋からドレスを取り出した。スタッフがドレスを受け取り、志穂を個室に案内する。

惣が用意してくれたドレスは、モール刺繍《ししゅう》が全体的に施《ほどこ》されたシンプルながら品のいいセットアップで、光沢のあるフレンチスリーブブラウスとベアトップのワンピースがセットになっている。

ベアトップワンピースは明るいオレンジ色で非常に華やかだ。首元には惣からもらったネックレスが輝いている。

(こんな格好したの、久しぶり)

嬉しかった。母親である前に、女性であることを思い出したような気がして。志穂が胸を弾ませながら待合室にいる惣のところに行くと、嬉しそうに微笑みが向けられる。

「似合うよ」

「これ、全部誕生日プレゼント？」

「そうだよ、志穂の誕生日で結婚記念日だろ。結婚してからずっと忙しかったから、今日くらいは楽しんでほしかったんだ。残念ながらランチだけどな。行こうか」

惣に腕を差し出されて、披露宴《ひろうえん》で彼の隣を歩いたときの高揚感を思い出した。

「それに、去年はクリスマスどころじゃなかっただろ？」

「そうだね。すっかり忘れてたもんね。年越しそばを食べたくらい？」

クリスマスの頃は、二人とも慣れない育児に奮闘《ふんとう》していた。いつ起きるかと常に気を張っており、テレビさえつけず会話も小声だったくらいだ。

一人でゆっくりと買い物に行くこともなかった。料理は簡単なものになった。毎年楽しみにしていたアドベントカレンダーを買うのも忘れていた。趣味のパズルはずっと収納棚の中だ。

「二人とも子育て一年目の新人だったからな。そんなもんじゃないか？」

まるで新入社員のように言うから笑ってしまう。

呼んでいたタクシーに乗り込み、惣が行き先を告げる。惣に〝大人の付き合い〟をしようと言われたホテルの名前を聞いて、懐《なつ》かしさが込み上げてきた。

駅の南口に直結しているホテルは、三階にフロントがありレストランが入っている。鉄板焼きの店の前で待っていろと呼び出されたあの日は、将来、まさか自分が惣と結婚するだなんて思ってもみなかった。

惣は予約を入れてくれていたようで、案内されたのも、いつかと同じ半個室席だ。

「今日はウーロン茶で乾杯だな」

「うん」

惣の実家と自宅の行き来は車のため、アルコールは飲めない。そうじゃなくても、双子が生まれてから惣も自分も飲酒は控えている。子どもたちが風邪を引いては高熱を出すため、夜、救急病院に連れていくことも珍しくないからだ。タクシーで行けばいいと考えない惣のことが、やはり好きだとしみじみ思う。

「ゆっくり食事ができるのって幸せなんだな」

運ばれてきたステーキを口に運びながら、惣が言う。

「わかる、私も同じこと考えてた。だから今、すごく幸せ」

「ほんとに幸せそうだ」

ははっと声を立てて惣が笑った。

おそらく肉を噛みしめながらうっとりとしていたのだろう。変な顔をしていなければいいなと頬を押さえると、テーブルの上に一枚のチケットが差し出された。

「これもプレゼントの一つ」

「これ……」

「志穂が好きだって言ってた劇団の舞台。子どもたちは俺が見ておくから、行っておいで。結婚してからずっと一人の時間がなかっただろう」

惣と家族になってから、一人でいたいとは思わなくなっていた。ただ、時々、仕事に行く惣を羨《うらや》ましく思ってしまうことはあった。彼はきっと、それを察してくれていたのだろう。

「ありがとう。じゃあ、交代で惣も休んでね。ずっと私に合わせてばっかりだったけど、会いたい人とかもいるでしょ？」

もともと友人の多い人だ。けれど、結婚して子どもが生まれてからずっと、そういう誘いを断り続けているのを知っている。

「そうだな……会いたいっていうか、志穂を紹介しろって言われてるんだよな」

「そうなの？」

「あぁ、志穂がいやじゃなかったらだけど」

「いやなわけないよ。惣の友達でしょ？」

「それなら今度、子どもたちも連れて一緒に行こうか」

「うん」

どうやら友人が所有している別荘に何度か誘われていたらしい。惣の実家が所有する別荘で集まることもあったようだ。志穂と結婚するまでは、毎年、親しい友人たちでちょっとしたパーティーを開いていたと言う。皆、奥さんや子どもを連れて参加していて、惣も落ち着いたら参加すると伝えてくれていたようだ。

「そういうの、昔ほど苦手じゃなくなった？」

「惣に、楽しいことをたくさん教えてもらったからね」

志穂がそう返すと、惣は懐《なつ》かしそうに目を細めて笑みを浮かべた。

会計を終えて店の外に出る。エレベーターホールに向かいながら、惣はいつかのように耳元に顔を近づけると、ホテルのキーをポケットから出しながら囁《ささや》いた。

「俺は志穂を抱きたい。志穂は？」

「……私も、惣に抱かれたい」

いつかと同じ言葉を返すと、惣がふわりと微笑み手を差し出した。

惣の手を取り、エレベーターに乗り込むと、彼が上層階のボタンを押した。宿泊はできないだろうが、少しでも二人きりでいられる時間は貴重だ。

カードキーでドアを開けると、ドアが完全に閉まりきる前に、壁に押しつけられるように唇が塞がれた。ドレスの上から臀部《でんぶ》を弄《いじ》られて、下腹部に灯った熱が一気に膨れ上がってくる。

「ん……ふっ、ぅ」

すぐそこにベッドがあるのに、互いに数メートル歩く余裕さえなかった。荒々しい手つきで臀部《でんぶ》を揉みしだかれて、背中のファスナーを下ろされる。

「あっ……っ」

彼はネクタイを引き抜き、ジャケットを脱ぎ捨てた。空調は効いているが、志穂の肌もすでにじっとりと汗ばんでいた。

「ん、はぁっ……んん」

ふたたび唇が重なり、喉の渇きを潤《うるお》すように互いの唾液を交換する。口腔《こうこう》を舐《な》め回されると、背筋がぞくりと粟立《あわだ》ち、身体の中心が熱く蕩《とろ》けていく。すっかり彼に慣らされた身体は、久しぶりの行為であっても、いとも簡単に陥落してしまう。

「髪、解くぞ」

ヘアクリップを取られると、アップにしていた髪がはらりと落ちる。ドレスが下に引っ張られて、ストッキングとショーツを同時に脱がされた。

離れた唇を名残《なごり》惜しく思っていると、壁に手をつく体勢をさせられて、うなじに唇が押し当てられた。ちゅ、ちゅっと音を立てながら軽く吸いつかれるだけで、言いようもないほど全身が熱く昂《たかぶ》ってくる。

「アッ、ん、んっ」

「はぁ……っ、たまらないな」

彼の息遣いが首筋に触れて、背中がびくりと震えた。同時に足の間に手が入り込んでくる。秘所に指が這《は》わされ、愛液を擦りつけるように谷間に沿って擦られた。指をぬるぬると動かされるたびに、蜜口が淫《みだ》らにひくついた。

「ここ、もうぐちゃぐちゃだ」

「ん、んっ、はぁっ……あ、も……指、早く」

腰から湧き上がる愉悦《ゆえつ》に全身がぞくぞくと震えて、甘い声が止められない。

彼はすぐさましとどに濡れた蜜壺に指を差し入れ、性急な手つきで抜き差しを始める。感じやすい部分を指の腹で擦られると、たまらずに腰をくねらせてしまう。

「中が震えてる、俺が欲しい？」

早く惣でいっぱいにしてほしくて、たまらなかった。下腹部の奥が痛いほどに張り詰め、空《から》っぽの隘路《あいろ》が疼《うず》く。その結果、誘うように腰を揺らし、臀部《でんぶ》に押し当てられた欲望を刺激する。

「ん、ほし……っ、あぁっ、惣……も、我慢、できな」

「やらしいな。これだけで達《い》きそうだ」

背後でなにかを破る音が聞こえて、床に避妊具のパッケージが落とされた。硬く張り詰めた肉棒の先端が押し当てられると、快感の期待が迫《せ》り、全身が甘く痺《しび》れる。

「挿《い》れるぞ……っ」

「ひ、あぁあっ」

一気に最奥《さいおう》まで突き挿《い》れられて、頭の奥が真っ白に染まる。身体の中が彼でいっぱいになったかのような感覚はひどく甘美で、とてつもなく心地好い。

志穂は背中を仰け反《の》らせて、甘く喘《あえ》いだ。

(こんなの……久しぶり……)

出産してからも彼と身体を重ねることはあったけれど、行為に没頭はできなかった。いつでも中断できるように注意していたし、途中で気がそがれることも多かったのだ。行為は一度で終わるのが普通になり、本能のままに求め合うようなセックスはなかった。

今はこの部屋に二人きりなのだと思うと、いつもよりも深く感じ入ってしまう。

「今日……すごく、感じてるだろう」

惣も同じだったのか、志穂の背中に舌を這《は》わせながら余裕のない声を出す。がつがつと腰を激しく叩きつけ、最奥《さいおう》を抉《えぐ》るように突き上げる。愛液が攪拌《かくはん》され、ぐちゅぐちゅと卑猥《ひわい》な音が立つ。その音に煽《あお》られるようにさらに気分が高揚すると、無意識に彼のものを締めつけてしまう。

「あ、あぁっ、だって……」

「俺もだよ。すごく、興奮してる」

背後から激しく胸を揉みしだかれて、つんと尖った乳首を転がされた。優しく掠めるように乳首を爪弾かれると、胸から広がる快感が下半身に伝わり、滾《たぎ》った怒張《どちょう》をさらに奥へと引き込もうと隘《あい》路《ろ》が蠢《うごめ》いた。

「そんなに締めつけたら、すぐ出るぞ」

乳嘴《にゅうし》を捏《こ》ねられ、硬く張った先端を引っ張り上げられる。

「ひぁっ」

痛いほどに強烈な快感が迫る。だが、敏感になった身体はなにをされても心地好さしか感じない。

硬く張り詰めた亀頭で蜜襞をごりごりと擦られる。得も言われぬ心地好さが頭の奥を陶然《とうぜん》とさせて、本能のままに感じてしまう。

抜き差しのたびに、ぐちゅ、ぬちゅっと愛液がかき混ぜられる音が響き、その音に煽《あお》られるように身体がますます高揚してくる。

「ん……そこ……気持ち、い」

乳首を指の腹で捏《こ》ねくり回されて、お腹の奥がきゅうっと引き攣《つ》るような感覚に陥《おちい》った。その刺激で男根を強く締めつけてしまったのか、彼のものがさらに大きく膨れ上がる。

「あ、あっ……すごい……おっきい」

志穂が気持ち良さそうな声を漏らすと、背後から彼の呻《うめ》くような声が聞こえる。

「……ったく、帰りたく、なくなるだろうっ」

彼は耐えがたいとばかりに夢中になって腰を振り立てると、前に回した手で志穂の足の間に触れた。そこはすでに陰毛までもがぐっしょりと濡れている。

「や、んっ……それ、一緒だめ……すぐ達《い》っちゃう……っ」

彼の指が花弁をかき分けながら、包皮に隠れた淫芽を探し当てる。愛液にまみれた指先で小さく尖った芽を転がされて、それだけで呆気なく達してしまう。

「ひぁぁっ！」

「もう達《い》った？」

惣は楽しげに花芽をつんつんと突《つつ》き、爪弾くような手つきで快感を与える。軽い刺激であっても、達したばかりの敏感な身体には凄絶《せいぜつ》な刺激となって伝わる。結合部から大量の愛液が噴き出し、ぽたぽたと床を濡らす。

「はぁっ、だめ……も、そこ、だめなの……っ」

腰がびくびくと跳ね上がり、膝から崩れ落ちそうになる。すると、滾《たぎ》った陰茎をずるりと引き抜かれて正面を向かされる。

涙で潤《うる》んだ目を向けると、腕を取られて首に回された。彼にしがみつくような体勢を取ると、片足を抱えられて、張り詰めた陰茎が一気に突き挿《い》れられる。叩きつけるような激しい動きで最奥《さいおう》を抉《えぐ》られると、その衝撃にまたもや軽く達してしまう。

「あぁぁっ！」

意識が攫《さら》われてしまいそうなほどの強烈な快感が続けざまにやってくる。すぎる快感に涙がぽろぽろこぼれ出て、胸の奥から満たされた喜びが湧き上がってくる。

「惣……好き……好き……いっぱい、して」

「あぁ、俺もだよ。愛してる」

気持ち良すぎておかしくなりそうだ。彼の言葉にさらに胸が満たされ、もっともっとと身体が彼を欲しがる。律動は激しさを増し、額から流れ落ちる惣の汗が肩に滴《したた》り落ちる。上下に揺れる乳房も汗で滑り、乳首が擦られるその刺激でまた感じてしまう。

「んっ、あぁっ、気持ちいい……ん、もっと、奥、して」

「お前の好きなところ、もっと擦ってやる」

惣は志穂の足をしっかりと抱えると、隙間がないほどに密着し、素早い動きで腰を穿《うが》つ。子宮口を押し上げるような動きで感じやすいところを突かれると、ずっと達しているような感覚に陥《おちい》り、目眩《めまい》がするほどに気持ちいい。雁首の張り出した部分でごりごりと擦られ、媚肉を巻き込みながら陰茎を引きずり出されると、大量の愛液が太腿を伝い流れ落ちる。

「あぁっ、また、達《い》く……達《い》く……っ」

志穂は首を仰《の》け反《ぞ》らせながら、悲鳴じみたよがり声を上げる。ぶるりと全身が震えて、立て続けに起きる絶頂が止められない。

「あぁぁっ、うそ……また……やぁっ」

無意識に自分から腰を振り、より深い部分に押し当てる。

角度を変えながら蜜壺をかき回されると、ぐちゅ、ぐちゅっと卑猥《ひわい》な音が響き、床に水たまりを作る。硬い肉棒で容赦なく媚肉を擦り上げられ、頭が真っ白に染まるほど心地好くて、身体の奥が疼《うず》いて仕方がない。なにもかもを忘れて、惣を求めたくなる。

「何度でも、達《い》けばいい……っ」

さらに遠慮のない抽送《ちゅうそう》で追い詰められて、何度となく高みへと上《のぼ》らされる。柔襞を擦り上げながら感じやすい部分を重点的に穿《うが》たれると、気が遠くなるような快感が背筋を駆け上がり、彼の精を搾《しぼ》り取らんとするように媚肉が蠢《うごめ》いた。

「ひぁぁぁっ！」

意識を保っているのも限界で、志穂は達すると同時に彼に身体を預けた。

「志穂……っ」

惣はそんな志穂を強く抱き締めると、腰をぶるりと震わせ、避妊具越しに大量の精を吐き出した。二、三度腰を軽く揺すり、最後の一滴まで出し切ると、志穂の唇を激しく奪う。

「んん……っ、は」

口腔《こうこう》を舐《な》め回されて、眠りの淵《ふち》にいた意識を強引に引き戻される。

「志穂、まだ終わりじゃない」

張り出した亀頭の尖りで弱い部分を擦られ、達して収まったはずの快感がふたたび頭をもたげる。

「ン、待って……力が」

「わかってる。ベッドに行こう」

惣は滾《たぎ》ったままの陰茎をずるりと引き抜き、精液の溜まった避妊具を処分する。ワイシャツとスラックスを床に脱ぎ捨て裸になると、志穂をひょいと抱えて、ベッドへ下ろした。

覆い被さってくる彼の手には、スラックスのポケットに入っていた避妊具がいくつも握られていた。物足りないわけではないけれど、この時間がもう少しだけ続いてほしいと望んでしまっているのは志穂も同じだ。

「ねぇ、また……来年の誕生日も、ここに連れてきてくれる？」

「もちろん」

志穂が背中に腕を回しながら言うと、嬉しそうに微笑む惣に唇が塞がれた。

「愛してるよ、志穂」

自分を愛してくれる彼の想いを疑うことはもうない。

惣の腕の中にいる幸福感に満たされながら、志穂はふたたび目を瞑《つぶ》るのだった。

この作品に対する皆様のご意見・ご感想をお待ちしております。

おハガキ・お手紙は以下の宛先にお送りください。

【宛先】

〒150-6019 東京都渋谷区恵比寿4-20-3 恵比寿ｶﾞｰﾃﾞﾝﾌﾟﾚｲｽﾀﾜｰ 19F
（株）アルファポリス　書籍感想係

メールフォームでのご意見・ご感想は右のＱＲコードから、
あるいは以下のワードで検索をかけてください。

アルファポリス　書籍の感想　検索

ご感想はこちらから

切《き》れ者《もの》エリートは初恋《はつこい》の恋人《こいびと》を独占愛《どくせんあい》で甘《あま》く搦《から》め捕《と》る

本郷アキ（ほんごう あき）

2024年4月25日初版発行

編集－本山由美・大木 瞳
編集長－倉持真理
発行者－梶本雄介
発行所－株式会社アルファポリス
〒150-6019 東京都渋谷区恵比寿4-20-3 恵比寿ｶﾞｰﾃﾞﾝﾌﾟﾚｲｽﾀﾜｰ19F
TEL 03-6277-1601（営業）　03-6277-1602（編集）
URL https://www.alphapolis.co.jp/
発売元－株式会社星雲社（共同出版社・流通責任出版社）
〒112-0005 東京都文京区水道1-3-30
TEL 03-3868-3275
装丁イラスト－うすくち
装丁デザイン－AFTERGLOW
（レーベルフォーマットデザイン－ansyyqdesign）
印刷－中央精版印刷株式会社

価格はカバーに表示されてあります。

落丁乱丁の場合はアルファポリスまでご連絡ください。

送料は小社負担でお取り替えします。


ISBN978-4-434-33749-9 C0093